U0929850

花儿为什么不那么红

陆建华 著

努力写好接地气的文艺评论

——序《花儿为什么不那么红》

文晓华

陆建华老师的新著《花儿为什么不那么红》即将出版，这是我们晚辈感到很高兴的一件事。收在陆老师这部文艺评论集中的第一篇《也谈“诗贵创造”及其他》写于1962年1月，那时我还没有出生呢。让我没想到的是，那天陆老师打电话给我，希望我给他的新书写序，这让我非常惶惑。对陆老师，除了表达我对他的敬意之外，还能再说什么呢？

陆老师的文艺评论生涯已超过半个多世纪。他长期致力于当代文学的研究，特别在改革开放新时期到来之后，他集中精力宣传与研究汪曾祺，取得丰硕的成果，出版相关著作多种。我收到陆老师即将出版的《花儿为什么不那么红》书稿后，还没有全部读完，就注意到这部新著有着其他文艺论著不常见的特色，鲜明地表现在“篇幅精短、内容宽广、面向群众”三个方面。新著没有收录陆老师的长篇论著，全部是由生动短小的文艺短评组成，多为二三千字的言之有物、一语中的的短论，更多的是千字文。作为评析对象，作品的涉及面十分宽广，不只限于文学，其他如戏剧、影视、音乐、文艺现象和思潮、文坛新动态，以及文艺工作者的作风、道德、品性等等，几乎关于当今文艺界的且为普通读者关切关注的方方面面均多有涉及。更为引人注目的是陆老师新著的文风，文虽短小但所阐述的主题却往往重要甚至重大；谈的是理论问题，却多以轻松活泼的言语生动叙述，且常在文中围绕主题有意引用发生在文艺界的新闻逸事，将深刻的道理隐藏于普通读者饶有兴趣的故事之中……显然，陆老师新著文艺短论的这三个特色，彰显作者的一种文艺批评的风格，也是在向读者集中地展示一种文艺评论文体的独特光芒和魅力。读着这些文艺短评，首先让我感受到的是它内容的充实和观点的鲜明，用现在时髦的话来说，这些文艺短评都是及物的。文艺评论与一般的学术研究不同，它最重要的一个方面，就是要在现场。社会上出了什么样的文艺现象，产生了什么新的文艺趣味，出现了哪些有意味的文艺作品，作为一个文艺评论家都应努力在第一时间给予回应。文艺评论与学术研究不同，因为后者做的是后台的工作，它需要时间的淘洗，需要多种观点反复地讨论、辨析，需要综合各方面的影响因素，更需要以文艺史作为坐标和背景，但是，正在进行着的、如流水一般不可中断的文艺生活，却不可能等着这些后台的研究得出结论，再去调整自己的姿态。一切对鲜活的文艺生活感兴趣的欣赏者，也不可能把他们的疑问和思考留待多少年之后才去寻找答案。所以，一个真正的有担当的文艺评论家总是秉承着这个职业的伦理，紧张地盯住千变万化的文艺现场。他必须要有一种敏锐的嗅觉，能够在复杂的文艺现象中捕捉到问题，他还要有相当的勇气，敢于面对尖锐的、充满矛盾的文艺现象，亮出自己的立场，而这些又都建立在一个文艺批评家的学养之上，因为他必须用自己鲜明的观点毫不犹豫地对当下的文艺做出回应。只要读过陆建华老师这本集子中的《仅靠才气写作是不够的》《请别忘了农村读者》《从今诗今译说起》《不是谁都能成为王宝强》等等，都会很真切地感受到陆老师的这种批评风格。文如其人，我是读着陆老师的这些文章从一个小县城来到南京的。在一些文艺活动和研讨会上，我多次聆听到陆建华老师的发言。他从来没有什么虚情假意的客套话，有一说一，有二说二，用他那一口高邮普通话，充满激情地表达着他对文艺的看法。

读着陆老师的这些文艺评论，我一直在想，他是在为谁写作？我想，他首先一定是在为自己写，他写这些文艺评论是为了表达他对文艺的看法，所以，他的许多文章洋溢着浓烈的情感。其次，他是在为文艺家们写，很多作家、诗人、画家、作曲家，都是陆老师的熟人或朋友。他们有的已经是各自行当的成功者，有的是一些刚走上文坛的青年作家，有的只是业余作者。陆老师乐于与他们对话、倾谈，推心置腹，坦诚相见，为作者和作品问诊把脉激浊扬清，可以说陆老师是把文艺评论的功能发挥到了极致的。不过，我更强烈的感觉是陆老师在为广大普通读者写，为欣赏者写，在这些方面，陆老师为我们搞文艺评论的人做出了一个很好的榜样，这显然与他长期从事文化宣传工作有关。我曾有幸听他亲口说过，文艺与评论，确实是繁荣社会主义文艺同样并重、不可缺少的两翼。中央多次强调文艺评论的重要，但文艺评论的发展现状，却是不尽如人意。对广大普通读者来说，文艺评论尤为缺少。陆老师坦诚地说："除了自己愿意用最朴实的、最大白话的、最听得懂的文字和文风，努力为广大民众多写接地气的文艺评论外，希望有更多的文艺评论工作者从事这一十分重要的工作。"1963 年暑期，陆老师从扬州师院中文系毕业后，仅做了一年的高中语文教师，就被调到党政宣传文化部门工作，直至 2001 年在江苏省委宣传部文艺处的工作岗位上退休。这样一以贯之的近 40 年的工作经历，使他始终对文坛保持密切的关注。广大人民群众想看什么、听什么，对一部作品有怎样的看法，包括褒贬、疑问等，他都注意观察与思考，这与他从事的工作性质有关，也是出于一位文艺评论家的责任感。他写下的那许多作品，是他深入到文艺工作的第一线和人民群众当中去关注、调研后的结果。一种强烈的责任意识使他始终把文艺评论的眼光盯在广大人民群众身上，大到时代精神、文坛焦点，小到一首歌、一个段子，几乎无所不包，都是他的文章中关心和讨论的问题。也正因如此，陆老师的文艺评论具有鲜明的问题意识，他的许多文艺评论从题目上一看，都是冲着问题而去的，比如《站在哪里"拍摄"生活》《花儿为什么不那么红？》《我们现在还需要书吗？》《作家们何以集体弃权？》《文艺期刊如何吸引读者？》等等，都是在试图回答这些疑虑和困惑。文艺评论本来就应当解决问题的，但问题是什么？来自哪里？答案是什么？以及解决了这些问题后的效果如何？这中间都大有文章。看了陆建华老师的文艺评论，就会感到，他在自己的作品中谈及的诸多问题以及对这些问题的明确看法，既是一个批评家直面问题并经过认真思考后坦诚地做出的明白的阐释，更是对广大读者心中的种种想法所做出的及时、恰当又最通俗的回答。读了《不要苛求笑声》《通俗小说大有可为》《好诗应是心底花》《吹散影视界的脂粉气》这些文章，我都能想象读过这些文章的读者那种满足的心情，仿佛他在昨天刚看了一场表演、一集电视剧，或者，刚读了一部小说、一首小诗，既获得观赏、阅读的愉悦，却也可能有某种疑问和不解，恰恰在这个时候，读到陆老师刚写的相关文章，不但受到启发，也会感到及时解惑的快乐。基于此，我要说，陆建华老师的文艺评论是具有群众性的、接地气的文艺评论。

说到这里，我觉得即使没有读过陆建华老师文艺评论的人，都会由此想见他的话语风格，他从不故作高深，从不玩弄那些玄而又玄的概念，而是雅俗共赏，通俗易懂，如语家常。陆老师的文艺评论写作开始于20世纪60年代初，因为历史的原因中断了10多年，他重新开始写作的时候已经是20世纪70年代末、80年代初了。这其后不久就是中国文艺评论大规模地引进西方的批评方法，甚至于将许多自然科学的理论都移植到文艺评论中来，以至于20世纪80年代中前期兴起过文艺评论的方法热。然而，在陆建华老师的文艺评论中，绝没有那种故弄玄虚、唯洋是举的习气，通俗易懂、形象生动的话语风格是陆老师的自觉追求，是他在对文艺评论的目的、功能做了思考以后的选择，同时也是他对自己美学趣味的建构。当然，陆老师的这种批评风格并不是前无古人，也并非独此一家。在中国古典批评当中，诗话、词话都是写得随性而率意的。在中国现代文艺批评史上，许多作家、艺术家和文艺评论家所写的文艺评论也是通俗易懂的，像李健吾、朱光潜、宗白华、茅盾等人的文艺批评都是非常生动的，至于后来秦牧的《艺海拾贝》更是风靡一时。文艺评论有许多传统，写法也不可能定于一尊，而陆建华老师所继承和发扬的正是上述这一传统。他总是把思辨和推理放在生动形象的文字的后面，总是在文章里鲜明地表达出自己的个性。他甚至打通了叙述与说理的界限，使得一篇文艺评论常常成为一篇美文，许多的篇章读起来就是一篇好散文，读完以后，那该说的理都说了，原来不明白的问题也都豁然开朗了。如果深究起来，这样的风格其实缘于批评家对文艺的看法，对文艺批评的看法，对文艺批评家的看法。这样的批评风格实际上是在表达文艺是以形象来说话的，是以情感人的，文艺批评也是文艺创作的一种，不能因为它要说道理就不文艺了，就脱离了形象。文艺评论家首先应是一个鉴赏者、审美者，也是一个对文艺作品进行二次创造的人，他可以在文艺评论中表达自己的审美感受，袒露自己在欣赏中所激起的审美情感，并且力求用这样的体验和情感来与读者交流、互证。这样的文艺评论就能为人民群众所喜闻乐见，能更多地引发文艺欣赏者的共鸣。我在读陆老师的评论文章时常常忍不住想，为何现在很少人去看文艺评论？

特别是普通文学爱好者，甚至也有作家、艺术家本身，见到文艺理论文章就自然地产生敬而远之的感觉。原因很多，或许是因为写作者总是把文艺评论往学术研究上靠，总是下功夫把文艺评论写成专业术语满篇的高头讲章，并总是以把自己的论文能在核心期刊发表作为第一追求。凡此种种，长此以往，文艺评论如何能够发挥它应有的功能？又如何能引起读者的阅读激情和兴趣？当然，这不是说文艺评论就应该短小，就仅仅以满足广大爱好者的阅读兴趣为唯一目的与追求。文艺评论应该是多种多样的，它包括问题取向的多种多样，目标读者的多种多样，表达风格的多种多样，传播渠道的多种多样，等等，只有这样，才是健康的文艺批评的生态，也才能形成文艺批评的繁荣局面。正是从这样意义上说，陆建华老师几十年来的实践和坚持是多么可贵，又是多么有价值。他已经取得的成绩对我们从事文艺评论工作的人来说，无疑具有一定的借鉴意义。

晓华，本名徐晓华，女，1963年生于南京。大学毕业后从事中等、高等师范教育近20年，后调入江苏省作家协会。现为江苏省作家协会《扬子江诗刊》副主编，中国作家协会会员，一级作家，江苏省有突出贡献的中青年专家，全国有影响的文学评论家。

自20世纪80年代中期始，从事现当代文学和文艺理论的研究，侧重于中国当代小说批评，著有《涌动的潮汐》《自我表达的激情》《我们如何抵达现场》《无边的文学》《华丽家族》等，并获国家及省、市级多种奖励。

目次

漫步文坛　我评我议

才气对于作家来说无疑是相当重要的。对生活超乎常人的敏锐感受和发现，对生活素材做别出心裁的艺术处理，以及对文学语言机智独特的运用，都需要才气和良好的艺术感觉。但仅靠才气写作还不够，比才气更重要的是生活，是作为文艺的创作源泉的现实生活。

——《仅靠才气写作是不够的》（《文艺报》一九八八年四月二十三日）

也谈『诗贵创造』及其他

近来读了不少强调诗歌创作要有独创性的文章，但是，到底要在诗中“创”什么？这还是值得研究的问题。丁子人同志《“诗贵创造”及其他》（《天山》1961 年 12 月）一文谈到这方面的意见，我有些不同看法，现在写出来，以就正于作者及广大读者。

“诗贵创造”这“创”字，主要是贵于创造出一个崇高而深邃的思想境界来。换言之，一个诗人在创作时所下的锤字炼句的功夫或所采取的新颖独特的艺术表现手法，都是为作品的思想主题服务的。有新颖而独创的艺术表现手法，并不代表其作品就有新颖而独创的思想境界。丁子人同志列举了好多首古典诗歌中关于“春”的描写，称赞这些诗歌的作者从不同的角度创造了春的意境，使人们得到“无穷的艺术享受”。但我觉得，以我们今天的眼光看来，这些诗歌美则美矣，但在所创造的思想境界方面，却未必是并驾齐驱，实在还存有高低上下之分。我这样说，丝毫也没有将今人的思想要求强加于古人头上的意思。我只是认为，当我们在引证古人的诗歌来进行论述时，有必要注意诗里所创造的思想境界的高低。这样，才不至于让初学写作者堕入追求形式和“为艺术而艺术”的道路上去。

要知，一味鼓吹诗人们在艺术表现技巧上下苦功，而忽略作品的思想内容，其结果将是难以想象的。丁子人同志引证黄庭坚的诗句“文章切忌随人后”“随人作计终后人”来说明“诗贵创造”，这自然无可非议。但我们也应该看到，正是这位有志于在诗歌创作上独创一格的北宋诗人，当他把“独创”仅仅理解为语言形式上的追新逐奇时，他自己的诗歌创作就陷入了一个不可自拔的形式主义的泥坑之中。他曾在诗歌的险韵、拗律、用典等方面花费了很大精力，企图达到所谓“尖新”，结果，他的诗，奇则奇矣，然而古僻得令人生厌；“俗气”是少了，然而其诗句却是无比的艰深晦涩。所以，苏东坡不客气地嘲讽他，说“鲁直（即黄庭坚）诗文如蝤蛑江瑶柱，不可多食”。由此可见，仅仅要求诗人努力在艺术技巧上下功夫，这还不够，真正的独创是在思想和艺术上均能开拓出前人未到的境界来，两者不可偏废其一。任何一首富有艺术生命力的独创的诗篇，总是通过诗人独到的构思，借助优美的艺术画面，深刻地揭示出某种生活真理，饱孕着诗人丰富的思想感情，从而创造出一个新颖而又崇高、深邃的诗的意境，让读者在真正的美感享受中获得一次思想上的提高。

在这方面，毛泽东同志的诗词为我们做出杰出的榜样。在《沁园春·长沙》这一词中，不仅使人们看到一幅无比壮美、鲜艳动人、大气包举的湘江秋景图，更重要的是使我们亲切地感受到我们的领袖早在青年时期就具有的博大的革命胸襟、风发的豪气和洒落的风度。正是这两者和谐而美妙的结合，才使我们从诗中既获得一次极大的美感享受，又从中汲取到巨大的推动我们不断前进的革命力量。

要想达到毛主席诗词这样的高度，就不仅是要求作者在创作时“经过艰苦的艺术劳动和反复推敲”，关键性的问题乃在于提高思想觉悟和深入生活。古代论诗的文章中有这样的话：“诗乃人之行略，人高则诗亦高，人俗则诗亦俗，一字不可掩饰，见其诗如见其人。”是的，要想在诗中创造出一个崇高的共产主义思想境界来，自己首先就得是一个真正的共产主义战士。

“文章切忌随人后”“随人作计终后人”，这是对的。但是，我们能否在提倡独创的同时，一概地反对模仿前人，即所谓“学步”呢？我看这又不能。

最近看到一篇文章，以学自行车来比喻教师对学生的知识传授。这篇文章的作者把教师指导学生的学习分为“扶、推、骑”3个阶段：初则扶着学生走，次则推着学生走，最后则完全放开手，让学生自个儿骑着车子走。比得真好，形象地道出诱导学生在探求知识的道路上由浅入深的过程。我觉得，这个比喻对文学创作也同样适用。

初学写作者似乎大可不必拒绝“学步”，“套着别人的脚印”走几步也有好处，这是一个熟悉文艺创作规律和逐步提高创作水平的过程。“文章切忌随人后”，是忌讳永远随在别人后面，这种人的确会“永远走不到别人的前面去，也永远走不出一条新路来”。但如果在随着别人的脚印——就好像拄着拐杖——走了一个时期以后，经历了“扶、推”两个阶段，当自己的文学水平逐渐提高并告别了模仿后——就好像丢掉拐杖，则还可以独辟蹊径，融他人的创作经验于自己的创作之中，仍有希望走出一条新路。

其实，古人或前人的成功作品岂止是对初学写作者有开蒙作用，即使是对一个在艺术造诣上有相当成就的作家也不无启发和借鉴的意义。要独创风格，但这独创的风格的形成，又往往是在学习传统、交换见解、相互影响中产生的。

例如，人们都赞美王勃的“落霞与孤鹜齐飞，秋水共长天一色”，却很少有人知道或赞美庾信的“落花与芝盖齐飞，杨柳共春旗一色”。这是因为前者比后者更美，更形象；但前者也确实是从后者得到启发而创造出来的。没有前者，也就没有后者。“青出于蓝而胜于蓝”，“青”毕竟还需要有“蓝”作为所出之地。

我们反对那种文学创作上的懒汉，这种人永远是因袭前人的作品，拘谨地、始终亦步亦趋地随在别人的笔尖后面；但与此同时，也不可低估“学步”的积极作用。要“独创”，但绝不是关起门来一个人冥想苦思地“独”创，而必须是善于师承各家、创造性地学习别人，加之自己的磨砺苦学、刻苦创新，这才有可能在创作上走出一条富于个性特色的道路来。

（1962/1）

春雨和时代精神

诗人陆棨进巴山的那天，正逢春雨喜降。但见烟雾迷蒙苍山隐现，“分不出晨早午晚，南北东西……”眼前这无限美妙的景色，不由得逗引起诗人那浓烈的诗情，于是，他以按抑不住的喜悦心情问道：“风从哪方吹来？吹得桐花满地；雨自何时落起？漫了小河山溪。”但千百里巴山于雨中静立不答，而诗人也只见“一处处犁光锄影，一声声山歌牧笛”。这春光融融、生机勃勃的景象越发使得诗人沉入一个更为深远的思想境界：“问红旗千面，是几阵春风催开？荒山万座，是几度春风染碧？”这一次，虽然千百里的巴山依旧是静立无言，然而诗人自己却忽然“猛见山间老红军，赤足正扶犁，新斗笠，旧军衣，两脚伤疤两手泥，这才知，巴山春雨早已来，三十年前就落起……”

陆棨同志的《巴山春雨》（《山花》1963 年第 1 期）一诗，就这样以生动巧妙的艺术构思、明快昂扬的思想情调，饱和着浓烈的思想感情把对客观事物的感受造成优美的意境，从而抒发了作者由春雨所引起的喜悦激动情绪，且由衷地赞美了时代的春雨——那由老红军身上体现出来的宝贵的革命传统精神。

这首短诗虽是在咏巴山春雨，可是由于诗人的眼界放得广阔，立意深远，便从眼前的巴山春雨生发开去，从而表现了歌颂革命精神的重大主题。春雨在这里显然是一个非同凡响的、充满了强烈的政治思想内容的美的形象。

我还同样地喜欢吟读忆明珠同志的一首题为《春雨》（《诗刊》1962 年第 4 期）的抒情短诗。这首统共只有两小节的短诗一开始这样写道："春雨淅淅沥沥，一声声滴进碧绿的麦田地，要说这雨不是拌着糖水撒的，人们心里怎会这般甜蜜？"构思新巧，这设问尤其质朴而天真，尽情地表现出人们对于滋润万物生长的春雨的甜蜜心情。紧接着，诗人又感慨万端地以饱蘸着浓烈感情的笔触继续写道："雨呵，你怎会不来呢？你也是和我一样，在千丝万缕地牵挂着祖国的土地。"丰富而美好的想象在这里将全诗引入一个深沉的思想境界，拟人化的春雨形象于此也突然变得高大起来，而诗人那火热的对于祖国无限热爱的感情则在迷人的春雨里得到尽情地倾泻。

"好雨知时节，当春乃发生，随风潜入夜，润物细无声"，

"小楼一夜听春雨，深巷明朝卖杏花"……古往今来，该有多少人歌咏过春雨，给我们留下了多少足以沉浸浓郁、含英咀华的篇章！这对我们时代的诗人们说来，固然是一宗丰富多彩的、可资揣摩借鉴和汲取滋养的艺术遗产，但这又何尝不是为他们出了一道难题——要能够做到"雏凤清于老凤声"，则非要在思想内容和艺术表现上下一番切实创新的功夫。近一年来我曾有意识地搜录了 20 多首今天的诗人们吟咏春雨的作品，其中固不乏佳作，然而有不少作者在落笔时却又仅仅着眼于春雨本身，故其诗虽也有不少新鲜动人的比喻，甚至也还具有一个有一定诗意的艺术境界，但却大都是像一个玲珑精致的工艺品，那缠绵精巧的构思、婉转低回的情调，使人读后总还觉得缺少一股震撼人心的强烈力量——那种蕴蓄于诗人个人的心灵而又与整个时代精神相一致的典型感受，那种壮美或优美的革命情怀。正因此故，陆棨与忆明珠两位同志的春雨诗才能那样使我有耳目一新之感。我认为，唯有这样与先进的革命思想感情相联系着的抒情诗，才能以其思想上艺术上的强烈力量，去冲开读者心灵的门扉，激荡起潜藏在人们心头的崇高的革命情操，从而鼓舞士气，荡涤心胸，激励斗志。

抒情诗因其本身所具有的特点，在反映现实生活时有着与小说、戏剧等其他文学样式不同的途径。毋庸讳言，抒情诗也是有它特定的局限性，但决不可就此将抒情诗与时代精神隔绝开来。诗人们无论是写生活的重大事件，或是歌咏山水风情，都应该是牢牢地把握住时代的脉搏，要永远保持高度的革命自豪感，努力使自己的作品中充满强烈的时代精神。事实证明，凡是那些真正优秀的抒情诗篇，都永远显示着一种时代的特征，永远与人民的思想感情和当时的历史环境有着密切的联系。要真正做到这一点，关键性的问题显然在于诗人确立无产阶级的大志和抒发人民之情。

（1963/5）

无情就是假，有情就是真

重看彩色越剧神话片《追鱼》，觉得“审问”一场中真假包公的一番辩论颇发人深思。当真包公一时也判断不出究竟谁是真牡丹时，他心生一计，故意声色俱厉地要重责张珍四十大板，却又不立即丢下刑签，借以观察两个牡丹的神色反应。这时，但见那金牡丹无动于衷，而鲤鱼精则“焦急，终于奔向张珍，相抱哭泣叫张郎”。于是，真包公一眼就看出“一样貌，两样心”，从而准确地判断出真假牡丹。戏至此，似乎也算完结了，却不料假包公拍案而起，指责真包公糊涂判案。他指出：“两位姣娘两样心，其中皂白不难分。一个原是多情女，一个爱富又嫌贫。无情就是假，多情就是真……”这番义正词严、充满深刻人生哲理的议论，打动了真包公的心，使他不仅放下高悬的斩妖剑，还决定“老包宝剑虽利，不斩无罪之妖”，“倒不如闭门推出窗前月，吩咐梅花自主张”，终于告辞嫌贫赖婚的金宠相爷径自而去。

这实在是一场情趣横生、不可多得的好戏。它通过审问，把各个人物的思想、性格区别得清清楚楚：鲤鱼精的多情，金宠父女的势利，真包公的精明机智，假包公的耿直仗义，从而给我们上了丰富的人生一课。我还觉得，这场戏中假包公那番关于真假的议论，不独是判断真假牡丹的依据，也可看作是评价真假文学的前提。

我这里说的假文学，指的是那种言与志反、遗真逐伪的无情文学。作为一个读者，不一定人人都能像文艺批评家那样，从理论角度判断一篇文艺作品的优劣，但人人却可以从作品所表现的感情真假上率直地谈出自己的好恶。以情动人，这是文学作品区别于其他任何宣传形式的特殊功能。而假文学，恰恰是寡情淡味，令人见之生厌。文学作品的情，需是发自作者肺腑深处的实感真情，来不得一丝一毫的矫揉造作，哪怕是稍稍化装一下，读者也会敏感地因其虚假而感到厌恶。那些优秀的悼念周总理的诗歌为什么能那样强烈地震撼我们的心呢？就在于那些诗歌中无一不汹涌着如海潮般澎湃、似火山般奔突的炽热真情。“一声周总理，双泪落胸前”“万众一心由衷曲，愿将百死换一生”。在这些感人的诗句中，有揪心的痛悼，有深切的思念，有衷心的颂扬，确实是从人民心底迸发出来的感情之花，故才有令人同爱共憎、心往神驰的感人力量。又如陶斯亮的散文《一封终于发出的信》，之所以能在广大群众中引起巨大的反响，也因为这《信》是作者和血蘸泪而写成，爱和恨贯穿始终，悲与愤笼罩全篇。正由于这《信》燃烧着作者愤激的感情烈焰，激荡着不可抑制的情感波澜，故才能产生惊人的感染力，直至动人心弦，催人泪下。

如此说来，凡是有情的作品皆是好作品、真作品了？也不尽然。我们不仅强调文章要有情，更强调这情应是真切、强烈而典型的时代感情。抒个人之哀怨，写一己之私情，这情纵然也是真的，但终究显得低而浅；但是，一旦当富有个人特点的真情，与时代的、与一切革命人民的情绪频率相吻合的时候，这感情就升华了，显得高而深。仍以天安门诗歌来说，其数量真正是成千上万，如山似海，但它们有一个共同的主题，这就是：沉痛悼念敬爱的周总理，愤怒声讨万恶的“四人帮”。千千万万的无名诗作者在这一共同主题上，心心相印，息息相通，故其诗虽然表现形式、遣词用句上有千差万别，但主旋律是一致的，并终于汇成响彻云霄、震撼中外的时代强音。同样地，倘若陶斯亮的《信》只是抒写自己对亡父的悼念之情，那也未必能像现在这样在我们心田中激起层层波澜。由于陶铸同志妻离子散、家破人亡的悲惨遭遇，事实上是与一大批老干部的遭遇、一代人的命运、我们党的不幸和中华民族的灾难密切相连。陶斯亮准确而典型地抒写了这一切，并采用书信——一封终于发出但死者永远无法收到的信——这种最容易抒发感情的形式，用饱含真情的语言，这就能触动人民群众心上那难以磨灭的伤痕，使人们情不自禁地带着自己的切身感受和对老一辈无产阶级革命家的深切怀念来读这封信，并从而必然引起强烈的思想共鸣。

文章不是无情物，“为情而造文”，这本来是文学的基本常识。但在“四人帮”控制下的文坛，抒情成了罪过。如今，“四人帮”被扫进历史垃圾堆了，我们的社会主义文坛逐渐恢复了生机，有情文学日渐增多，但“无情文学”即假文学至今还没有完全绝迹。这原因就在于一些作者头脑中“四人帮”的流毒尚未完全肃清。因为划不清无产阶级人性和鼓吹资产阶级人性论的界限，划不清健康的爱情描写和宣扬资产阶级爱情至上的界限，划不清抒发无产阶级革命情谊和宣扬资产阶级温情主义的界限，划不清无产阶级的生死观和资产阶级的活命哲学的界限，……故在创作时仍不敢放开手脚，大胆抒情，却总是像周总理指出的如电影《达吉和她的父亲》那样，采取种种手法，“限制”感情。说穿了，还是怕写了正面人物的恋爱、婚姻、家庭、喜怒哀乐，便会“歪曲英雄形象”，就是“人性论”。其实，把无产阶级写成无情，这不但完全是误解，而且也是一种歪曲。“无情未必真豪杰”，毛主席的诗词就很能说明这个问题。作为一个马克思主义者，一个无产阶级革命家，他不仅在词中写他和自己的战友、夫人杨开慧“重比翼，和云翥”的豪情壮志，也真实地写了他们夫妻间“凄然相向”的别绪离情。我们的作者还要瞻前顾后、忧心忡忡什么呢？时至今日，再不破除“四人帮”的禁欲主义，就难以繁荣社会主义文学创作，也难以让文艺更好地为人民服务。人民群众热切呼唤有真情的好作品，愿我们的作者不要辜负这种期望，而应解放思想，放开手脚，深入生活，深入群众，去观察、体验、研究、分析一切人，一切阶级，一切群众，并根据实际生活，努力创作出更多更好的情真词切、有血有肉、能够征服人心的真作品来。

（1979/7）

『从泥巴里拱出来的』说起

著名作家周立波的作品具有浓郁的生活气息。人们读他写的《山乡巨变》及短篇小说《禾场上》《山那面人家》等，总感到其作品的字里行间散发着青草、野花的香味，觉得他笔下的人物栩栩如生，宛若真人。有人曾就此当面向立波同志请教，问他的作品究竟是怎样写出来的？他想了想，笑了笑回答说："从泥巴里拱出来的。"

拱，而且是从"泥巴里"，这句话说得形象生动，含意深长。据新版《辞海》对"拱"字的释义：耸起而掀动。文艺作品是社会生活在作家头脑中反映的产物。作家的一篇真正来自生活的作品，在它诞生之前，那情形很有点像"立于高山之巅远看东方已见光芒四射喷薄欲出的一轮朝日，它是躁动于母腹中的快要成熟了的一个婴儿"。（毛泽东《星星之火，可以燎原》）到其真正成熟了并且喷薄而出时，则便是由“耸起”而进入“掀动”，如周立波同志所形容的那样，从人民的生活土壤里“拱”出来了。

生活的“泥巴里”，含有作家进行艺术创造所必需的一切汁液，因此，大凡真正“从泥巴里拱出来”的作品，总是富有浓厚的生活气息，是具有强大生命力的艺术之花；而那些脱离生活编造出来的作品，虽然貌似华丽，但终因缺少那种唯有生活土壤才蕴含着的丰富养分，故显得苍白无力，以至干瘪、单薄、虚假。有些青年同志曾经以其成功的处女作引起文艺界的重视和读者的兴趣，但后来却逐渐销声匿迹了。其原因往往在于：他们的处女作是在生活的深处获得创作素材，并且是久已孕育于心以后，终于一朝创作成功，即，是“从泥巴里拱出来的”；后来，脱离生活了，或者不肯继续在深入生活上下苦功，于是，在他们编造出来的作品中，就再也没有那种吸引人们目光的来自生活的灵气，他们的艺术创作才能也就跟着逐步枯萎了。

有成就的作家总是十分注意把自己牢牢扎根在生活的土壤之中。高晓声甚至夸张地把自己熟悉的生活基地称之为“天堂”，他说：“在这个‘天堂’里，一本记得密密麻麻的笔记本，不及一张熟面孔。”陆文夫则由衷地表达他对自己生活基地苏州的眷恋之情：“走在马路上，会碰到许多熟面孔，每一张熟面孔，都会使我想起他们的许多事情来。”老作家在这方面的例子就更多了，赵树理、周立波、柳青，他们都有自己的生活基地，或太行山区，或湖南的桃花岭，或终南山下的黄甫村……

在作家深入生活的问题上，过去由于“左”的路线影响，存在很多毛病。譬如把文艺工作者深入生活单纯理解为改造思想，甚至把作家当劳力使用，就是一种简单化、片面化、绝对化的做法，应当拨乱反正。但是，深入生活这个方向始终是正确的，应该坚持的。不能因为过去在深入生活的道路上有过曲折，就拒绝深入生活。现在有的作家，特别是一些青年作家，过分强调创作的才华和灵感，不重视生活积累，这是值得正视和必须解决的问题。诚然，创作的才华和灵感是不可少的，但最根本的还是要有扎实的生活基础。

自觉地深入到生活中去吧！像土地不负庄稼汉一样，生活的土壤也必将厚赠一切愿意与它保持密切联系的文艺工作者。当你从生活的土壤中饱吮生命的乳汁时，你的作品也就一定会不断地“从泥巴里拱出来的”。

（1983/1）

《丑石》、铜钉及其他

偶翻今年第一期湖北的《中学语文》杂志，发现上面有一篇批评名青年作家贾平凹的名作《丑石》的文章。此文的作者虽名不见经传，但我相信他不会不知道《丑石》曾得到过当代一位名家的推崇，并已被不少地方选为语文教材；他也不会看不到评论界对《丑石》的一系列赞扬文章。但这位批评者全然不顾这些。他实事求是地指出《丑石》不仅有十处显而易见的语病，还宣扬了一种“丑到极处，便是美到极处”的错误观点，表露出“不做小玩意”的不健康的情绪。在充分进行说理分析之后，这位批评者明确提出：《丑石》不宜选作教材。

我敬佩这位批评者直率真诚的态度。说实在的，现在批评名家很不容易，当然更别说批评大人物了。这中间首先因为对大人物、名人的盲目迷信，好像大人物和名人做任何一件事、写任何一篇文章总不会有错似的，即使错了，也万万改不得。其次则是那种“为尊者讳”的封建思想在作怪，好像唯有把这错处遮掩起来，才是对尊者的敬重与爱护。有一个典型例子很说明问题。鲁迅在一九二〇年发表的小说《风波》里，写六斤姑娘打破了一个饭碗，她爸爸七斤拿进城去补了十六颗铜钉，三文一颗，共花了四十八文小钱。这账是明明白白不会错的。但到文末，鲁迅先生再提及铜钉数字时，不知怎的，竟把“十六”写成“十八”了。后来，鲁迅显然自己发现了这个错误，在一九二六年十一月二十三日给李霁野的信上说：“六斤家只有过这一个钉过的碗，钉子是十六或十八，我也记不清了。总之两数之一是错的，请改成一律。”可是，尽管鲁迅自己说了，但直到前两年出版的《呐喊》单行本中，《风波》末尾的铜钉还是赫然印为“十八”。原因就是由于《风波》的作者是鲁迅。

其实，大人物并不都是拒绝批评的，对于那些言之有理批评，他们总是闻过则喜、从谏如流的。毛主席的《关于诗的一封信》发表之后，北京大学的一位同学就曾经给他写信指出：信中“遗误青年”的“遗”字，应为“贻”。这浑小子胆也真够大的，居然纠正起领袖的错别字来！结果怎样呢？毛主席认为这个意见提得对，立即“非常高兴”地请《诗刊》编辑部予以改正了。

(1986/12)

质疑『给钱就让发表作品』

在报纸上连续见到几则“集资办刊”的广告，对于这种不要国家经济补贴、自力更生集资办刊的方式，我认为可以一试。但有些集资办刊的广告宣布：“凡初学写作者均可在本报专栏或以其他方式至少发表一次作品。”更有一家刊物公开拍卖版面：谁给钱，就让谁买得版面发表作品。凡此种种，我表示怀疑。

办报刊，需要经费；但我更认为，搞创作，则需要才能。党的十一届三中全会以来，人们生活水平不断提高，有钱的人多起来了，这是事实；但有钱并不一定就具有写作能力，特别是具有发表作品的能力，这恐怕也是事实。既然如此，怎么可以采取给钱就一定让谁发表作品的办报刊方针呢？

写到这里想起一则趣闻和一条新闻——

一则趣闻是说西方有一人，出于对生活中那些屡遭退稿者的同情，宣布办一个由退稿者出钱、来稿必登的杂志。这杂志自然受到退稿者的欢迎，也真的办起来了。但只办了一期就不得不宣布停刊，原因是质量太差。

一条新闻见于本月初的上海《报刊文摘》，说的是偏远山区有个叫金老幺的农民，财迷心窍，竟把自己的亲生女儿翠花，当众过磅后宣布：女儿论斤给钱，谁出的钱最多就给谁。结果，一个靠倒卖银圆发了横财的姓王的中年丑陋家伙，当场拿出360张“大团结”，把年仅十几岁的姑娘买走。

趣闻告诉人们，办报刊光有钱没有质量不行。我记录这新闻则意在强调，不要轻易地将文学姑娘许配给金钱。

号召人们投资办刊物是可以的，但不必以给了钱就一定让其发表作品为交换条件。有些同志有钱又有写作爱好，刊物上自然可以发表其作品；有些同志有钱但不一定长于创作，一定要让其发表作品，反倒令其为难了。有些单位资助中央电视台转播中国女排在国外比赛实况，就没听说允许出钱的单位派人到国家队中去露一手。此中道理是相通的。

(1984/12)

文学，请摆脱金钱的困扰

在商品经济大潮猛烈冲击下，文学——其实是整个精神文化——显示出从未有过的困窘。它再也不能像往昔那样一边吟唱“君子重义不重利”，一边在无竞争的相对平静的环境中进行文学生产，而是不得不放下“君子”的架子，像“小人”那样言利。不如此，文章写不下去，刊物办不下去，书卖不出去，就难以生存。这到底是进步还是退步？当然是进步。因为此举改变了人们习惯的四平八稳的生活方式，迫使人们紧张起来去适应新的社会环境；此举也有助于克服人们的传统惰性，必然增强自身的竞争意识和进取意识。有一个事实很明显，即自从商品经济大潮高涨起来以后，文学界人士的精神状态确实与以前不同了。

文学如果单是受窘，倒也好办，老老面皮，红过一阵脸以后也就算了。问题是，由于精神文化产品事实上的二重性，文学陷入一种难以自拔的痛苦之中。一方面，精神文化产品的商品属性，使它比过去任何时候都更重视金钱；另一方面，精神文化产品的特殊属性，又要求它必须担负起如一位著名作家说的“丰富人们的精神世界，扩展人们的精神视野，提高人们的精神品位，开发人们的精神力量，活泼人们的精神生活”的神圣任务。无视精神文化产品的商品属性，精神文化产品将难以在现实中立足，但过分注重精神文化产品的商品化，则必然导致精神文化产品的变质。文学的最大痛苦即由此而产生。我们几乎到处都可以见到文学这种尴尬而痛苦的面容。拿《青春》丛刊来说，这个曾经发表过《今夜有暴风雪》《第三只眼》《五色土》《再生屋》等优秀作品的全国颇有名气的大型文学刊物，如今也以半裸体的妖娆美女作封面，并选用妖、魔、性等富于刺激性的字眼作标题以招徕读者，文学的痛苦之状于此可见一斑。

我无意在此批评《青春》丛刊及其他原本在读者中享有一定声誉的文学报刊，他们的改弦易辙自有其种种难言苦衷，我也拿不出多少让刊物走出困境、解除痛苦的妙策良方。我只是于此提出个人的祈愿：当此商品大潮涌动、社会大环境变迁的非一般时代，文学在积极创造条件以利自己更好生存的同时，一定不能丢掉自身固有的价值观念，而完全沦为金钱的奴隶。有些界限看起来古板，说起来老僧常谈，但却必须注意划清，主要是：作家以自己作品应得的稿费和为猎取高额报酬而写作之间的界限；为刊物生存筹集必要资金和为敛财而办刊之间的界限；出版社为满足读者消遣需要以及自身的营利目的而适当出些无益也无害的读物和非营利的书刊则不出之间的界限；等等。

记得莎士比亚曾借剧中人之口，说“黄金”是应该“被诅咒的东西”，是“人类的共同娼妇”！因为，在黄金诱惑下，“黑的会变白，丑的会变美，错的会变对，卑贱的会变尊贵，怯懦的会变勇敢”。照我看，我们的文学如今在“黄金”这个娼妇的挑逗面前已经有点神不守舍、邪火上升了。以下事实恐怕已非个别现象：平庸的文学作品，可借“黄金”的力量得以公然发表、出版甚至获奖；即使名家也往往为“五斗米”折腰，低声下气地为并非真正的开拓型企业和所谓企业家大唱赞歌；出版物再不是那么神圣，有钱即可买到书号；而真正批阅十载、数十载的呕心沥血之作，因为无钱赞助而被拒之出版社大门之外。还有，刊物屈从于利欲熏心的书报贩们的压力，违心地按其平庸要求，设计从形式到内容的书刊面貌；用集资办刊和评奖的名义获得的社会各方的支持，但所得资金并未主要用于文学事业；等等。

我说不出更多更深的道理，但却坚信：对金钱的痴迷追求只会导致文学自身价值的失落。一些重利轻义的作家、编辑迟早一天也会发现：沉湎于金钱的追逐，毕竟是暂时的欢乐，纵腰缠万贯也难以弥补内心的空虚；唯对精神的追求——那些真正美的、崇高的、伟大作品的追求，才是有价值的，永恒的！一部真正融进自己心血和追求而又为人民群众珍爱的作品，无疑胜过千斗白银、万斛黄金。

文学，请摆脱金钱的困扰！

（1989/7）

五谈法制文学写作

维护法制文学的尊严

现在有一些所谓法制文学作品，打着宣传法制的招牌，却宣传了不健康不严肃的内容。例如，有张《法制文学特刊》小报，发表了一篇题为《发生在一个中年女人与一个青年男子之间……》的作品，作者不厌其烦地描写一个“并不显老”“风韵犹存”的中年女子，如何先是自己、后又指使自己的侄女去勾引年轻男子，还采用匿名诽谤的卑劣手段，破坏那个年轻男子的正常恋爱。虽然作者于文末说了几句需要“用社会主义道德的准则去评判、去谴责”之类的正面道理，但全文的重点则是在渲染色情而不是宣传法制。又如湖南的一家报纸报道一个演员的堕落，本来，这样的稿件写好了，会起振聋发聩的教育作用，可惜此文津津乐道的却是写“一个丰满的女性”勾引那个演员的过程。

照我想，法制文学应该同法制本身一样，自有其浩然正气！如果让一些格调低下、庸俗无聊的作品，披上法制文学的外衣招摇过市，就不但不配称为文学，而且也玷污了法制的尊严。

（1984/12）

“写性”与“赢利”

把写性与赢利挂起钩来，是前一个时期一些庸俗小报的普遍做法。这些庸俗报刊所刊载的东西，无论是打着“法制”的旗号，还是挂着“道德”的招牌，其实重点却都是放在性行为的描写上，以迎合一些人的不健康的趣味。这些报刊也因此捞了一笔钱，然而，“小报”文艺也从此变得声名狼藉，这已成了有目共睹的事实。

不幸的是，当“小报”文艺为赢利而写性，终于使自己走上难堪的地步时，一向自视清高的严肃文学，却也有那么些作家，把写性当成一种热门、时髦来追求，这能说是与赢利无关吗？如果说，那些出现在庸俗报刊中的性作品还比较容易识别的话，那么，对严肃文学中的性描写，却并不是可以一下子就能做出判断的。这不仅因为写这些作品的人有一定名气，还因为这些作品一旦面世以后，马上就有评论家卖力地为之鼓吹——吹得天花乱坠，明明是露骨的色情描写，却被说成是具有哲学意味的探索；明明是宣扬不道德的婚外恋，却被夸大成“提出一个令人深思的社会问题”；等等。

具有讽刺意味的是，那些以赚钱为目的的报刊商贩，却一眼就看出某些作家在探索旗号下的色情玩意，并迅速做出判断：这可比“小报”文艺能赚更大的钱。有一个事实就很令人玩味：当评论界为某部很有名气的小说的重大思想意义和哲学高度争论得不可开交时，街头报刊商贩为这部大作所写的内容提要却是：“本书生动细腻地描写了一个男子的性功能从丧失到恢复的全过程。”

诚然，文学表现性心理、性意识、性行为原本不足为怪，因为，人毕竟有自然属性这一面。问题在于，人的自然属性不是孤立存在的，它必然要被社会性所渗透、所贯穿、所制约。我们所希望的，是作家不要抛弃文学的社会性，而把自己的创作兴奋点集中在性问题上。列宁说得好：“如果性成为主要关心的事，那就很为不妙”，“结果是性和婚姻问题没有被当作巨大的社会问题的一部分来理解。恰恰相反，巨大的社会问题倒好像是性问题的一部分、性问题的附属品了”。

(1987/3)

选家的眼光

从小就喜欢读书，还做过当作家的梦。很长一个时期，总是误以为做选家要比做作家容易得多——作家要挖空心思写，选家只需从大量作品中挑选出一部分汇编成集就行了。后来读书多了，才知道当选家也不易，甚至很难。选甲不选乙，留丙而去丁，需要丰富渊博的学识，高人一等的鉴赏水平，尤其重要的，是胆识与公正。

现在各种各样文摘报刊也算一种选家吧。这些文摘报刊的材料来源都是人人可见到的报刊，但各文摘报刊之间却明显有高低之分、雅俗之别。其中原因之一恐怕就在于选家的眼光不同。如果真正是为了建设社会主义精神文明，就会汇各家之杰作，集多家之精华；如果为了赚昧心钱呢，那就只能是旁门左道，专选色情、凶杀、怪诞之作去刺激读者。至于还有些报刊着意选刊违反四项基本原则的言论与新闻，那就不仅是为了谋利，而是在为资产阶级自由化推波助澜了。

因此，读者希望当今选家一定要确立以正确的政治观点为前提的敏锐眼光。须知选家的着眼点错了，不仅会造成不好的社会效果，欺骗甚至毒害读者，有时还会贻误了被选作品的作家。有一部长篇小说，颇为成功地展示了新时期丰富而复杂的社会生活，给人以丰富的联想和启示。不幸的是，这部长篇在全文正式发表以前，被一家地方杂志用了与长篇小说同名的题目，选载了其中一部分，而这部分偏偏是这部小说中唯一描写男女性生活有所失误的地方。就这样，一粒老鼠屎坏了一锅粥，不仅招致了读者的批评，也破坏了这部长篇小说的声誉，使人们误以为整个作品就是写性的。这当然冤枉了，但其中的教训很值得当今选家们记取。

（1987/5）

不赚昧心钱

一股歪风，正像毒疫一样在文化出版界悄然蔓延着。歪风所到之处，低、平、庸甚至淫荡、低级趣味的图书和期刊竞相出现在文化市场上。与两年前那股盗用、假冒出版社名义出版非法出版物的歪风相比，这次有两个引人注目的特点：一是出版者都是经过上级批准成立的堂堂正正的出版社，有的还是较有名气的出版社；二是竞相翻译、出版外国色情小说，同一小说，换个名字在几家出版社同时出版的情况屡见不鲜。

沉渣泛起，歪风重来，原因通到“钱”上。

诚然，我们不应片面批评出版社在工作中想到“钱”，但出版部门不应忘记，社会主义的文化艺术产品，担负着不可推卸的神圣职责，这就是：陶冶人们的理想道德情操，提高人们的文化素养，鼓舞和激励人们为社会主义四化建设多做贡献。如果不是两个效益一起抓，那我们和旧社会那些以赚钱为唯一目的、专出诲淫诲盗的低级书刊的下流出版社有何区别？

有人说："你讲的这些道理我都懂，能否请你说明白点，究竟哪些书不可出呢？"这是一个难答题，但依我之浅见，也可一言以蔽之，曰："不出赚昧心钱的书！"何谓昧心钱？有些同志嘴上不说，其实心里明白，行动上也清楚——一本书出版了，也畅销，但不敢或不愿把此书带给自己孩子看，也不想按惯例送上级主管部门阅看，这样的赚钱书，很可能就是赚的昧心钱……

(1988/7)

己所不欲 勿施于人

在全国青年文学创作会议开幕式上，王蒙用十分幽默的口吻尖锐辛辣地批评了一些作家在作品中大写特写"性"的不良倾向。他说："现在有些作家大写特写其'性'，这不能不使人感到忧虑。对青少年加以保护，这是各个国家都关心的，在资本主义国家，对性的宣传也不是不受限制的。青少年正处在成长时期，不适宜放肆地撩拨他们的性心理。我在家里也不断地进行藏书运动，把不适合孩子看的书藏起来。"

对王蒙的这番话，我是十分赞同的。他所说的家庭藏书行动，我相信在不少家庭都发生过和正在发生着。难就难在这种藏书运动并不能解决问题。第一，这不能从根本上解除孩子思想上的疑惑。我的女儿是中学生，对文学颇为爱好，一些作家在她心目中是美的传播者、真理的化身。为求得这些作家的签名，她曾经在作家的寓所门外苦守过几个小时。现在，我们不允许孩子看她心目中崇敬的作家叔叔、阿姨新近写出的性作品，我们又如何能解释清楚这其中的原因呢？第二，孩子在我们眼皮底下看这些性作品，可以被我们有效地加以阻止，可是，我们总不能时时步步跟着孩子呀。我们可以藏起家中不适合孩子看的书，可是，我们能藏得尽社会上同样内容的书吗？

在庸俗小报大肆泛滥的时候，曾有报道说，不少唯利是图的报贩是从不把刊载黄色作品的报刊带回家的，而一些长于此道的编写者也同样如此，他们都害怕自己的孩子看了中毒。但是，他们为什么不同时想想别人家的孩子，特别是想想建设社会主义精神文明这个重要课题呢？

王蒙在全国青年文学创作会议开幕式上还强调指出："作家应当有社会责任感。如果你这个作家有一个十几岁的女孩，你就依你的这种作品来对她进行性教育，如果确实起到了好的作用，使她能健康成长，那我就佩服你。"说得好，也说得痛快！作为孩子的家长，我在此敬请作家在写性之前，先设身处地考虑一下，你这作品适合自己的孩子看吗？如果己所不欲，就请勿施于人，如何？

(1987/8)

缩短这个距离

听解放军英模汇报团的报告，激动之余，使我又一次想起缩短文学与现实之间距离的问题。例如，英雄们在云南边防前线为祖国为人民顽强献身的事迹和精神，使成千上万的人边听边拭激动的热泪，但在一些反映保卫祖国的边防战士的文艺作品中却是另外一种样子——

有一篇小说，不是写前线战士如何一往无前、英勇杀敌，而是津津有味地编造一个格调不高的“第三者”插足的故事，而且把地点安排在老山前线。于是，一个本来应该一心一意为保卫祖国而战的年青指挥官，竟在烽火连天的战场上，想念战友的妻子，从而变得三心二意、反复无常起来。还有一篇短篇小说，写副连长方盛英勇杀敌，受了重伤，因为“熬不住了”，便开枪自杀……。这些作品已在读者中引起思想混乱，一方面是来自边防前线的英模在讲台上做报告，另一方面是我们的有些作家却在写我们前线的干部战士心理猥琐、情调低下。究竟谁是真实的呢？答案是明显的。问题在于为什么会产生这种文学与现实的距离，又应该怎样缩短这个距离？

当然，我们不能武断地猜测写出上述作品的同志没有深入生活，作品是胡编乱造，但毫无疑问，浮光掠影式的采访，走马观花式的调查，是难以真正理解我军指战员的丰富而崇高的内心世界的。就是在占有了大量创作素材以后，动笔前还得对材料进行一番去粗存精、去伪存真、由表及里、由此及彼的分析、鉴别工作。那种有闻必录的自然主义的写作态度和方法，是肯定不行的。难怪边防战士给内地亲人写信时，总是忘不了强调：流血牺牲在所不惜，最需要的是祖国人民特别是同龄人对他们的“理解与关心”。这恐怕也值得我们作家深思。

我总觉得，那些显得与现实生活有较大距离的文艺作品往往不是典型化的结果，而是与作者的艺术趣味不健康、不高尚有关。这些同志有时抱着猎奇的心理，把目光注视着正面人物的私生活和在特殊环境中产生的反常性冲突；有时则借口探索当代人丰富而复杂的内心世界，热衷于写人物的阴暗变态心理，认为越离奇越刺激越好。诚然，我们并不赞赏一个阶级一个典型的做法，也不提倡“高大全”式的人物形象，但是，脱离生活真实，任意往英雄脸上抹黑，或者必欲找出闪光性格中的猥琐方面才动笔，恐怕就从一个极端走到另一个极端去了！

当前，祖国各条战线英雄人物不断涌现，愿我们的作家经常深入到火热的生活中去，透彻地了解他们，热情地表现他们，典型地描绘他们，只有这样，才可以不断缩短文学与现实之间的距离。

（1985/11）

站在哪里『拍摄』生活？

对准焦距，是摄影的基本功，它往往影响到一幅作品的成败。

我常想，当作家举起“艺术摄影机”对准火热的现实生活的时候，是否也同样有一个对准焦距的问题呢？有的作品，乍看之下，似乎也是来自生活。它所刻画的人物，所提示的问题，大致在生活中也可以找到一些影子。但细究起来，其艺术形象又似是而非，似真乃假，尤其是它所传达出来的思想内蕴，不是给人们以深刻的教育和有益的启示，相反却是造成读者思想的某种混乱。产生这些现象的原因，我认为就在于作家面对生活时，没有把握好焦距。

那么，是否只要对准了焦距，就一定会写出生动真实地反映现实生活的好作品呢？也不尽然。这里还有一个更为重要的问题——“摄影者”站在什么角度、选择什么样的对象。历史新时期的现实生活在向人们展现出前所未有的壮美雄姿的同时，也表现出更为复杂的态势。从农村到城市的经济改革和建设事业的发展，使我国社会生活的各个领域都发生了深刻的变化。人们的思想空前活跃，精神格外舒畅，认识不断深化。一切是那么丰富多彩，充满生机，但是与此同时也有冒充社会主义而实质是封建主义、资本主义的残渣悄然泛起，真所谓泥沙俱下，鱼龙混杂。这对于“摄影者”来说，不能不说是面临着严峻的考验。一些作者由于认识上的失误、审美观念的偏差，其作品“焦距”准确，也反映了部分生活真实，却流露了不健康的思想倾向，产生了消极的社会效果——

有一篇小说，写一个 20 年前由于污辱妇女被开除党籍、丢了大队支书职务的人，今天，他承包基建队发了大财，“有 40 万元的固定资产”，“他觉得现在有强大的经济做自己的后盾，没有办不到的事”，便采取贿赂、挑拨离间等卑劣手段，顺利地收买和利用了公社副书记、县纪委书记、县委书记和县长，不但翻了案，还把一个坚持党性原则、反对为他翻案的正直的农村基层干部弄得丢了党籍。

我们当然不能简单地指责这篇小说是作者面壁虚构，不妨说，他所描写的一切在我们的生活中也可能时有所闻或偶有所见。问题在于，作者采取自然主义的手法，把一些仅仅反映生活中某些现实的真实，不加分析地甚至以欣赏态度写入作品之中，这就很难显示出生活的主流和历史发展的总趋势，并容易模糊人们的视线，产生思想上的混乱。这不利于调动广大群众投身四化、改革的积极性，是需要引起我们高度重视的。

“东家之子，增之一分则太长，减之一分则太短”。我们只有坚定地站在党性立场上，面向生活，找准对象，对准焦距，才可能创造出那种“不短也不长”的美的作品来。

（1986/6）

花儿为什么不那么红?

香港人很喜欢养花种草，但是，那花，那草，总令人觉得缺少点儿什么：也红，红得不鲜；也绿，绿得不艳。原因在哪里呢？作家汪曾祺在香港访问时发现，那里是寸土寸金的地方，泥土稀少、金贵。不少人家只好把花草种在有养分的水里。就这样，离开坚实的大地和肥沃的土壤，那花草就少了许多活力与美。

汪曾祺向我说这番话时，是有感而发的。眼下有的青年作家虽然不乏才气，但在深入生活方面却缺少刻苦扎实的作风，读他们的那些表面华丽实质苍白的作品，很容易使人想起“港花”。

当有人为周立波那些描写农村生活的优秀作品所感动，询问他何以能在作品中传导出山村青草、野花的香气，特别是何以能使自己笔下的人物栩栩如生、宛若真人时，这位老作家认真想了想，笑着回答说，那是因为那些作品是“从泥巴里拱出来的”。

中外古今无数创作实践表明，一切富有浓厚生活气息、具有强大生命力的艺术之花，都离不开生活的泥。这就难怪许多有成就的作家都把自己的根牢牢地扎根在生活的土壤里。如人们熟悉的赵树理、柳青、陆文夫，就都有自己的生活基地，或太行山区，或终南山下的皇甫村，或苏州小巷深处……

（1987/3）

仅靠才气写作是不够的

新人辈出，佳作纷呈，这是新时期文坛激动人心的景象之一。但是，如果看一看过去9年中涌现的众多文学新人的现状，就不那么激动了。有些名噪一时的青年作家不知什么时候从文坛上消失了；有些人的创作出现时断时续、难以为继的不景气状况；有些人虽然还在写，甚至发表的作品也不少，但与其本人最初那些引起文坛注意的作品相比，简直判若两人。

原因何在？我认为是由于这些青年作家有意无意地放松了生活经验的积累和补充，而过于相信自己的才气和感觉。

才气对作家来说无疑是相当重要的。对生活超乎常人的敏锐感受和发现，对生活素材做别出心裁的艺术处理，以及对文学语言机智独特的运用，都需要才气和良好的艺术感觉。但仅靠才气写作还不够，比才气更重要的是生活，是作为文艺创作源泉的现实生活。

考察一下我们的许多青年作家成名作的诞生过程，我们便会发现一个差不多完全相似的事实，那便是这些发轫之作无不是他们用自己多年生活积累而写成的一篇或几篇力作。应该说，这些作品既是青年作家才气的表现，更是他们长期感受生活后的一次形诸文字的感情爆发与升华。这是广采生活之花以后而酿出的蜜，故而有醉人的芳香；但是，当作者随着名气增大，发表容易后，便开始过高估计自己的艺术才华，另一方面，生活积累也消耗了不少，这时候就难免开始重复自己，或者间接获得些素材便匆忙动笔，作品也就难有足够的思想底蕴和艺术感染力。

不能说这些作家没有生活，他们自有他们的生活圈子和生活方式，也不是说这些生活不能够进入作品，而是说这种生活毕竟有限，与广阔的社会现实相比，这种小圈子的生活无疑是太狭窄、太虚泛了。一个长期与社会生活隔绝或基本处于封闭状态的作家，写不出有分量超越自己的作品来自是理所当然的。有一位天分很高、灵气很足的青年女作家，最近感慨承认，她当专业作家当得太早了。我想，这种感慨是由衷的，而且也不是她这一个专业作家才有的，许多想真正成为大作家、想写出大作品的人，面对同一处境，都是会发出同样感慨的。

需要补充生活，几乎是目前已经成名的中青年作家面临的共同问题，已经引起创作界、评论界的普遍注意。当然，现在不会也不可能像过去那样把作家、艺术家赶到生活基层去“深入生活”“改造世界观”，要他们从事力所不能及的体力劳动，而应从实际出发，按作家生活积累情况和了解敏感区域的需要，广泛接触社会实际。当然，这不可一刀切，因为生活多种多样，这里面有着相当复杂的因素，要依照艺术创作规律行事。我个人觉得柳青、周立波在陕西皇甫、湖南山区建立生活基地的做法今日仍然值得提倡。事实上，目前在文坛上能保持较强活力的作家已有了成功的经验。贾平凹迄今为止，出版了近 20 本散文、小说集子，他的才气也是文学界所公认的，但贾平凹并没有因此而止步不前，一度他的某些作品表现出某种空洞和重复的现象，一经读者善意地指出，他马上就警觉到这是生活积累匮乏造成的，主动七下商州，回到“根据地”，又一次饱吮生活的乳汁。不久前《小月前本》《鸡窝洼人家》《浮躁》等优秀作品相继问世，我们又在他的新作里感受到令人振奋的时代脚步声。显然，有了丰富的生活积累和感情积累，才气就会得到充分的发挥，也就能打开自己创作的新天地。

（1988/4）

直面人生 反映时代

成功地反映当前改革生活的长篇小说《花园街五号》的作家李国文，在一篇谈创作体会的文章中说："我一直认为文学应该进入生活，在现实面前闭上眼睛，或掉过脸去专谈风花雪月，对于作家那颗公民良心来说，实在有些难以交代。"

及时反映现实生活的作品，有时可能比较粗糙。但这些作品有一个突出的长处，那就是蕴藏着深沉的思想力量和浓郁的时代气息。其原因就在于这些作品是与现实生活同步，和时代脉搏协调的。

诚然，社会主义文艺的题材不应有人为的"禁区"。历史与现实，当前与未来，天上与人间，乃至鸟兽虫鱼、风花雪月……都可以进入作家、艺术家的眼底与笔端。但多样性和有所提倡并不矛盾。当此改革洪流席卷中国大地的伟大时刻，要求我们的作家迅速熟悉新的社会生活，自觉地运用文艺手段去反映改革生活，这恐怕并非是过分的要求。

造成一部分同志“掉过脸去”不写改革的原因，恐怕一是“距离论”，二是怕看不准。前者使一些同志为追求作品的“不朽”，人为地拉大文学与现实的距离，误把与生活同步的作品看作朝花夕露。殊不知作品是否“永恒”与“不朽”，并不在于同现实的“距离”远近，而是取决于作家的才能大小和他所创作的作品的审美价值高低，在于作品是否深刻地反映了生活并进行了艺术表现手法上的创新。如刘心武的《班主任》，蒋子龙的《乔厂长上任记》，谌容的《人到中年》、张洁的《沉重的翅膀》和李国文的《花园街五号》等，都及时地、尖锐地反映了现实生活中的矛盾，努力追赶着生活的浪潮。显然，谁也不能说上述作品是朝花夕露，它们倒是很有资格在中国当代文学史中占一席之地。至于怕看不准云云，虽然不无道理，但也无须因此而搁笔。不错，当今的现实生活变动迅速，改革浪潮方兴未艾，有些问题确实一时难以泾渭分明。但唯其如此，才更需要我们的作家、艺术家以极大的胆识和勇气，去深入生活，探讨生活，反映生活。因为怕看不准就袖手于生活激流之外，那么，在你的作品中就永远听不到生活的喧腾声。再说，现实生活根本不会向人们提供现成的答案，唯有带着问题到生活中去，在人民大众的伟大实践中去寻求，才能逐步加深自己对生活的理解，才有可能在自己的作品中准确地记录时代风云和成功地塑一代新人。

（1985/1）

文艺期刊如何吸引读者?

当前，众多文艺期刊普遍注重研究的一个迫切问题，便是如何去吸引读者。在近年来文艺期刊的发行量普遍看跌的情况下，编者们为此所做出的种种努力是令人敬佩的，也是可以理解的。但同样是努力，这中间有上下之差，高低之别。

有的文艺期刊追求形式上的花哨，封面是为常人所费解的奇形怪状的图案，插图是突出所谓曲线美的女性变形图，甚至连版面安排也采用了早已为时代淘汰的旧式版样。这些杂志初看似“新”，细思则“怪”。由于内容上无创新，仍然吸引不了读者。

有的文艺期刊打着通俗文学的招牌，大量发表低级庸俗、格调不高的东西。这些作品大多胡编乱造，谈不上人物塑造，顾不得主题健康。有的作者甚至把西方资产阶级文学中的下脚货，把旧中国20世纪30年代上海滩上的一些言情武侠小说，如此这般改头换面一下，又重新抛了出来。这样做，不仅败坏了通俗文学的名声，更有害于精神文明的建设，人民群众自然很不满意。

还有的文艺期刊，竟然做起地地道道的挂羊头卖狗肉的小动作。有一家小有名气的杂志，其封面赫然印着本刊刊名，打开一看，却是删节本《金瓶梅》。值得注意的是，这样的刊物，这样的做法，并非仅此一家。读者惊诧之余，心中不能不泛起被捉弄的感觉。

可能有人会说，上述三种做法虽然不妥，但不这样做，难以吸引读者。唱高调易，老老实实办刊物，难！

事实并非如此。且不说上海《故事会》，几年来坚持为人民服务、为社会主义服务的办刊方针，发行量从1979年的25万册，上升到1985年年初的730多万册。另一家目前并不引人注目的无锡《太湖》文学双月刊，该刊从今年1月改刊以来，发行量持续上升，已从过去的三四千份上升到如今的1.2万份。该刊负责人告诉我，如果不是纸张、印刷等原因，发行三五万份完全有把握。该刊所以能吸引读者，一不靠怪，二不媚俗，三不做假，而是坚持繁荣文艺创作、培养一支作者队伍和向读者提供健康的精神食粮的正确办刊方针。他们独出心裁地搞了两个不同凡响的征文活动。一是发扬“初生牛犊不怕虎”的闯劲，组织江苏12名中青年作家，信心十足地与天津《小说家》打擂台，像《小说家》那样开展以“临街的窗”为题的命题小说竞赛；二是和有关单位联合搞国际青年“金鸽奖”征文活动。这两项活动不仅吸引了作者，也吸引大批读者，刊物发行量也随之上升。

现在，我们正处在一个改革的时代，为了跟上时代的发展，包括文艺期刊在内的文艺体制也要改革，这是毫无疑问的。精神生产讲究经济效益也无可非议。但是，精神产品毕竟不能与物质产品等量齐观，因此，一个文艺刊物在考虑如何吸引读者的时候，一定要坚持正确的办刊方向，要考虑社会效果，要有利于社会主义精神文明建设。

（1985/6）

请别忘了农村读者

年终岁尾，蒙几家杂志邀请我去参加办刊方向的讨论，主人要我发表意见时，我总要说道：请别忘了农村读者！

我之所以反复为农村读者呼吁，倒不单单因为我是乡下人出身，更重要的是，大量事实表明，新时期农村经济状况改变后，富裕起来的农民，特别是农村青年一代，对精神文化生活的渴求变得空前强烈起来。许多农村青年投书报社，诉说他们在生活富裕起来以后，十分反感“吃了干，干了睡，睡了吃”的无聊生活，甚至有人因此产生厌世思想。所有这些事实，对我们广大文艺工作者包括文艺杂志编辑来说，未尝不是一个值得警惕与深思的问题。

要说我们的文艺杂志一点想不到农村读者，那也不完全符合事实，但有些文艺杂志缺少对农村读者现状的深入调查和分析，恐怕也确实是一个存在的问题。正因为对当前农村之现状若明若暗，心中无数，反映在为农村读者提供的作品上，总有点不合胃口。要么就陈旧，其内容总比农村现实生活落后一大截；要么就低估，以为用一些言情、武侠小说应付一番，农村读者就振臂欢呼了。其实，今日之农村，虽然在富裕程度上，还存在着不平衡，但绝大多数农民家庭的物质生活日趋安定与富裕，这确是不容否认的事实。与此相关联的，今日农民的形象也变得几乎让我们不认识了。江苏省常熟市董浜乡（镇）农民管弦乐队在北京演出时，就有新闻记者当面问他们："他们究竟是不是农民？"事实上，他们的的确确是农民！因此，时至今日，如果我们仍把农民想象成过去那种身穿大棉袄、头戴土棉帽、嘴含旱烟袋、说话嘿嘿笑的土而又土的形象，并按照这一想象去为他们提供精神食粮，那是十有八九要在现实面前碰壁乃至出洋相的。

照我看，解决好文艺刊物为农村读者服务的问题，对解决好文艺刊物本身的某种困境，也具有十分重要的现实意义。近年来，文艺刊物发行量锐减，是一个具有普遍性的令人伤透脑筋的问题。但据分析，这个锐减，一般来说是反映在城市发行数字上，而在广阔的农村，富裕起来的农民，为解决自身的文化"饥饿感"，为其子女文化水准的提高，倒是不同程度地增加了对文艺刊物的需求。因此，摆脱当前文艺刊物发行量锐减的困境，其有效办法之一，恐怕是要在扩大农村发行量上下功夫，那里是一个蕴含巨大潜力的文化市场。这里的关键，是在于刊物能否办得合乎农村读者胃口。越来越多的文艺刊物编辑部已经注意到这个问题，并开始做出实际的而不是口头的努力，他们已经尝到为农村读者服务的甜头了。

（1987/1）

不可忽视的一支文学队伍

近几年来的实践表明，遍布我省各地的新故事创作者们，是一支不可忽视的文学队伍。

可以毫不夸大地说，新故事比其他许多文学样式都拥有更多的读者和听众。由于新故事采用富有民族传统特色且为群众喜闻乐见的讲故事形式，可读可演，所写内容又大多是近距离地反映现实生活，因此，在那些优秀新故事作品中，无论是歌颂新风，或针砭时弊，总是有力地跳动着时代的脉搏，有一股令人感奋的生活气息扑面而来。这就难怪在当前大多数文艺杂志发行量大幅度下降的情况下，一些以刊载新故事创作为主的杂志，却依然保持着相当可观的发行数字。去年，我省新故事作者在全国各地报刊发表的创作故事达200余篇，其中开展新故事创作活动较早的江阴县（市）的业余作者们，就发表了48篇。这些都是不可低估的成绩，我们理应给予热情的评价和足够的重视。

但是，如果深入调查一下，我们就不能不遗憾地承认，新故事创作者这支文学队伍，事实上却被忽视了。目前，他们的作品还只能发表在通俗性的文学报刊上，颇难登纯文学杂志那座大雅之堂。在文学报刊上，新故事没有得到应有的介绍与评论。有些同志不加区别地把新故事统统划入庸俗文学的小圈里。不少长期坚持新故事创作而作品累累且具有一定文学造诣的同志，至今仍很难以他们新故事作品的艺术水平加入作家的行列。

看来，要改善与提高新故事创作者的社会地位，需要从两方面努力。一是新故事创作者本身要自重自爱。在继续坚持近距离反映现实生活的同时，要十分警惕和防止庸俗文学的冲击与干扰，少数作者脱离生活，追求发表、生编硬造新故事的不良倾向要及时克服。特别重要的是，新故事要从思想和艺术这两个方面，不断提高自己的创作水平。作为通俗文学之一种的新故事，当然要通俗，这是它深受群众欢迎的先决条件，但请不要忘了它同时也是文艺。这就必须讲究故事结构、人物刻画以及语言纯正等。二是社会各方面要给予新故事创作以具体支持。纯文学杂志不妨拨出一定版面发表新故事，这样做，当可使本杂志进一步走向群众；文艺理论工作者们不妨把如何提高新故事创作水平列为自己的研究课题之一；在一些条件成熟的地方，也不妨举行新故事调演活动，以进一步发挥其在社会主义精神文明建设中的作用。

新故事有着广泛的群众性，这就决定了它有宽广的发展前途。在我们给予新故事创作者们以必要的支持与帮助以后，可以相信，我省新故事创作这朵花将会开放得更加鲜艳动人。

（1986/3）

创作追求和群众需求

一个作家自然应该有自己独特的艺术追求。文艺创作最容不得抄袭与模仿，“文章自得方为贵，衣钵相传岂是真？”新时期文学之所以显示出前所未有的活力，正是与广大作家的努力创造和求新分不开的。与过去相比，文艺在经历了由单一到多样的发展变化之后，已经形成千姿百态的景观：一大批生动感人的艺术形象，闪耀着时代的光彩出现在我们面前；急剧变化的现实生活得到了及时而深刻的表现；作家们对复杂而丰富的人生世态的开掘和剖析达到前所未有的高度和深度。所有这些，在评价新时期的文学成绩时，都是应该充分给以肯定的。

但在充分肯定新时期文学创作成绩的同时，也不能不看到新时期文学创作中还存在作家的创作追求和群众的需求不相适应的情况。例如，人民群众希望文艺尽可能贴近生活，对火热的四化斗争生活给以生动而及时的反映，但有一些文艺作品却远离现实，追求空灵，甚至有人说："文艺与现实距离越远越好。"还有主张"三淡"（淡化背景，淡化思想，淡化性格）、"三非"（非现实化，非历史，非理化）的，离现实生活就更远了。人民群众希望在引用西方现代派表现手法的同时，能够尊重人民群众的审美心理和审美习惯，不要丢掉我们自己的具有民族特色的中国作风和中国气派。但有一些文艺作品却写得晦涩难懂，使广大读者望而却步，还要孤芳自赏，说自己的作品是写给将来的人看的。人民群众希望并喜爱新鲜活泼、朴实明朗的文风，但有一些文学作品和理论文章却偏偏写得佶屈聱牙，堆砌了许多生造的名词术语，或把毫无关联的词语任意拼凑起来，弄得读者莫名其妙。如此等等，不一而足。

上述种种创作追求和群众需求不相适应的现象，已经对新时期的文学创作产生了不利的影响。其后果就是文艺离开了群众，群众离开了文艺。这几年，有些文学刊物，发行量一减再减，便是群众心理的一种反映。时至今日，如果我们只管埋怨群众欣赏水平低，或是迁怒于通俗文学的兴起，这是不能解决问题的。

邓小平同志明确指出："人民是文艺工作者的母亲。一切进步文艺工作者的艺术生命，就在于他们同人民之间的血肉联系。忘记、忽略或是割断这种联系，艺术生命就会枯竭。”作家的劳动，包括各种创新和探索，都不可忘掉人民群众的需求。只有努力使自己的作品为广大人民群众所接受，所喜爱，才会有价值。我们的作家，应当积极主动地、自觉地把个人的创作追求和群众需求结合起来。

（1987/7）

通俗小说大有可为

文艺界中一些同志对通俗小说有意无意地持歧视态度，认为那不过是雕虫小技，这实在是一种要不得的自视清高的贵族气。照我看，写通俗小说也是一种本领，并不是凡有文学才能的人都可以想写就写好。且不说诞生于20世纪30年代的《啼笑姻缘》至今仍拥有那么多读者，去年改编成电视剧依然能吸引了众多观众，单看我省一些作者近几年写的通俗小说，我觉得其思想艺术水准并不在所谓严肃作品之下。

拿改革题材的作品来说，一直为时代呼吁，读者盼望，但这方面的佳作总是不多。已有的，也往往或陷入“方案之争”之模式，或表面化地写一大堆改革艰难之画面，难以激起读者的反响与共鸣。但常州张宇清近两年写的两篇改革题材的通俗小说却不同凡响，由他本人根据这两篇作品改编的滑稽戏《土裁缝与洋小姐》及《多情的“小和尚”》常演不衰，甚至还在北京、上海引起不小的轰动。迄今为止，《土裁缝与洋小姐》已演满600场，并由长春电影制片厂拍摄成电影上映，仅这一剧目，就为常州滑稽剧团挣得收入38万元，这在各剧团普遍惊呼演出危机的情况下，几乎成了奇葩独放！

张宇清的通俗小说以及由此改编的戏剧，其总体特点是贴近生活，极少说教味。作者总是在逼真地写出当前改革时代氛围的同时，颇富情趣地展现了平民百姓的心态，道出了人们的心里话，并从历史发展趋势的总体把握上显示了改革的光明前途。

令人高兴的是，我省有志于用通俗小说形式反映当前现实生活的不只是张宇清一人，像丹徒的濮永顺、句容的程尊平、扬州的夏耘等，也每每有佳作发表。这些同志的作品使我们看到，通俗小说完全可以跳出言情、武侠、侦探的题材框框，在真实表现当代生活方面具有独特的魅力，其创作前景不可估量。

(1989/1)

纪实文学三题

既名实请勿虚

纪实小说是近年来涌现的一种新型文体，由于这种文体描写的是人们关心的现实生活，与社会人生息息相通，因而比较容易引起读者的共鸣。纪实小说也是一种狡猾的文体，它一方面强调纪实，要人们相信确有其事，确有其人；另一方面却又强调是小说，可以虚构，可以张冠李戴。这样，因纪实小说也包括其他纪实作品引起的纠纷就日益增多。

有人问我对此有何看法？我说，既名实，请勿虚！此中道理不说自明，既是纪实又何必子虚乌有？既是小说，又何必信誓旦旦地要求读者相信一切都是真的？我这样说，并非一概反对纪实作品中必要的文学渲染和文艺加工，但在主要事实、主要人物方面总不能离谱太远。一个作品，如果十有八九是虚构，或似有若无，还有什么资格在作品前标上“纪实”二字？

为任意虚构的纪实作品进行辩解的同志，总试图把这一切归结成纯艺术问题，还把别人合乎情理的批评讥讽为“自作多情的对号入座”，这是不能令人信服的。说句不恭敬的话，假如有人采取这种手法，对你阁下“纪实”一番，无论是过头的捧场或者恶意的中伤，恐怕到那时你也会忍不住情动于中且怒火三丈的。

“实践是检验真理的唯一标准”，某些恣意违背事实的纪实作品所造成的不良的社会效果，正是从反面对那些不纪实的纪实作品的最好的批评。《人民日报》去年年底曾对一位著名作家利用纪实作品对普通公民进行人身攻击的行为，进行了认真的批评；最近，山西省有关部门对严重违反历史真实的电视连续剧《李林》做出停止播放的决定。这些事实说明，社会舆论、党政纪律乃至庄严法律，对那些借纪实之名而胡编乱造的作品，已不能不进行严肃的干预了。

（1988/7）

也谈纪实文学的隐患

不久前，上海《文学报》发表《纪实文学的隐患》一文，认为当前纪实文学的隐患在于“注重时效而忽视艺术”“只求发表而不讲质量”。我觉得此文作者虽然敏锐地提出了一个重要问题，但似乎并没有说到要害处。照我看，眼下纪实文学的隐患主要不在于艺术质量的高低，而首先在于所写内容是否真实。有些纪实文学作者一方面抓住“纪实”这块金字招牌不放，但另一方面却又不是坚持从现实生活出发，写作中表现出极大的主观随意性，任意虚构与现实相距甚远甚至根本没有的情节，虚虚实实，半真半假，在社会上和读者中造成不良影响，有些已诉诸法律，此类事屡见报端。这才是纪实文学的真正隐患所在。

纪实文学的兴起自非偶然。它所以能在短时期内形成不小的声势，主要由于变革时代的催化、文学观念的更新，以及读者审美心理的嬗变等多种因素。尤其是针对一些纯文学作品游离现实和追求空灵淡化的倾向，纪实文学以其紧贴现实生活大地和追踪时代步伐之“纪实”美学形态，对读者产生巨大的吸引力。它并不绝对地排斥艺术的加工，但这种加工仍应在“纪实”的前提下进行，即作者不应将自己主观设想的事实，披上“文学”的外衣，掺杂到生活中实有的那许多真实事件中去，尤其不应为达到某种个人目的，有意凭空添写生活中从未发生过的事，这就不是虚构而是虚伪。我很赞成一位作家说过的话，他说："一般小说是去了解 100 件事后，加以融会提炼，写出第 101 件事来。纪实小说是在了解了 100 件事后，从中选出一件最值得写的事来展现。"这段话大可帮助我们了解纪实文学的加工和一般意义上的文学创作的加工究竟区别在哪里。在此，我想对纪实文学作者提个建议，在你动笔之前请考虑一下，如果你写的是"第 101 件事"，就请不要在大作之前加上"纪实文学"或"纪实小说"之类招牌，以防混淆视听。否则，你就应该爽爽快快地对自己作品负起从道义直至法律的责任。

（1988/7）

珍重手中笔

因纪实小说引起的争端日见增多，我对此已发表过个人看法：既名实，请勿虚。我很不赞成借纪实之名，行虚构之实。这样的作品不但引起创作理论上的混乱，事实上也往往造成不良的社会后果。

引人注目的是，现在有些不标明纪实作品的小说也引起争端，并公开诉诸社会舆论。一个突出的例子是：上海航运局工会和全国劳模杨怀远以及他的妻子佘秀英，7 月 2 日在上海举行新闻发布会，认为作家张士敏在今年《小说界》杂志第三期刊登的长篇小说《荣誉的十字架》是对杨怀远及其妻子的诽谤，使他们的精神受到极大的创伤。此事已诉诸法律，相信会有公断。这无疑是一次生活原型因名誉受损故愤而控告的事件。有人对此不以为然，认为中国人太敏感，不开放，换成西方人就不成问题了。此说乃想当然耳。西方人对某些文艺作品损害别人名誉事，其重视程度远甚“不开放”的中国人。1987 年年初结案的美国一位女作家写的长篇小说《钟的震颤》破坏他人名誉案，就曾闹得沸沸扬扬，世人皆知。原告的律师说得很明确：“因作者虚构而造成他人名誉受损，受害人有权要求赔偿。法律确实赋予公民以编写小说的自由，但公民不能使用这一自由来损害他人的利益。”法院采纳了这位律师的意见，判小说作者败诉，并被罚巨款 15 万美元。

文艺创作离不开生活，但作家们在运用生活素材进行创作时，切不可采用简单化手法，尤不应利用创作之便达到贬损他人之目的。就这一点来说，我愿作家们珍重手中笔。

（1988/8）

门外谈诗（五则）

好诗应是心底花

怎样的诗才算好？这本一言难尽。但天安门诗抄中有一首诗却一言道出评析诗歌优劣的重要标准：好诗应是“心底花”。全诗为：纪念碑前洒诗花，诗刊不登报不发。莫道谣文篇篇载，此是人民心底花。

用“心底花”来赞誉 1976 年清明的天安门诗歌，我觉得不仅形象、生动，而且准确、鲜明地揭示了天安门诗歌之所以激动人心的真正原因。正因为这些诗歌是发自人民心中，作者们写诗一不为名，二不为利，“全民作诗为武器”，完全为的是“怀念周总理”，故其诗势如火山奔突，情若海潮澎湃，亦遂成时代之战歌，能记录历史之回声。

这就足以说明，只有真正从心底开放出来的诗花，才具有“其言动心，其色夺目，其味适口，其音悦耳”、“使人神远”、吟咏难忘的思想力量和艺术魅力。人们普遍感觉，粉碎“四人帮”后，诗歌创作出现过一个高潮，那是在悼念敬爱的周总理逝世二周年的时候。在此以后呢？对不起，好诗不多。特别是比之短篇小说、话剧这两个姊妹艺术，诗歌更显落后。原因何在？恐怕问题主要出在许多诗并非作者的“心底花”。有些作者提笔写诗时，虽也有朦胧的诗情浮动，但终究还不是那种非写不可的诗的冲动。诗人如果连自己的心弦还没有拨动，又怎么能期望引起别人的共鸣呢？此其一。第二，恐怕还得从诗作者的主观世界上找找原因。沉湎于个人得失，胸怀狭隘的一己私情，如何能抒时代与人民之情？明乎于此，自然也不会像辛弃疾说的那样“为赋新词强说愁”了。

（1978/6）

雅不可耐

文学作品俗不可耐自然不好，雅不可耐呢？我认为更不好。俗，至少还能使人读懂，明白作者说了些什么，进而可自判优劣；雅到令人读作品如堕五里雾中，猜不透作者到底要说什么，直急得浑身燥热，七窍生烟，这简直近似精神折磨了。

信手翻阅新到的八月号某省刊物，上有《旅愁》一诗，苦读半天，不解其意。全诗如下：

> 所有的河流都休止了一个季节/ 你的指尖还是叮咚叮咚流个不停 那头黑牛/ 闻声而来/ 向你要水/ 表情恳切而复杂 别钻自己的角尖吧/ 它没有听懂/ 走了很远/ 你回过头/ 它还是那么固执地望着你/ 你真有水吗

我得承认自己其笨如诗中牛——“没有听懂”！不是说：“所有的河流都休止了”吗？是什么声音“叮咚叮咚流个不停”呢？那可疑的“指尖”是虚指还是实指？那头“表情恳切而复杂”的黑牛向谁要水呢？

文学作品的雅不可耐问题，实质是一种潜在的“贵族”意识在作怪，总有那么一些同志不以作品为广大群众所能接受为快，反倒以作品的雅不可耐为乐，甚至认为群众喜闻乐见的就有“下九流”之嫌。我以为，文学家切不可把自己看得过高，如同顾客是商店的上帝一样，文学家其实是读者的奴仆。因此，任何文学作品都得考虑读者这位主人的需要。俗不可耐不好，雅不可耐也不好！

(1988/9)

“杞人”忧诗

这题目是杜撰的，那个传说中的杞人曾经“忧天地崩坠，身亡所寄”，以致“废寝食”，但他不曾忧过诗，忧诗的其实是我。

忧从何来？我担忧当前诗歌创作离人民群众越来越远，怕只怕到头来诗只成为少数写诗者自赏，而不能在更多读者中觅得知音，引起共鸣。

我这论点恐怕会引起某些认为“诗歌界形势大好”的同志的愤慨。其实，今日诗坛之不景气乃是有目共睹的现实：且不说一些文艺杂志已悄悄撤去诗歌栏目，也不说一般报纸的文艺副刊仅把诗作为补白发表，就连一些公认的诗人也无可奈何地丢下心爱的诗去改写散文、小说了，至于诗集的印数之少，不说也罢。

堂堂诗歌大国，诗何以落入如此窘境？我认为这与社会环境变化有联系，也与诗人自身有关。我们某些诗人是不是太热衷于“各领风骚”几个月而一再更换诗的旗帜？我们的某些诗作是否过分追求高雅、深奥以致使读者如阅天书？还有，我们的一些同志是否过于看重小圈子里的诗友间的击节赞赏，而忘记了广大读者对今日诗歌的具体需求？

不能说所有诗人都沉湎于象牙塔当中，诗界许多有识之士为振兴诗歌所作的努力是令人感动的，如“金陵诗歌节”“运河博会”等便是。但我认为，诗界如果不彻底清除“贵族”意识，不从群众角度认真考虑诗的形式与内容，不考虑中国国情……仅靠一两次联谊式诗歌活动，恐怕还是难以摆脱日前的窘境。

（1988/10）

从今诗今译说起

不久前，我在一篇短文中以近期某杂志一首新诗为例，谈到文学创作贵族化倾向以致作品雅不可耐的问题。此观点得到不少同志赞同，也有些同志来信表示反对。有一位同志认为我短文中所举的那首诗并不难懂。蒙他盛情，谆谆教导我说：“你所以读不懂诗，是因为不懂诗之比兴手法的缘故。”对同一作品有不同评价，本属正常事，妙就妙在这位同志一方面认为那诗是好诗，易懂，另一方面却又不得不用白话将诗翻译一遍给我听。我实在想不出这叫什么，循古诗今译的说法，姑且称这位同志是从事今诗今译吧！

坦率地讲，如果一首白话新诗到了必须用白话再翻译一遍才让读者猜个七不离八的地步，我以为，这样的诗也实在雅得可以了。

当今诗坛不是没有好诗，但从总体讲，却是不那么景气，这是关心文学的人们有目共睹的。但一些人不同意这看法，反认为形势大好。他们为那些常人看不懂、并且毫无诗美的诗喝彩，为不断花样翻新、奇奇怪怪的诗美言叫好。据说，新诗进展迅速，如今已发展到第五代甚至第六代了。我原以为，许多人（当然包括我）不喜欢这一代又一代诗人的作品是因为迟钝，后来了解到，连一些著名诗人也对那些需要再翻译才猜个七不离八，或者经过翻译仍令人不知所云的诗敬而远之。岂止敬而远之，据 1988 年 10 月 4 日《报刊文摘》消息，诗人公刘在《文学评论》撰文，严厉批评当前“诗人简直和上公共厕所的人一样多”，这不是形势大好，而是后果堪虞。他说：“在我们生活的世界上，万一真的无论走到哪儿都碰见成群结队的诗人或者哲学家，那么，这个世界必定是一个十分可怕的世界，一个逼人发疯的世界。”

虽然我对公刘用“上公共厕所”来比喻写诗感到有些粗俗，但我理解这位老诗人的激动。的确，他的直率批评比我那种“雅不可耐”的委婉说法，更加一针见血，也深刻得多！

(1988/10)

阐幽发微

就好像通俗文学并不都是庸俗文学一样，朦胧诗也并不都是晦涩难懂。读那些确有朦胧美的朦胧诗，也是一种艺术享受。但朦胧美不是浮在水面上的油珠，而是藏在顽石中的玉，需要耐心刻苦地开拓，这就离不开诗评家寻芳探美、阐幽发微的细致评析工作。

可惜的是，我们常见到的一些诗评也似乎越写越朦胧了，其文动辄数千言，高谈阔论中不断搬弄令人头晕目眩的新名词，至于具体诗作，却并不进行令人信服的从思想到艺术的认真分析。这类诗评很难起到帮助读者欣赏和理解诗歌的作用，反而会进一步拉大读者与诗歌的距离，令读者陷入新的困惑之中："你不说还好，你越说，我反而越糊涂了。"

人们希望诗评家少写那种花里胡哨、不着边际的虚浮评论，而能对诗歌多做些扎实而精到的评析。我以为，诗评家叶橹的新著《现代哲理诗》（花城出版社 1988 年出版）算得上此类好书。此书为 64 开本小册子，但作者评析一首诗歌时却显然下了大功夫。他总是努力运用简洁而准确的文字对那些不易理解的诗边解疑释难，边帮助读者寻找真正的诗美。顾城的《一代人》为朦胧诗代表作之一，仅两句话："黑夜给了我黑色的眼睛，我却用它寻找光明。"突兀、奇崛，一时难得知其要领，然叶橹之分析令人信服，他说："诗题是'一代人'，但这一代人却是在一个‘黑夜’中成长起来的。‘黑色的眼睛’不是‘黑夜’所给的，但从另一个意义上说，这‘黑色的眼睛’也可以把一切看成黑色，于是，这意象便具有了它特定的内涵。可贵的就是它并没有把一切看成黑色，而是用它去‘寻找光明’。这就使这首只有两行的诗，透露出一种悲壮的精神、深刻的哲理，所以，这‘一代人’并非‘垮掉的一代’，而是‘探求的一代’。”

瞧，一首本不易掌握的朦胧诗，经诗评家如此一点拨，读者顿有云开雾散之感，并获得一种审美的愉悦。

（1988/11）

老去的是时光 不老的是青春

到今年 10 月，王慧骐整整 60 岁了。

20 世纪 80 年代，我与他先后从扬州地区调省工作，因为供职单位都同属于江苏省宣传文化系统，见面的机会较多；又因为我们都曾就读于扬州师范学院中文系，自然就多了一层亲近。虽然我与他是校友，但因我比他大十多岁，他总是谦逊地称我为老师，纠正过他好多次，总不见改，只好随他叫下去。慧骐一直是以一个谦逊好学、热爱文学创作且取得不俗成绩的青年作家形象留存在我的印象中。在不久前的一次朋友聚会中，他告诉我已到退休年龄，我真的吃了一惊，又一次感到时光的严峻与无情。一直到我写这篇文章的时候，想到慧骐已年届花甲，仍然还有点将信将疑，到确信这已经是事实，居然还有隐隐的不忍之情。

我与慧骐有很多共同语言，不止于文学层面，还有人生态度、生活习性、业余爱好等，这是我俩互相引为知己的重要原因。记得十多年前我年满六十从工作岗位上退下来时，曾写过一篇散文，题目就叫《青春从六十岁开始》，慧骐对此颇为赞赏。现在，他也到了退休年龄，没看到他撰文抒情述志，却捧出三卷本总字数达65万的《王慧骐与散文诗》赠送友人和众多关注他的读者。他在其中一部的《后记》中这样写道："可能是出于一种怀旧，在即将迎来自己60岁生日的时候我决定把这段颇为用心走过的路，向世人做一次情景再现的回放。"他还说："每个人都曾经年轻过，抑或为诗冲动过。而面向青春的回望与祭奠，对未来的人生或许是一次挺不错的精神洗礼。"

散文诗是一个融散文的潇洒和诗的激情于一体的独特文体，我对其研究不多，却一直认为，它应只属于青春，并且，几乎每个人在年轻时都尝试过散文诗的写作，比如从小学到大学，每逢毕业时在"同桌的你"的纪念本上题词，又比如，在朋友生日宴会、婚礼上的祝词，也大都是散文诗，只不过自己没有特别在意罢了。这种不经意间的创作激情，总是随着自己涉世愈深、特别是饱尝生活的酸甜苦辣之后而自然地逐渐减弱，能够一直坚持写下去的，大约就有望成为散文诗作家了。慧骐在1982～1993年间，发表了大量的散文诗作品，出版了《月光下的金草帽》《爱的笔记》《潇潇洒洒二十岁》

等专集，那一个时期，说慧骐是中国散文诗写作的骁将，并非夸大之词。但从1993年后，慧骐的散文诗写作就渐渐少了，直到其后的沉寂，并不完全因为工作忙顾不上。

散文诗的灵魂在于近于纯真的真诚，一个心如止水，特别是对生活持冷漠态度的人是写不了散文诗的。慧骐在逐渐少写散文诗后，其浓浓的散文诗情结却一直珍藏在他的心中，尤其难得的是，他把写散文诗所必需的真诚及时地自然地转化到工作中来了。1987年慧骐调来南京后，先是在团省委的《风流一代》杂志当过五年编辑，后调任江苏文艺出版社任副社长，筹创了在国内产生不俗影响的大型文化月刊《东方明星》并任主编；此后，又调到新华报业集团，先后在《服务导报》《党的生活》等报刊任职，直至最后在新华报业集团图书出版中心负责人的位置上退休。无论是当编辑，办杂志，忙出版，这些都是被人们称之为“为他人作嫁衣”的活儿，但慧骐却是那样用心精心，一片赤诚。于是，我们感动地看到，他帮助一位素不相识的、一个退休在家已快20年的家庭主妇圆了文学之梦，一字一句地帮助其修改文稿，支持她出版了散文集《霞光恋曲》；当他听友人介绍吴江有一位年仅12岁的小女孩张吴越具有写诗的天赋，特别是读到小姑娘写下的一首这样的诗：“快乐的背后／ 是坚强／ 柔弱的背后／ 是力量／ 在心底埋一对／ 翅膀／ 想飞翔就／ 拿出来晃一晃……”慧骐感动了，他百忙之中亲自去吴江考察后，小诗人张吴越的诗集《梦里梦外》很快问世了。小诗人由此得到的鼓舞无疑是巨大的，慧骐本人也因此感到无比的欣慰与快乐。他说：“我们有充分理由相信她的明天，除了对她的现在给予足够的肯定，我想，我们能给予的是对她今后将走的每一步的祝福。”

以三卷本的《王慧骐与散文诗》作为自己60岁生日的纪念，这是一个富有诗意的不一般的举动。此时，我在又一次得以重温慧骐当年写下的曾经受到广大青少年喜爱的大量散文诗佳作的同时，更清楚地看到作者借此表明的心迹：老去的是时光，不老的是青春！

（2014/11/6）

不要苛求笑声

电视上几乎每天总有金融危机的新闻，股市绿成一片难得见红；以色列兵发加沙，满腔怒火的巴勒斯坦青年用石块徒劳地反抗以军坦克；气象台不断预报下雪，可雪就是不来，但天空阴沉着，像债主没有一丝笑容的脸……就在这看什么都心情不爽的时候，看了贺岁片《非诚勿扰》。

实事求是地说，《非诚勿扰》或许算不上经典，它存在不少一眼就可以发现的瑕疵，如，结尾处舒淇跳海获救的老套，出于营利目的过多地植入商业广告的嫌疑，还有，少数人物之间对话刻意追求幽默却不尽符合人物的身份……但尽管如此，《非诚勿扰》仍无疑是一部优秀的贺岁片。

京城一家大报的一篇影评不仅嘲弄包括《非诚勿扰》在内的冯氏喜剧是“八面玲珑投机取巧，乔装打扮的男尊女卑”，还耸人听闻地提醒人们注意影片中“必须警惕传统文化毒素的一部分”！作者说：“……《非诚勿扰》只剩下千方百计为偷情者双方大肆铺垫、摇旗呐喊了。”我不想就这些论点与作者展开辩论，但我要坦率地说：“先生，你言重了。”

在我看来，作为《非诚勿扰》主要人物之一的所谓“偷情者”空姐梁笑笑的情爱故事，对当今不在少数的主张“不求终身相守，但求一朝拥有”的年轻人来说，无疑是一剂清凉药，具有十分重要的现实意义和启迪作用；而对另一个“偷情者”谢子言，冯氏显然也不是“摇旗呐喊”，而是对其情爱上的自私、虚伪进行了态度鲜明的批判，只不过这种批判不是疾言厉色而是委婉含蓄罢了。

虽说这篇影评的观点很难让人认同，但作者以“寒冬里的一抹想象性温暖”为题，倒还有些意思。我在想，对于努力在“寒冬”里用艺术为大众送“温暖”的艺术家们来说，哪怕仅仅是“一抹”，我们都应该表示欢迎，万不可挫伤其热情与好意，尤其是对那些喜剧作品，不要苛求笑声。不必要求作品承载过多思想性的深刻与深沉，只要尽可能地寓教于乐，健康不庸俗就好。

时至今日，我们如果还是把文艺的功能仅仅局限于教化功能的单一方面，就不仅会束缚住创作者的手脚，还很容易将文艺有意无意地引到政治服务的老路上去……

（2008/12）

吹散影视界的脂粉气

电影《杨善洲》，是一部讴歌当代先进人物的传记片，但依我看，说此片是反腐倡廉的经典教材或许更精当些。原云南保山市委书记杨善洲60岁退休后，谢绝组织上让他到昆明干休所安度晚年的安排，带领一批志同道合者，一头钻进深山20多年，年复一年、日复一日地拼命劳作，硬是把大大小小200多个光秃秃的荒山头建设成绿荫遍地的森林。这些森林价值3.7亿人民币，杨善洲除拿出一部分用于群众分红外，自己分文不取，全都上交国家。仅此一个事实，足以让那些在群众疾苦面前戴着高档手表微笑的“表哥”们羞煞愧煞。

一切从生活出发，以与平民百姓日常生活无异的淳朴言行，真实地表现杨善洲终身为民的博大胸怀和一身正气、两袖清风的美德，是电影《杨善洲》所取得的突出成就，也是此片最让人信服之处。直面女儿的哀求，耳边还响着老母的叮嘱，他始终不肯为女儿的工作调动出面打招呼。我们从影片中听到女儿的哭声，却听不到一句出自杨善洲之口的豪言壮语，但观众可以清楚地看出他那饱经风霜的老脸上写满无奈，感受到他心中的痛苦。在林场工作面临巨大困难的非常时刻，一直追随杨善洲多年的青年周波，面临继续留在林场或与已经热恋 7 年的心爱的姑娘分手的两难选择，这次，杨善洲同样没说一句官话套话，却悄悄到县林业局，为周波回城工作并与女友团聚开了“后门”……

或许，因为现实生活中有着太多的人前戴着面具、人后丑陋无比的贪官污吏，乍一见到杨善洲向我们迎面走来，我们一开始还真有点儿不适应。据报道，影片制作方邀请李雪健出演杨善洲时，他虽然“未加犹豫满口答应”，却也“产生了疑惑：世界上怎会有这样的好人呢？”在他认真深入生活亲耳听到广大人民群众对杨善洲的描写、介绍、评价后，他不仅信了，还真诚地为自己当初怀疑这个人物的真实性感到羞耻，同时，下决心玩命也要把这个人物演好。

这些年来，电视荧屏上报道了那么多的“最美教师”“最美妈妈”“最美青年”……人民群众为这些最美的人鼓掌欢呼，同时也在盼望：生活中要能多一些“最美官员”该多好！

电影《杨善洲》适时出现，多多少少给予人们精神的鼓舞与安慰。群众由衷地赞美杨善洲“活到老，干到老，富翁他不当。

当什么？当个共产党！”只可惜像杨善洲这样的共产党员少了些，而且，官职也不算大……

但愿电影《杨善洲》化作一缕清风，能稍稍吹散时下影视界太浓厚的脂粉气、打斗风、胡编乱造风。如果年轻的演员们能向李雪健学习，不再热衷通过绯闻宣传自己，而是努力塑造出更多的鼓舞人心向上、澄清污浊世风的先进人物证明自己，那就更好了。

（2012/10）

从没落到辉煌仅一步之遥

根据同名小说改编拍摄的电影《白鹿原》，似没有完全表现出原作那种真实的生活质感和厚重的历史苍茫感，多少有点儿让人不满足。但影片中出现的精彩动人的陕西华阴老腔表演，却给我留下至今难忘的深刻印象。

资料显示：华阴老腔其实是一个很小的剧种，它以皮影的形式进行演出，已有上千年的历史，盛行于乾隆年间。它只需 5 个人就撑起一台戏，人虽少，“生旦净末丑”却一样也不缺，都由一人主唱担纲。5 个人分工明确，却又相互配合。演出时，主唱和操作皮影的人也得演奏乐器，其乐器全为农民自制。由于人员精干，所演出内容多为群众喜闻乐见的历史故事，特别是“一声吼尽千古事，双手对舞百万兵”，加之演出成本低，5 人演出组走乡串村，深受群众欢迎，直到 20 世纪 80 年代，每年演出上百场仍供不应求。但，随着电视的普及，特别是网络文化逐渐兴起后，华阴老腔便渐趋衰败，发展到后来，一年演不到 10 场，而且多为后代办喜事或办丧事时，为满足老人的愿望才邀请华阴老腔演出，观众寥寥无几，有时仅一两人……

就在华阴老腔濒临绝境时，2001 年 10 月的一天晚上，当地文化干部党安华路过演出场地。他刚从上海戏剧学院导演进修班毕业回家，老远就听到演员们慷慨激昂地演唱，走近了却发现观众席上空无一人。他原想到后台劝演员们别唱了，但揭开幕布后，眼前的景象，让他震撼：5 位农民演员的演出不仅一丝不苟，更感人的是那样投入，他们操使着多达十多种乐器，却忙而不乱，那打击乐器居然是普通民众家中常见的条凳。演唱时，演员们时而浅唱低吟泪流满面，时而仰面高歌吼声震天。唱到豪迈处，演员用枣木块奋力敲打条凳的不同位置，发出节奏鲜明声音清脆的巨响，力道十足，撼人心魄。看着看着，一个大胆的想法在党安华的心中轰然升起：眼前让他震撼的一切，观众们并不知情，索性让演员们掀开幕布搬到前台去表演，又将如何？

接下来的事情发展大家都知道了。从幕后走到台前，虽仅一幕之遥，却产生天壤之别的传奇效果。以后，党安华又与老艺人们一道，对华阴老腔进行一连串的改革，如增添演员、改进乐器、整理演出本等，从来名不出乡里的华阴老腔，开始走向全国，走向世界。2006年6月起，在林兆华执导的话剧《白鹿原》中，第一次融入华阴老腔的表演，连演30场，震动京城。不久，华阴老腔在电影《白鹿原》中华丽亮相。此后，华阴老腔相继登上北京国家大剧院和上海音乐厅的舞台。2007年起，应美、德、法、意、澳大利亚等国的邀请，华阴老腔开始他们的海外演出。来自中国黄土高原的农民们的憨厚朴实、原生态的表演，总是紧紧抓住外国观众的心。每次演出结束，观众都会起立欢呼，掌声不息。他们称华阴老腔是"中国古老的摇滚"，从中看到中国人民气震山河、一往无前的民族精神。

华阴老腔经国务院批准列入第一批国家级非物质文化遗产目录。当前，加强非物质文化遗产的保护迫在眉睫。我们应该学习华阴老腔坚持传承是基础、创新是生命的开拓精神，敢于大胆掀开幕布跨到前台去，摆脱困境，再创辉煌。

（2015/6）

段子很难独霸文坛

京城一家文艺大报，不久前发表了一篇题为《一个时代只有段子，如何向历史交代》的评论。此文一开始就引用了王蒙先生的论述："目前我们的文艺生活正趋向大众化、海量化，这是挡不住的时代潮流，但其中也有令人忧心之处，比如文艺作品的数量和质量是不是平衡？……相对来说，流行的多是恶搞、段子……有段子不怕，但永远要有一些高端的文艺作品。中国自古有楚辞、汉赋、唐诗、宋词、元曲、明清小说，那么到了 20 世纪、21 世纪，咱们若只有'段子'，对历史不好交代。"

我觉得，评论的作者，还有我们尊敬的王蒙先生，在这里提出一个值得我们注意的问题，但他们对段子文化的形势判断，特别是对段子文化的长久影响的估计忧心忡忡，是否过虑了?

只要把段子放在源远流长中国文化历史长河中考察，就会清楚地看出，它并不是什么新创文体，其实就是古已有之的笑话；但像今天这样广泛流传并海量涌现，这在中国笑话史上却是前所未有。如今，人们不但茶余酒后讲段子，报刊上辟有段子专栏，汇辑段子的书动辄一印数万供不应求，还形成价值不菲的“段子产业”。有公开报道说，2015年3月20日晚，在北京一家法式餐厅里，三家段子手公司的年轻老板聚会在一起，经过商谈，瓜分了上亿“段子”产业，这个产业不只继续开发段子手的原创价值，还进一步向图书、动漫、影视等方向发展、延伸……

出现这种中国笑话史上的奇观，是段子产业卖方市场和买方市场一拍即合相互配合的结果。就卖方市场而言，因为改革开放、思想解放，以写段子为职业的段子手，再不怕因言获罪，加上其后因敏锐发现段子潜在的巨大商业价值而成立的段子手公司，向段子手许以高报酬和周到的服务，这样，段子手的创造力便得到尽情释放和飞扬，段子的生产量就有了可靠的保证。就买方市场而言，当今社会由于生活节奏加快，人们在阅读、文学思维、精神世界、心灵生活中逐渐呈现碎片化、功利化的现象和趋势，微信、微博上的各种段子，很容易地覆盖和取代了往常我们本来通过阅读报刊、书籍而获得的内容，这样，段子的海量流行就成了不可避免的社会现象了。

尽管如此，当前段子文化的繁荣主要体现在娱乐性和商业价值上，由于它的快捷快速的生产方式，决定了它不可能走得太远，并且避免不了只能流行一时终将速朽的命运——

它如一阵狂风呼啸而来，随后风势总会慢慢减弱，并终究会退去；它在商业利益驱使下，追求的是光鲜上市，因而总是显得匆忙与粗糙，不可能像其他文学样式创作那样精心琢磨、反复推敲并有可能成为精品力作；它受短小篇幅的限制，承担不了文学揭示生活本质、塑造典型人物的重任，由于它必定把逗笑列为首要目标，因而很容易造成内容和形式的重复，还会造成阅读对象的笑疲劳，事实上，人们读段子之前思想上早就有了寻乐的准备，不会把段子当成唐诗宋词反复吟诵品味再三……

凡此种种，决定了段子很难成为文坛霸主，它根本没有成为当代文学的最高水平的代表载入中国文学史的可能。我倒觉得，需要重视和注意的，是加强对人数众多的段子手们的积极引导，提醒他们不要只是向钱看，更要向前看，时刻牢记自己应有的社会责任，努力创作宣传正能量的段子，自觉减少、杜绝那些低俗甚至恶俗的段子产生。

（2016/5/17）

开心——喜欢段子的唯一理由

进入政通人和的新时代后，段子文化流行迅速，一度几成燎原之势。虽然在海量的段子中泥沙俱下，鱼龙混杂，但从总体看，大多数段子寓教于乐，以幽默、轻松且简短的叙述语言，品现实，谈生活，讲哲理，深受人们的欢迎。有人评价段子是“单调时的调味剂，孤独时的陪伴者，失落时的慰藉品，不满时的解压阀”，说得都很有道理。其实，在我看来，段子得到人们的青睐，或可简单归结为“开心”二字。不管你是“单调时，孤独时”，还是“失落时，不满时”，那些精彩优秀段子总能神奇地逗引你开心起来，让你瞬间产生“调味剂、陪伴者、慰藉品、解压阀”的特别感受。不瞒大家说，我不但喜欢看段子，还喜欢把那些笑果十足、构思精巧、品位不俗的段子在电脑中收藏，这个收藏夹我命名为“忍俊不禁”。现在，许多报纸副刊设立专发段子的栏目，《金陵晚报·雨花石》副刊的专栏叫《轻松一刻》，《广州日报·每日闲情》副刊的专栏干脆就叫《哈哈》。

还记得8年前发生的那场震惊世界的汶川大地震吗？震后没几天，一个段子在网上迅速流传开来：一名幸存者被俄罗斯救援队救出。记者采访他，问他感受。他想了一下说：“好家伙，地震好凶嗷！老子被挖出来看到老外，还以为把老子震到外国去喽！”有那么一点儿惊恐，但绝没有被惊得丧魂失魄；语言看似粗俗，却真实地表现出对这场人类浩劫的藐视和永远不会被压倒的豪情。这个适时出现的段子，仿佛是一只神奇的手，对正沉浸在悲痛中的人们最隐蔽的痒处看似无心实却有意地挠了一下，使得人们破涕为笑；又像是一种神奇的液体，稀释了积压在人们心头的太多的悲情，让忧郁的心灵天空顿时明亮了许多。

也是在那一年，我国选手邹市明在北京奥运会上夺得男子48公斤拳击金牌，这是中国拳击队第一次夺得奥运会冠军。喜讯传出后不久，一个名曰《终于能揍别人了》的段子应声而出：“中国拳击选手在北京奥运会上捷报频传，有位教练幽默地说，以前参加拳击比赛，钱花了不少，结果挨了一顿揍就回家了；而现在，咱们终于也能揍别人了！”借“有位教练”之口故意说了关于拳击的明显外行话，真实地表达了对我国拳击运动历经磨砺、终于跻身世界拳击运动先进行列的无限自豪、喜悦之情。

还有一个名为《乡里人VS城里人》的段子，在改革开放30年的日子里出现后，一直受到人们热捧——

俺不喝河水而喝自来水，你却改喝纯净水了；俺才把破裤扔掉，穿上没补丁的衣服，你却开始在裤子上剪洞了；俺刚穿上西服，你又穿唐装了；俺刚将草除掉种庄稼，你却种草要打高尔夫球了；俺才不吃野菜，你又开始吃"绿色野菜"了；俺娃子春节回家过年，你全家外出过节了；俺刚长了两斤肉，你又拼命减肥了；俺刚奔小康，你又小资了。

虽然这个段子中的一些词语还不够准确，但它仅花100多字，以"俺"的眼光，把本来需要千言万语也不一定说得清楚的当代中国改革开放30年的城乡巨变描述得绘声绘色、真实真情，十分难得。

（2016/5）

向《咬文嚼字》编者进一言

先请看一则新潮微博：

“昨晚，偶的JJ带着TA的青蛙BF来偶家吃饭，饭桌上，JJ的BF一个劲地对偶妈妈PMP，说她年轻的时候一定是个PLMM，真是好BT啊，7456”

看得懂吗？不懂？请听我翻译给你听：

“昨晚，我的姐姐带着她的丑陋的男朋友来我家吃晚饭，姐姐的男朋友一个劲地对我妈妈拍马屁，说她年轻的时候一定是个漂亮妹妹，真是好病态啊，气死我了。”

这则新潮微博见于一篇题为《语言被涂成了大花脸》的短文。作者在文中引用这则新潮微博是要指出：“语言的生态，就这样遭到了前所未有的破坏；语言的生活，就这样变得越来越粗俗。语言的家世，语言的血统，语言的气质，语言的风度……正在悄悄改变。”此文以“语言被涂成了大花脸”为题，是为了表达作者如下的忧虑：“汉语本来就复杂，是世界上最复杂的一种语言，有些无事生非者却唯恐复杂得还不够，极尽恶搞之能事。媚俗显然是要付出代价的，甚至是巨大的代价。”

我对这位作者的敏锐观察和深刻剖析非常赞同。进入网络时代后，特别是进入人手一机可以随意通过微信、微博发表自己的看法后，就语言表达来说，许多前所未有、闻所未闻、古怪离奇、匪夷所思的说法出现了，这些说法不依规范、花样翻新、想到就说、率意而为，这在一定程度上反映出一些年轻人的活泼调皮、追新逐奇、挑战传统、张扬个性等特点，本不是什么了不起的大事，我们甚至还应保护其中的积极因素，比如多思、善思、敢想、敢说等，但对混杂其中的粗俗、媚俗、恶搞等可能破坏汉语语言生态的行为，则应予以及时的提醒甚至批评，决不可哈哈一笑听之任之，更不应持欣赏态度，有意无意参与其中，长此以往，说将来“是要付出代价的，甚至是巨大的代价”该不是危言耸听！

我第一次读到《语言被涂成了大花脸》是将近五年前的事，当时就留下深刻的印象。今天重提此文，则是因为看到《咬文嚼字》公布的2016年十大流行语，其中流行语之十是“蓝瘦，香菇”。编者向我们解释：“其实是‘难受，想哭’的谐音”。编者还借一位没有显身露形的“语言学者”指出：“‘蓝瘦，香菇’的盛行，迎合了年轻人在表达上的游戏化心理，即词语要有意思，又要视觉化。”

说实在的，《咬文嚼字》编者煞有介事的解释，我怎么也听不进去，满耳轰鸣着的却是“真是好病态啊，7456”的声音，两者不都是玩谐音游戏化吗？近几年来，《咬文嚼字》为保卫汉语的纯洁性，敢于向名人名作亮剑，每年公布十大语文差错，在社会上产生深广的影响，人们也因此称赞《咬文嚼字》是捍卫古老中国汉语纯洁健康的啄木鸟！如今，“啄木鸟”怎么也赶时髦，居然干起客观上把汉语涂成大花脸的活儿来了？

流行语的频繁出现，在一定程度上反映社会日新月异的变化，作为《咬文嚼字》这样具有一定权威性的语文杂志，每年选择一些饱含正能量的流行语予以公布，有助于开拓人们视野，丰富人们的精神生活，也可以促进古老汉语的与时俱进，并不断丰富中国汉语的词库。但在选择流行语予以公布时，一定要慎之又慎。不是流行得广而多的流行语就可入选，就如同感冒也流行并不值得提倡，其道理是一样的。

（2017/1）

选好金箍棒 玩出新名堂

网上流传一句名言：玩什么都要玩出名堂。看似玩笑话，说的却是必须珍惜人生、努力创造佳绩的大道理。我想补充一句：要想玩出新名堂，必须选好金箍棒！且看《西游记》中的美猴王到龙宫借宝，那龙王见他来势不凡，不敢怠慢，先让手下奉上一把大杆刀，悟空不要，他说："老孙不会使刀，乞另赐一件"；此后龙王又先后献上九股叉和画杆方天戟，悟空试了都不称手；最后，他自己选中13500斤重的如意金箍棒，这才满意而归。也正是依仗这如意金箍棒，孙悟空上天入地，登山下海，降妖伏怪，所向披靡，打出一片属于他自己的新天地。

平心而论，现实生活中，谁不想玩出点儿名堂？但事实上，真正能玩出名堂的并不太多。究其原因，往往是空有英雄志，少根金箍棒。我所说的金箍棒是个比喻，它既指一个人的理想、梦想，更是实现理想和帮助圆梦的正确道路、手段与方法。如果在人生的最初阶段，就能选好金箍棒那该多好啊，但，不易。常见的成功人士是：在漫漫人生道路上，经过一番爬滚摔打之后，始终矢志不渝，坚持前行，终于觅得适合自己的金箍棒，这才柳暗花明，峰回路转，开辟一个新天地，干出一番新名堂。

不必列举那些已史册留名的中外名人的辉煌业绩，或许以我身边熟识的朋友为例，更具说服力。一位是一年前刚故去的原江苏省美术馆馆长、著名绿色山水画家朱葵。老朱是艺术多面手，不仅擅长中国画，还喜爱版画，工于摄影，且都曾有作品入选全国性展览。但在经过一个较长时间的锻炼与摸索后，他审时度势，从自己的创作条件出发，最后确定将中国山水画尤其是绿色山水画定为自己的终身追求目标。这个目标定得好啊，放眼当今多如牛毛的中国山水画，满眼都是：高山飞瀑，险峰耸立，苍松翠柏，鸟兽花草，或为疑似古董的花瓶，或为仿佛仙境的花海，或有人立于水边发呆，或有鸟兽飞翔奔跑……看得多了，分辨不出绘者谁人。我不敢说朱葵是当今中国山水画中的最优秀者，但他刻意画绿色山水，让他的作品与别人区别开来，脱颖而出，并最终赢得“中国乡情诗画家”的美誉。

还有一位是著名电视节目主持人吴晓平。我记得这位属于自强不息、自学成才的朋友，很长一段时间是玩笔杆子。

他写文化新闻，写市民题材的散文，还写具有浓郁民俗风情的小说……就在人们饶有兴趣地看他还会写什么时，他却毅然放下笔，转行当节目主持人去了。凭着他一贯的机敏与智慧，凭着他对理想和事业的执着追求，更凭着他对人民大众的赤诚之心，用一口地道的南京话来抨击时弊，弘扬正气，讴歌真善美，传达正能量，创办出深受广大电视观众欢迎的、独具一格的专题节目《听我韶韶》，产生出远远超过他的文字作品的广泛影响，借用冯巩的一句戏言，现在的吴晓平至少已成为中老年妇女的偶像了。

我赞赏朱葵与吴晓平两位朋友历经千辛万苦，终于觅得属于自己的金箍棒；更赞扬他俩觅得“金箍棒”后的放弃，如同朱葵放弃版画和摄影，吴晓平放弃玩笔杆子，转而集中精力、专心致志地把自己的“金箍棒”玩得熟，玩得精，玩得风生水起……

（2015/8）

没有人能随随便便成功

吴晓平主持的《听我韶韶》是南京电视台18频道的名牌栏目，长期受到广大观众热捧，这些我是知道的；但观众对这档栏目关注、喜欢到什么程度，究竟好在哪里，并未深想过。直到有一天，我自己也有幸成了他“韶”的对象了，不免多看几遍，又静下心来想了想，总算想出点儿眉目了。

有感于人生苦短，岁月蹉跎，我在去年8月6日的《金陵晚报》副刊上发表了一篇题为《选好金箍棒　玩出新名堂》的短文，提出，要想在短促的人生中做点实事，玩出点儿名堂，一定要选择好适合自己的“金箍棒”。这里说的“金箍棒”是个比喻，“它既指一个人的理想、梦想，更是实现理想和帮助圆梦的正确道路、手段与方法”。晓平看到这篇短文后，当天下午5点，就在他主持的《听我韶韶》节目中，有声有色、满怀深情地韶了一通。

吴晓平在节目里回忆了 20 多年前我为他的第一本书写序的事，不是他韶，我真的快忘记了。我乐于为他写序的原因，除了他已说的，还有一个因素是，我是从基层上来的文学爱好者，对普通的业余作者有一种与生俱来的感同身受的同情和支持。譬如，我觉得，评论文章对那些声名鹊起的名家是锦上添花，而对于业余作者却是雪中送炭。这道理并不深奥，也不难明白。

说来惭愧，我一直误以为晓平主持的《听我韶韶》就是脱口秀。无端想象他的工作也就是凭借自己对社会生活的敏感和思维的敏捷，加上出众的口才，每天选几个话题，到时候往那儿一坐，用地道的南京话海阔天空地韶上一通。直到后来听一位熟悉情况的电视台朋友介绍后才知道，远非这样简单。单是话题选定后的一套必做的具体事就十分了得：先是起草好文字稿，然后送审，领导通过后赶快背稿，抓紧把文字稿强记心中，大致记熟了，才进入录音录像环节，如果需要配画面，还得另外花工夫寻找资料……

这一介绍，让我吃了一惊。回头想想那天他在节目中韶我那篇短文，总长 7 分钟，单是起草的文字稿就有一万多字，其中还配有不少画面，这一切都是他在当天看到我的文章后短短几个小时内完成的。这是一个怎样辛劳、高效、充满创造性的劳动！或许，一天这样做不算什么，长年累月每天这样韶，谈何容易！

至今难忘晓平韶我这篇短文的节目播出后才几分钟，就有好几位朋友打电话来，说的是同一件事：“老吴正在电视里韶你的文章呢！”可见对这档节目关注的人真是不少。有意思的是，当天网上也有反映，其中一位朋友调侃说：“老吴夸老陆，大家都舒服。”这两句顺口溜逗得我哈哈大笑。我得老实承认，自己写的文章得到晓平赞许，当时心中是有那么点舒服；不过，事后了解到吴晓平为这档节目所付出的艰辛劳动后，想得更多的就不再是一己的小小舒服，而是对他工作的理解和对他的敬业精神的佩服。

毫无疑问，做任何事情要想取得成功，就必须在看准目标后，抓住时机抓紧时间踏踏实实干，并且还得老老实实付出相应的劳动和心血。就像台湾歌手李宗盛唱的那样：“把握生命里的每一分钟，全力以赴我们心中的梦。不经历风雨，怎么见彩虹？没有人能随随便便成功！”

（2016/3）

不是谁都能成为王宝强

相信许多人都是从2004年12月上映的电影《天下无贼》里认识王宝强的。从表演角度看，刚从打工一族中走来的王宝强饰演的傻根，显得有些稚嫩，或许还真有点“傻”，但他傻得纯朴，傻得善良，傻得率真，不仅让观众一下子记住了他，更让影视界注意到他，王宝强这才有了以后在《Hello！树先生》《人在冏途》《士兵突击》《我的兄弟叫顺溜》等影视节目中进一步施展身手的机会，直至今天成功为人们盛赞的“草根明星”。

据报道，王宝强6岁开始练习武术，8岁在嵩山少林寺做俗家弟子，1999年，15岁的王宝强怀揣演员梦到京城闯荡。每天扎在人堆里的他，经过漫长焦急的等待，好不容易才熬到一个“完全看不到”的角色，从北影厂的明清一条街的这头走到那一头，15 秒，一闪而过，得到报酬 20 元。又过了一段时间，一个偶然的机会，他被冯小刚看中，让他演《天下无贼》中的“傻根”一角，并且与刘德华演对手戏。他打电话把这个天大的喜讯告诉哥哥，他哥以为骗人。也难怪他哥不信，这境遇也真的像“天下无贼”一样，浪漫、荒诞、充满乌托邦式的梦幻色彩，然而，这却是生活中的真实。

在当下中国，像王宝强一样渴望当演员、有朝一日成为大明星想法的年轻人成千上万，但能像王宝强这样取得成功的却是凤毛麟角，寥若晨星。许多人慨叹自己命不好，运气差，没有机会能像王宝强那样被冯小刚看中，这不是没有一点儿道理。但，机遇总是具有一定的特别性，它神秘莫测，瞬间即逝，极难把握。一切有志者要想取得事业的成功，决不能坐等机遇，而应该任何时候都不放弃自己的梦想，更要为实现梦想做一番切切实实的拼搏和脚踏实地的努力。关于王宝强成为草根明星的报道连篇累牍，可惜没有一篇介绍王宝强何以被冯小刚选中，我们更无法就此当面向冯小刚询问，但从有关王宝强成名前的玩命般拼搏中多多少少可以看出点儿端倪。有一篇题为《笑星背后的辛酸》的文章，在介绍了王宝强第一次熬到一个“完全看不到”的角色，银幕上仅出现 15 秒、最后得到 20 元报酬的故事后，接着写道：“之后，这种每天 20 元的片酬的活儿偶尔会‘掉’下来。赚得多的一次是 100 元。因为他饰演的难民像沙包一样被人踢来揣去，腰上青紫的鞋印子一个礼拜都未消。还有一次，为了50元的酬劳，替身王宝强要从高高的防火梯上摔到水泥地上，几次下来，手肘出血，脑子嗡声一片。后来许多穴头都知道一个叫王宝强的替身，不怕死，别人假摔，他真摔。”

当然，要想在影视界闹出点儿动静，搞出点儿名堂，单凭不怕苦不怕死是远远不够的，还得有艺术的天赋和始终如一的敬业精神。最近有记者问王宝强如何评价“演员王宝强”？他一秒化作“认真脸”，仿佛说他人一样说自己：“我十几年每部戏走过来，说实话，我对（王宝强）这个演员印象特别好，对这个演员蛮敬佩，他对每部戏都认真投入，对于塑造人物都是全心全意的。”他还特别强调说：“有梦还是可以实现的，但是每个人实际情况不一样，不是谁都是王宝强，不是谁都有王宝强悟性这样高，不是谁（憋住笑）都像王宝强这么真诚、努力。”

你说，就凭这口气，这自信，王宝强傻吗？

（2016/3）

注目光环背后的艰辛

日前看到一篇文化新闻，报道江苏省作协匠心独运地邀请叶兆言、鲁敏到青年作家读书班上，面对众多学员，敞开心扉重点谈了他们在文学创作道路上经历过的艰辛。其中叶兆言谈到他的多达 5 年的退稿经历，非但没有挫伤他在文学道路上前进的信心，反而让自己学会享受创作的过程。鲁敏成名前在邮局工作，她当过卖邮票、拍电报、订报纸的营业员，继而成为邮政行业报的江苏站记者，还从事过对外宣传工作，做过办公室的秘书。工作的烦琐挡不住她对文学的热爱，她那一篇篇逐步引起文坛重视的作品，无一不是创作于嘈杂的生活环境之中。在饱尝了长达 15 年的底层写作者的艰辛与寂寞之后，鲁敏才终于走到了今天。

虽说在这众声喧哗的互联网时代，文学早已失去轰动效应，但痴迷文学创作、坚持做着美丽的文学梦的仍大有人在。正是从这些人身上看到文学的希望与未来，江苏省作家协会每年坚持举办一期读书研讨班，为那些有志于文学创作且已经取得可喜创作成绩的年轻人，提供一个安静的学习环境，通过时间虽然不长但却是实实在在的并且较为系统的读书和学习，开拓他们的文学视野，提高他们的文学素质和创作水平。迄今为止，这个读书班已经办了 25 期。值得称道的是，江苏省作协自第一期读书班开始，就以创新精神不断探索如何把读书班办得实在、实用、有实效，其办班方式和讲授内容一直处于变化之中。本期读书班有意邀名家到读书班上现身说法，坦诚真实地谈自己的创作甘苦，此举无疑具有创新意义，也的确令人耳目一新。

文学梦是美丽迷人的，但圆梦之路却从来不是一帆风顺的。让有志于在文学创作之路上跋涉、攀登的文学爱好者们，真真切切地看到名家光环后的艰辛，这是不可或缺、不可忽视的重要一课。这一课上好了，既可以让他们从名家名作中汲取精神营养，也能从名家曾经遭遇过的艰辛中获得前进的动力，从而真正懂得失败是成功之母、挫折是最好的老师。其实，不只是叶兆言、鲁敏，放眼中外文学名家，没有一人是顺顺当当地取得成功享誉文坛的。他们遇到的困难不只是成名前，甚至成名后照样会遇到几乎翻不过的坎坷。一次我在常州巧遇人民文学出版社的资深编辑石湾。他说起 1980 年 5 月，参与《新观察》杂志复刊筹备工作，为了确保复刊号“一炮打响”，特地去向汪曾祺约了小说《黄油烙饼》。编辑们传看了，都说是不可多得的佳作，但领导就是不同意在复刊上发表。又过了两年，汪曾祺自己寄来散文诗一组四章，领导只同意发表两章。石湾很为难，写信问汪曾祺怎么办？汪曾祺无奈地回信说：“稿一时排不上，本是意中事。我一时无处送，先存在你们那里吧。”谈起这段汪老往事，石湾与我，都不禁感叹唏嘘。

去年深秋江苏省作协举办的第 25 期读书班，还有一个亮点：参加者除了本省的学员，山东和宁夏两地作协第一次选送本地青年作家前来参加。这一事实有力地证明，江苏青年作家读书班已在国内文学界产生不俗的影响，我们理应为这样着眼文学事业未来功德无量的好事情大大点赞一番。

（2015/1）

有一种努力藏在辉煌背后

里约奥运会赛场的硝烟已经散去，这届奥运会给我们留下许多让人惊叹的神奇，其中之一便是美国游泳运动员迈克尔·菲尔普斯。今年已经31岁的他，是第五次参加奥运会，他在五届奥运会上总共夺得23金3银2铜，而在奥运历史上金牌总数超过23枚的国家至今不到40个。他的教练鲍曼甚至断言："他太特别了，不是每代人都能出现这样一个运动员，可能要十代人才会出现一个。"

鲍曼的预言我们无法验证，但我们知道，虽然菲尔普斯创造出神话般的奇迹，但他不是神，在他那无人企及的辉煌背后，是他付出的玩命般的努力。有资料显示：2012年伦敦奥运会后已宣布退役的菲尔普斯，为了重回奥运泳池，自觉地在过去的两年时间里过上非人的生活："每天凌晨4点半开始跃入泳池，整天全身心地泡在水中，枯燥无味、单调至极地游来游去，恨不能把每一天的时间拉成两天，给已经荒废的身体重新注入能量，把已经明显松弛的肌肉再次绷紧……”

不止菲尔普斯，凡在奥运会上能站到高高领奖台上的运动员，都曾经做出过玩命般的努力。在这次里约奥运会上，陈若琳在跳水女子双人10米台比赛中实现该项目的三连冠、个人的金牌数上升到5块。为了控制体重，整整5年，她每天只吃一顿饭。中国女排勇夺金牌，极大地振奋了国人的心，有谁知道，那些在赛场上每分必争、顽强拼搏的女排姑娘们，许多年纪轻轻却已是满身伤病。以身为队长的惠若琪为例，左肩至今还埋有7颗钉子，她前后为排球开刀3次，两次因为心脏问题，其中一次在做心脏射频消融手术的时候，一度心脏完全停止跳动，是靠电击才救回来的。

由体育赛场进一步想开去，人生就是一个大赛场。要想在有限的人生中创造出辉煌业绩，必定要做出玩命般的努力。四年一评的茅盾文学奖标志着我国当代文学的最高荣誉，从1982年开始，至今已评过9届，累计获奖作品为41部。能评上“茅奖”已经不易，但却可以肯定地说，这41部作品不会在同一个水平线上，哪一部作品最终能在文学史上留名，虽然我们现在无法做出判断，但孰高孰低，种种迹象似乎已初露端倪。试看陈忠实的《白鹿原》，1988年4月开始动笔，成稿于1992年3月，这一年他50岁。他经常爱说的一句话是“踏过泥泞五十秋”。写作前，陈忠实发誓要把《白鹿原》写成一部能“垫棺作枕”的作品，为此他玩命写作，在这之前以及成名之后，他一直没有脱离西安灞河边的白鹿原，他把自家破败陈旧的老祖屋，看成是激发他无穷灵感和旺盛创作力的天堂，长年居住在那里嚼着粗糙的馍奋笔疾书，并终于用一生丰厚的生活积累，历时四年，呕心沥血写成自己一生中唯一的长篇。此长篇先是于1992年年末、1993年年初在《当代》连载，1993年6月由人民文学出版社出版单行本，从那开始，得奖多次，20年间累计发行超过200万册，平均每年以加印5万～10万册的数量持续畅销。人们不仅称赞《白鹿原》是一部渭河平原近现代50年变迁的雄奇史诗，一轴中国农村斑斓多彩惊心动魄的长幅画卷，更敬佩他为写成这部巨著所做出的玩命般劳动。石家庄的一位护士读完作品后，在写给陈忠实的信中说：“我想，写这本书的人不累死也得吐血，……不知你是否还活着？还能看到我的信吗？”

（2016/10）

『全民散文写作』也很好啊！

中国是一个散文大国，秦汉唐明清，从古看到今，每一个时代都有标志性的散文大家及其脍炙人口的传诵千古的散文佳作，但没有一个朝代像今天这样有这么多人拿起笔来写散文。现在每天发表在报刊、网络上的散文真是车载斗量，难以胜数，这应该就是越来越引起人们注意的所谓“全民散文写作”现象吧？说这是中国文学史上的一大奇观，并不为过。但问题也跟着来了，有专家公开撰文认为，当今散文创作虽然貌似繁荣，但精品力作不多，这个判断不无道理；而在接下来分析原因时，此文认为，这与散文写作的门槛低，并因而形成“全民散文写作”有关，这说法就有可议之处了。

家乡一位曹姓朋友，是我中学时代的同学，已与我中断联系半个多世纪，不久前他突然挂号给我寄来一部散文书稿。

记忆中的他，平时兴趣在数理化，现在却饶有兴趣地写起散文来了，很明显，他是受"全民散文写作"潮流的影响。我估计，他的作品应属于"本色写作"一类，事实很快证明了我的判断。所谓本色写作，是指写作者本人所经历过的生活久存于心，常常会在某一外部因素的启发和诱导下，产生一种本能的原始创作冲动，迅速有了强烈的写作欲望，并可能在不长的时间里一挥而就。曹姓朋友的散文几乎都是通过忆旧，以亲历者身份写下自己这么多年来所经历的生活的酸甜苦辣。他在一篇散文中写道，20 世纪 60 年代初，他在一个叫卸甲的农村当老师，有一天，弟弟特地从县城去看望他，不幸溺水身亡，学生们帮他把弟弟遗体徒步十多里地从农村抬回高邮，他回忆道："这一班学生真好呀，快到吃中饭时刻了，又都匆匆忙忙赶回卸甲去了。那年头招待一顿饭是件很难很难的事，他们很懂事，说'曹老师，我们就回去，到学校吃中饭啦！'"

这是一段饱含血泪的叙事，语言朴实得近于口语，连一顿饭也招待不起的细节，既点出那是一个饥饿的年代，也动人地写出老师的无奈和学生无比体贴老师的真情。在写作本文时，我估计曹姓朋友没有想得很多，他只是朴实地、本色地把事情经过写下来，这正是本色写作的一大特色。这一类作品基本能保持生活的本来面貌，还能于无意间保留了生活和历史的真实，从而具有资料性甚至史料性；但不足之处也很明显，它毕竟还只是"记录"生活，而散文要求的是艺术地再现生活，缺少写作前的严密思考和写成后的精心打磨，所写出来的文字就很可能显得粗糙和韵味不足。这或许正是广大业余散文作者需要努力提高的地方。

总观中外文学发展史，任何一个文体从形成到高峰，都要经历一个从少到多、从粗到精、从稚嫩到成熟的过程。我国第一部诗歌总集《诗经》，收诗 305 篇，是从西周初期到春秋中叶共大约五百年间的作品，全书分《风》《雅》《颂》三部分，其中《风》有十五《国风》，就是十五个地方上的土风歌谣，被普遍认为是《诗经》中文学成就最高的部分。它反映的生活内容比上层社会的《雅》《颂》更为广阔，生活气息更浓。看清这一点，我们就知道，面对当前“全民散文创作”现象，非但不能苛求它们缺少精品力作，而应以满腔热情给以积极引导，帮助他们不断提高创作水平。用历史眼光，从长远看，散文的未来和希望其实蕴藏在“全民散文创作”之中呢。

（2015/11）

为一位业余作者点个赞

我并不认识这位朋友，当然也就没有见过他；但我真心实意要为他写的一篇题为《要不要出书》的文章点个赞。

这位朋友热爱写作，其水平应该说还相当可以。从文章中得知，他“近两年来发表的文章，足以能出一本书了”。在文章的一开始，他就这样写道：“作为一个业余作者，出一本书，自然是梦寐以求之事。”而自从有了这个念头之后，“出书的意识在我头脑里越来越强烈”，以至于他被折腾得寝食不安。但是，在经过一番左思右想的激烈思想斗争以后，他终于下定决心：不出书了。

下这个决心很不容易，甚至是一个痛苦的过程。这位曾经强烈想出书的朋友，最终能冷静下来不出书，是因为他想明白：出书“实在不是一件合算的事”。他算了一笔账：“我的经济本不宽裕，拿半年薪水出本书，如果一本卖不出去，1500 本书就要堆在家里，占去几个平方米的房子。”那房子可是花大价钱买来的。“给书买房，是不是有点傻？”他说，“如果卖，卖给谁？……有些人出书，钱有人出，书有人买，不是因为书的质量好，而是因为出书人有权力与地位，但就书的命运而言，买书人大概连随手翻翻的雅兴也不一定有。”

这位说话直白坦率的朋友，还进而想道：“把书送人也是可以的，但送给谁呢？人家喜不喜欢？……读我文章的人，平时早已在报纸上读到过了，不会因为我出集子再去买一本，来个‘温故而知新’。没有读过我文章的人也不会因为出了书就会去买。”他觉得，事情明摆在那儿：“花这么大的代价满足自己的（出书）虚荣心，除了宋丹丹演的那个白云大妈，恐怕不会有很多。”经过这一番堪称透彻的理性分析以后，这位朋友认为：“从环境保护角度来讲，从建立节约型社会的大局来看，如我出书，实在是对社会资源和人力的一种浪费。”据此，他郑重决定：“这书不出了，于国、于民、于己，都是一件幸事。不如开个博客，让人们免费欣赏吧！”

话说到这份上，任何人都会赞赏这位朋友的明智决定。我读了这位朋友的文章，真的从心底里增加了对他的敬意。世上有许多像出书这样的事，并不深奥，不难弄清，甚至付诸实践也不难，但就是因为很难像这位朋友勇于当众袒露心里真实想法，更不会写入公开发表的文章中，当然也不愿从实际出发对事情做一个明确的决断，而宁可人云亦云，盲目追风，一再做出本可少做或不做的事情，以至于造成社会资源和人力的浪费。

《要不要出书》这篇文章，发表在上海《新民晚报》2010年3月11日的《夜光杯》副刊头条，作者长江。我当时读到就很受启发，很喜欢，并立即剪下收入我的第92卷《勉耕斋集报》中。5年多过去了，这感觉依然未变，并认为，时至今日，此文仍有很大的现实意义和很强的针对性。我这篇短文几乎全文复述了长江先生的观点，写明这一点，除了表明不敢掠人之美之意，还想说，长江先生是热爱写作的业余作者，更是一名洞察世事明白事理的智者。

（2015/7）

我们现在还需要书吗？

2004年秋的一天下午，长江文艺出版社的资深编辑秦文仲先生给我打来电话，介绍他们正编辑出版一套《现代文学名家作品精选》丛书，已出鲁迅、朱自清、郁达夫、闻一多等十种，深受读者欢迎。出版社乘势而上，扩大选题，请我担任《汪曾祺作品精选》一书的主编，并强调说，这是汪老家子女的建议。这当然是好事，但我有点为难，因为不久前我刚答应河南人民出版社撰写《汪曾祺的春夏秋冬》一书。老到的秦文仲先生敏锐地感觉到我的迟疑，他说："此书肯定有助于进一步宣传、扩大汪曾祺先生的影响，陆先生再忙也要接受我们的约稿，这不但是对我们出版社的支持，也是你义不容辞的责任啊。"

我无话可说，只有答应。依仗这么多年我对汪老作品的熟悉与了解，确定全书的篇目不是太难，但找全资料，汇集成书稿，却是一个费力费时耗精力的事情。当时，我刚学着用电脑写作，一位朋友说，你可以通过网上寻找、下载、复印、汇总，大大提高速度啊。一句话提醒了我，前后仅用了不到半个月的时间，就将 32 万字的书稿电子版发出。交稿快，出版社反馈的信息更快。第二天，秦文仲先生就打来电话，他说:“才看 5 页，就发现 30 多处差错，陆先生是从网上下载的资料吧？如果印出这样错误百出的书，且不说读者会有意见，也愧对汪老啊。”几句话说得我汗颜，恨不得有地洞钻下去。

放下电话后，我老老实实地静心坐下来，从正式出版的汪曾祺先生的著作中选出有关篇目，一一复印，反复校对，前后花了近两个月的时间，才将书稿交邮局快件寄出。2005 年 2 月，《汪曾祺作品精选》由长江文艺出版社正式出版，前后印了三次。每看到这本书，我总会想起一个曾经困扰过许多人包括我在内的话题: 生活在互联网时代，只需到网上“百度”一下，几乎什么都可以查到，还需要书吗？答案应该是明确的。将网络资料与书相比，前者可以给我们提供快捷与方便，但若论准确、可靠与厚实，还是离不开书，何况书还可以作为一种艺术品收存起来。

自此以后，我仍然将空闲时逛书店视为最大的爱好，每购买到心仪的书，会快乐好几天。2008 年 5 月，我到北京参加一个文艺评论座谈会，晚上一个人去逛王府井书店，见到商务印书馆出版的《中国古代名言隽语大辞典》一书，系北京数十名高校教师历时数年编著而成。这本书所录词目近两万，上起先秦，下迄清末，规模之大，收集之全，分类之准，解读之精，校勘之严，在同类书中属仅见。可是，一摸口袋，钱不够，而书架上仅剩一本。举目无亲，我只好找服务员代为保管，然后“打的”回宾馆取钱，最终如愿将书买下。

购得此书后，我屡屡从中受益。试举一例。2012 年 2 月，台湾作家周啸虹先生在高雄去世，他的夫人陈春华女士打来电话，除报告这不幸的消息外，还希望我能写一篇文章编入即将付印的纪念册中。当我含泪把文章写好后，却一时找不到合适的文题。后打开《中国古代名言隽语大辞典》，一下子就在有关词目分类中看到宋人黄庭坚的诗句：“桃李春风一杯酒，江湖夜雨十年灯。”这让我又惊又喜，我与周啸虹先生从相识到他仙逝，也正好十年啊！当我把以《江湖夜雨十年灯》为题的悼念文章发给春华女士后，她十分激动地迅速回复邮件说：谢谢陆先生，啸虹生前真的经常喜欢吟诵这首诗呢……

（2016/3）

文坛三寿星的长生之道

按年龄高低排列，这三位文坛寿星是：今年 110 岁的语言文字学家周有光，104 岁的作家杨绛，101 岁的作家马识途。

令人惊叹更钦羡的是，三位寿星不但高龄，而且健康，其思想之活跃与敏感，对生活和对事业的热爱，真的名副其实地焕发出人生又一个青春。周有光于 2005 年即他 100 岁时，出版了《百岁新稿》，2010 年出版了《朝闻道集》，2011 年又出版了《拾贝集》。杨绛去年出版九卷本的《杨绛全集》，其中包括她以百岁高龄亲自书写完成的几万字的《洗澡之后》。四川老作家马识途一生创作文学作品数百万字，电影《让子弹飞》就是根据他的《夜谭十记》改编。晚年的他由文字写作转入书法，去年是他百岁生日，“马识途百岁书法展”在中国现代文学馆开幕，轰动京华。

这些年来，对三位文坛寿星的采访从未停止过，每一次，记者们都会把探求他们长寿的秘密列为重要的话题。马识途编写了《长寿三字诀》供媒体发表，现已广泛传播。三老的说法不尽一致，有一点却是他们不约而同提到的，那就是达观平和。三老产生相同的共识绝非偶然。中国自古就有仁者寿、智者寿的至理名言，三老都是在中国传统文化哺育下成长为一代名家的，他们不但悟解儒家进德、道家保真、释家净心的人生道理，更心游其间、深得其味，这才最终达到高层次的“不养自养、不求自得”的仁寿、智寿境界。只要稍稍了解他们已超过百年的人生之路历程，就不难发现：他们注重养心、养生、养身，三养结合，其寿焉能不高！

如果以为三老百年来的生活经历是一帆风顺，过的是优哉游哉的舒适日子，这才得以高寿，那就大错特错了。恰恰相反，回顾三老所走过的百年人生之路，差不多都一样的充满艰险，荆棘丛生，命运之神从来没有厚待他们，他们无一例外地都曾遭遇到我们常人经常遇到的磨难与烦恼。马老是党的地下工作者，出生入死是常事。同为知识分子的周有光与杨绛，长时间遭受“左”的折磨。好容易等到政通人和的新时代，到他们晚年的时候，家中竟变故连连。2002 年，与周有光相濡以沫共同生活 70 年的妻子张允和去世，这突如其来的打击，让他一时透不过气来。后来，他想起一位哲学家说过的话，个体的死亡是群体发展的必然条件。人如果都不死，人类就不能进化。在足足有半年之久的时间里，他反复想，想通了，悟明白了，这才慢慢从悲痛中走出来。比起周老，杨绛的晚年似乎更不幸。先是20世纪90年代白发人送黑发人，女儿离杨绛而去；不久，丈夫钱锺书又仙逝。老人一度很悲伤，经常在梦中遇见他们。但很快，杨绛坚强起来，努力克制感情，注意节哀，并常以体育锻炼和写文作画来转移自己的视线，尽快恢复平和达观的心态。不久前，商务印书馆将新出的《现代汉语词典》送请她指教，她竟指着辞典中“宅男宅女”条目说：“我老是待在家中，就是‘宅女’了，你们说对吧？”一句话把大家逗得哈哈大笑。

（2015/8）

为朋友写序

盘点2015年自己的写作情况时，我惊讶地发现，这一年，竟为四位朋友的书写了序。

汪曾祺先生曾经在一篇文章中这样写道："说实在的，我很怕给别人写序。每一次写序，对我说起来，都是一次冒险。我能够多少说出几句比较中肯的话吗？"话虽这样说，作为一位德高望重的老作家，出于对求序者尤其是青年作家的爱护，只要有可能，汪老总是尽量满足对方的愿望，这是因为他认为："人到一定岁数，就有为人家写序的义务。"他说："这也是我的一种责任。"并且，他要求自己，写序时防止"不着边际"，态度一定要"诚恳"。

我写不出像汪曾祺先生那样水平的序，却也已经到了"一定岁数"。每逢有朋友找我写序，只要我答应了的，一定把汪曾祺先生对写序的看法和做法牢记于心，并将“三不”原则落实于写作之中。

一是不敷衍。对请我写序的朋友的作品，我会认真地浏览一遍，重点作品还要多读几遍才动笔。所写序文一定联系作品实际，努力说出几句“比较中肯的话”。决不脱离作品东拉西扯、插科打诨、故弄玄虚，防止“不着边际”的空谈。

二是不恭维。牢记鲁迅的教导，“批评必须坏处说坏，好处说好，才于作者有益”。当然要对作者长期写作的努力及其作品的长处给以热情的肯定与鼓励，这对那些钟情文学创作但写作经历不甚丰富的作者来说，尤为重要。但态度要诚恳，尤其不能廉价恭维。胡乱恭维只能起误导作用，还可能助长作者的虚荣心。

三是不收润笔费。有的朋友节衣缩食出了本书，我怎忍心再增加其负担？几年前，江阴一位女作者自费出书，辗转托人找到我，希望我为她的第一本书作序，我认真写了。事后，她特地登门致谢，并送上一千元。我再三推辞，她还是坚持把钱放下了。当天下午，我只好将钱从邮局寄还。后来她在报上写了一篇文章，其中写道：“身处滚滚红尘中的陆老师居然一尘不染，真正师长风范，况且这是他应得的酬谢。”她对我过奖了，但我觉得，这几句话是再多的金钱买不来的。

我以“三不”要求自己，主要是出于对作者的尊重。我一直认为，就写作来说，除少数杰出者外，大多数人其实都是业余作者，写序者并不一定比求序者高明多少；甚至，还可以说，今天的求序者，他日的成就完全可能远远超过今天的写序者。如果摆出一副教师爷姿态，有朝一日很可能成为笑柄。写序者能不慎乎？让我无限快慰的是，我的这些想法，居然得到印证。二十多年前，吴晓平和王慧骐出的第一本书都是找我写的序。如今，吴晓平已成为著名电视节目主持人，王慧骐则一直活跃在新闻界、文学界，写下大量情文并茂的散文和散文诗。让我想不到的是，他俩近年不约而同地分别在电视节目中、散文中重提往事，谈到许多我已淡忘的细节，并再次对我表示由衷的感谢。这让我深深感动。我也因此真切地感受到，原来时间的流水，既可以如大江东去无情地淘尽千古英雄人物，却也能多情地保存好真正的友谊之花的美丽容颜。

(2016/1/14)

从《故宫三部曲》说到『官员写作』

在故宫博物院喜庆90华诞的日子里，章剑华适时出版了以《变局》《承载》《守望》三书组成的“故宫三部曲”。往昔以故宫历史为题材的作品虽然数量不少，但大多是相关当事人零星的片断式的回忆；而章剑华的新著则是首次以近百万字的宏大篇幅，系统地全景式地呈现出故宫的前世今生。这就难怪故宫博物院院长单霁翔高度评价“故宫三部曲”为首部文学版的“故宫通史”，也难怪这部新著一经问世，迅即引起社会各界的广泛重视与好评——既因为这部长篇纪实文学新著内容的厚实厚重，也因为作者的身份与众不同：他是文学博士，中国作协会员，在江苏省新闻文化宣传等部门任重要职务多年，至今仍是江苏省委宣传部副部长，江苏省文联主席，是一位地地道道的政府官员。

细究起来，“官员写作”在我国漫长的文化、文学史上有着悠久的历史和宝贵的传统。写下《观沧海》《龟虽寿》等传世诗歌的曹操，“横槊赋诗，固一世之雄也”；他的儿子曹丕，写下《典论·论文》并因此奠定其在中国文学批评史上的重要地位。这两位已是国家领导人的级别，暂且不说，即如陶渊明、贺知章、苏轼、柳宗元、白居易、欧阳修、王安石、陆游，直至清代的郑板桥等，不但都写下了熠熠生光、人们百读不厌的经典诗文，还都曾做过官。他们中有当过宰相的，当过太常博士的，当过礼部员外郎的，官位最低的也是处级的七品官。只因为他们的文学成就大大超过了他们的为官政绩，后人多记得他们是文学大家，却忽略了他们其实都是那个时代的官员了。

在当代，从我国老一辈的国家领导人身上，也依稀可以看出“官员写作”传统的延续，毛泽东、朱德、周恩来、陈毅等，都写下过立意高深、境界开阔、韵味醇厚的旧体诗。他们的诗文在中国当代文学史上占有不容忽视的一页，对中国当代文学的繁荣与发展产生重大的影响，只可惜这种影响对我们的各级领导干部似乎并不明显。在改革开放新时期到来之前，能真正写下有影响的文学作品、称得上是“官员作家”的不是很多，当然，这绝不是因为工作忙的缘故，绵延数千年的“官员写作”传统就遗憾地因此而一度中断。

令人欣喜的是，到了改革开放的新时期，尤其是近年来，从国家领导人到各级领导干部热爱写作并写出不俗文学作品的人越来越多。这其中，近两年《小说选刊》曾先后刊出过的两篇小说尤为引人注目。当人们从“作者简介”中了解到，刊于 2013 年第 7 期题为《阿璐嫂》的作者是前中央政治局常委吴官正，刊于 2014 年第 3 期题为《老人与树 · 春雪》的作者是中国文联主席孙家正，人们不但感到新鲜新奇，更感到惊喜，并由此看到，中断多年的“官员写作”的传统确已逐步得到联结与恢复了。

如同任何事情都是机遇与挑战并存一样，当“官员写作”因躬逢盛世和社会各界的热情关注与重视得到恢复与振兴的同时，对“官员写作”发出质疑之声、投来挑剔的目光的也大有人在。这也难怪，在花样百出的腐败现象中，借文学创作之名行争名夺利之实的案例已屡见不鲜。当此之时，章剑华以严谨的创作态度，历时 10 年写出“故宫三部曲”的创作实践，或许可以给我们重要启示。那就是，每一个钟情于文学写作的“官员”作家，都应当以百倍的努力，用高质量的作品去赢得读者的信任与尊重。当读者能记住你的作品而不是你的“官位”时，你差不多就离成功的目标不远了。

（2015/11）

『我是什么东西呢？』

1938年，伟大的音乐家冼星海的不朽作品《黄河大合唱》在延安演出成功，迅速获得全国乃至世界的赞誉。面对赞扬声，冼星海同志在日记中这样写道："……我还要加倍努力，把自己的精力，把自己的心血贡献给中华民族。我惭愧的是自己写得还不够好，还不够民族所要求的力量！贝多芬临死时说：'我不过写了几个音符……'我是什么东西呢？有什么了不起！比他们差得多了，还不更努力吗？"

冼星海这番话的出处见于1985年11月9日《羊城晚报》的一篇散文，此文是为纪念冼星海去世40周年而作。我常呆想，要是我能当面见到冼星海多好，我会恭恭敬敬对他说："您是伟大的人民音乐家，您作曲的《黄河大合唱》是中华文化宝库中的瑰宝，是永远不朽的传世经典！"

我自幼喜爱读书写作，1959 年末正式发表作品，从那至今已有近 60 年的业余写作生涯。如果说这么多年一无所成，未免矫情，因为毕竟也发表不少作品，出了十几本书；但自认为有一个长处，有自知之明，从不张狂傲视他人。或许与自己是从偏僻乡村走来有关，我从文学生涯的一开始就小心翼翼，总觉得起点低，不如人，拼命赶还来不及，哪里还敢骄傲自满？高中二年级曾向上海《少年文艺》投过一次稿，被退回后便不敢再投，心悦诚服地认为自己不行。

1984 年我有幸调入江苏省委宣传部工作，而且是终日与文艺界的朋友打交道，整天做为他们服务的工作，我将此视为自己人生的一大转折。汪曾祺先生闻讯后迅速给我来信勉励说:“你调到省里来工作，我觉得很好。……省里人才多，……你到那里好像鱼从河沟里跳入江海，可以增长见识，对写作当大有好处。我以为你这一步是走得对的。”第二年，我从《羊城晚报》上看到那篇纪念冼星海的散文。从此，我记住汪老的勉励，记住冼星海说的那句让我振聋发聩的话，不仅记住了，还努力付诸实践中。

我记得，汪曾祺先生 1979 年 5 月 16 日在北京因病去世，当年 7 月，江苏文艺出版社出版了我花五六年时间并曾得到汪老本人指导的《汪曾祺传》，一时间好评多多，海内外包括《人民日报》《文艺报》《文汇报》《读者》在内的几十家报刊以书讯、书评、书摘等形式做了连续报道。我没有沾沾自喜，而是清醒地认识到，不是此书写得多么好，而是汪老影响大。《汪曾祺传》的及时出版，有助于人们对汪曾祺先生的了解，还在一定程度上抚慰了人们对突然去世的汪老的惋惜伤痛之情。也就在拙著出版后不久，有一天我接到江苏省社科评奖办公室的电话，催我早日将《汪曾祺传》参评的材料送去，我这才知道这年适逢三年一度的江苏省社科评奖。我谢谢他们的好意，同时明确答复：不参加评奖。对方颇感意外，问为什么不参评？我说：没有特别原因，最主要的原因，我工作的单位与江苏省里的文艺工作密切相关，而写作仅是我的业余，不能以自己的书去占有众多专家学者期盼的有限名额……

我的回答是坦然而真诚的。顺便说一句，在我退休前，我从未以自己的书去参加江苏省里的有关评奖，不是故作谦虚，或炒作自己，这都有案可查。倒是退休后，我反而有时主动申请参加一些评奖活动，目的是测试测试自己在文艺界朋友心目中的真实水平……

（2017/1）

作家们何以集体弃权？

没有一个家长不希望自己的孩子把作文写好，作家也是如此。但现实生活中的一个发人深思、耐人寻味的情况是，很少有作家耐心辅导自己的孩子写作文。尽管本人下笔千言，倚马可待，可是，一旦指导自己的孩子写作文时，就会很快发现辅导无方，甚至束手无策。向孩子谈自己的写作体会嘛，非但孩子听不进去，自己也会无趣地觉得所说的那一套与老师在学校中作文课上讲的不是一回事。不但孩子反对，孩子的老师也不欢迎。除非像童话大王郑渊洁那样，自己编教材在家中教孩子，不上学，但郑渊洁的做法在中国是个孤例，不可学，不可取。于是，现在我们看到的普遍情况是，以写作为本职的作家很少或干脆不辅导自己的孩子写作文，集体弃权。

作家也是人，他们深知与教师搞好关系的重要性。在孩子写作文这个具体问题上，既然自己不善辅导，就只有指望老师，但私下又觉得老师在作文课上讲的那一些教条刻板，限制了学生写作必需的想象力和创造性。当然，这都是放在肚里想，最多一二知己背后说说，当着老师面还是恭敬有加，不惜赞美之词的。事实证明，这些想法如果成立，那么，多年来我们教育出来的孩子的写作能力就真的后果堪虞了。但事实并不如此，答案是否定的。最近几年，每逢高考结束，媒体总会迅速组织知名作家写这一年的同题高考作文，同时选刊这一年的高考学生中作文名列前茅的作品。人们的普遍印象是，那些出于学生之手的作品充满朝气、灵气、才气，倒是应邀参加同题写作的作家们的大作往往匠气扑面，甚至暮气沉沉。

我当过一年多的中学语文教师，后来又逐步走上业余写作之路，还参加了这级那级的文学组织，忝列作家行列。回顾我的写作之路，深深感到，我们的学校在指导学生如何写作文时，长年如一日不厌其烦地反复讲，再三强调文章贵在立意高、抒真情，遣词造句力求准确、鲜明、生动……这一切看似老生常谈，甚至刻板教条，其实却是做着夯实基础、着眼于长远的战略工程，目的是把一些写作真理强化，并努力渗透到学生的记忆里、血液里，使之日后不知不觉地付诸写作实践之中。举凡今日诸多作家，也莫不得益于这种中国式的作文教育。2013 年发生的一件事，加深了我的上述认识。

这一年的“南京市中考语文试卷”选了我的散文《粥里春秋》作为试题，从作品内涵、用词准确和抒情真挚三个方面出题让学生回答。自己的作品有幸被选为中考试卷内容，对我当然是很大的激励与鼓舞。事后我找了份试卷试着解答，有些问题竟然一下子答不出来，因为当初写作时情之所至，顺流而下，一气呵成，并未深想；但出题者却看出拙作的可取之处，并且偏爱了。自己想想，这应该就是当年在学校接受老师作文教育后的潜移默化之功。

有趣的是，我的小外孙当时正读初二，看到我的文章被选为中考试卷题目，比我还高兴，还充满期望地对他的妈妈说：“明年我就要参加中考了，如果公公的文章再被列为中考试题，那该多好啊。答对了，就是 15 分，多重要啊。”

全家人听后大笑不止。小孩子不理解这样类似“天上掉馅饼”的喜事十分难得，是可遇不可求的。

（2017/2）

爱上《远方的家》

一群充满青春活力的年轻新闻工作者，随身携带着沉重的摄像设备，开着两辆越野车，成年累月地奔跑在漫长的祖国边疆线上。他们用镜头忠实地记录着边疆的历史地理、民俗民情、时代变化，在对大量丰富素材进行必要的剪辑后，精心制作成一个叫《远方的家》的长篇系列专题节目，在中央电视台国际频道逐日播出。起初，《远方的家》在中央电视台那么多名噪一时的大牌栏目中，如同藏在深闺中的少女一时不为人识，但到我写这篇短文时，《远方的家》已经连续播出 160 多期，越来越多的海内外观众被这个独具风采的专题节目所吸引。人们不仅从中亲眼见证边疆的雄奇、瑰丽与多姿，进一步增强了人们对祖国的爱恋，也欣喜地看到这个由一群年轻人精心打造的栏目，已经从昔日的羞怯少女，出落成风姿绰约、仪态万千的小美人了。

朴实、平实与真实，是《远方的家》的鲜明特色。边疆生活在他们的镜头中不加粉饰地自然展示其本来风貌，仿佛一条从未受过任何污染的山间小溪随意流淌。在新疆采访一对几十年如一日担任巡边任务的夫妇，记者问："你们每天在人迹罕至的边防线上走，寂寞吗？"那满脸风霜的男子答道："有点儿寂寞，但不敢松懈。"他随即讲了一个自己亲身经历的事：边疆界线有时是根据河流的走向划定的，夏天的河流常因山洪暴发而改变走向，因此，哪怕一条小河也会影响到国土的安全。有一次，这夫妇俩及时发现并堵住了一条小河的决口，避免了50多亩国土的流失。观众于此不仅得到闻所未闻的国防知识，更感受到一种撩人心动的爱国真情。

这种真情像空气一样弥漫在《远方的家》的每期节目之中，采访者始终目标明确地寻找生活中的真善美，用心打捞散落在现实生活中的真情。最近的一期是反映东北鄂伦春人的生活状况，在听到鄂伦春人以感激的心情谈起当年政府克服重重困难为他们修起一条铁路时，采访者马上想方设法联系当年参加修建铁路的工人们。当年，他们响应党的号召离开家乡来到东北，铁路修好后就地落户安家，现在都老了。谈起往事，这些建设者们充满怀念与无悔，甚至谈起"修一条铁路，也定会建一座烈士陵园"，也是一如往常的平静；可是一旦唱起"说句心里话，我也想家"，一个个眼中顿时泪光闪烁……

据悉，海外华人对《远方的家》尤为喜爱，他们说，这个节目抚慰了他们的思乡之情，让他们更加热爱自己的祖国。美籍华人邓忠良甚至称赞节目的制作者们是英雄。他说，平时出外旅游空手走路都觉得累，而记者们为了让我们领略祖国边疆山河之美，背着几十斤重的摄像器材跋山涉水，日夜兼程，他们是英雄。面对众多美誉，年轻的记者们很清醒。女记者谭谭在甘肃采访时，为了体验修栈道工人的真实劳动环境，决心冒着生命危险，让别人绑着她下坠到仅容一人站立的悬崖，与正在施工的工人当面对话。完成采访任务后，大家为她热烈鼓掌，夸赞她勇敢。突然，她哽咽着说："有你们这么多人关心着，保护着，我其实是安全的。我只不过做了一名记者应该做的事，你们就夸奖我勇敢，可是工人师傅每天都在这样危险的环境中工作……"

说到这里，她泪落如雨，再也说不下去了。

(2013/12/19)

速成的爱情很难甜美

“现在请下一位求助者上场。”

倪萍的话音刚落，走上一位北京女孩。她说，自己到《等着我》栏目来，是想请工作人员帮她找到不辞而别的新婚丈夫。女孩说，她在网上认识一个男孩，山东人，在北京打工，长相酷似某歌星，很帅，立刻就爱上了。女孩是独生女，家境很好，父母全听她的。第二天她就主动与男孩见面，7 天后就结婚。但两人蜜月没有度完就开始争吵，最主要的原因是男孩受不了女孩唯我独尊骄横霸道的作风，一忍再忍之后愤然出走，已经两个多月了，音讯全无……

倪萍听明白了，“哦”了一声。坐在电视机前的我同样听明白了，也“哦”了一声。两个“哦”的内涵一样吗？我无法问倪萍。我“哦”，是因为又一次看到速成的爱情很难甜美。

尽管如此，在我近年来看到的网络爱情的若干事例中，这位北京女孩的故事的结局已经算是比较好的一个了。在大量法制电视节目中，我们经常看到的是，有的男女网上邂逅相识，然后匆忙开房间，或干脆结婚，再然后，就不妙了，分手算好的，也就是破财失身罢了，最可怕的是女孩被抢、被蹂躏，甚至被害，充满血腥，让人痛心……

自进入网络时代后，一切都加速了，现实生活也随之变得一日千里，日新月异，这一切当然是好事；但爱情也跟着加速，这就让人不知说什么好了。或许我的看法太保守，我总觉得，爱情这事急不得，尤其不能速成。如同播下种子不可能立刻结果，男女互慕生情后，需要双方花费时间共同去呵护培育，这才可能结出甜美的爱情之果。不错，中国自古就有“一见钟情”之说，但成功的概率似乎不高，由于它没有给社会造成太大的危害，所以也没有引起人们太多的注意。今天以速成为显著特征的网络爱情不同，它已经成为一个社会问题了，我们就不能坐视不理了。

绝大多数的网络爱情之所以不甜美，甚至危机四伏，是因为这种爱多半是男女邂逅相识于虚拟的世界里，回到现实生活中后，本应双方互做进一步的深入了解，但，统统省略掉，就匆匆忙忙草率结合了。说得尖刻一点儿，这种爱只是性的冲动，而不是情到深处时的真爱的结晶。再深入一点儿想，网络爱情与一夜暴富有某种相同之处，它们都是当今社会浮躁甚至是暴戾之气的反映。近日偶然在由《新周刊》主编的《2013 语录》一书（中信出版社 2014 年出版）中看到作家李洱说的一段话："传统文学作品中，我们要经过很多很多的回廊，才能到达潘金莲的卧室，要经过很多儿女情长的铺垫，才能看到黛玉葬花的那一幕。但现在我们非常直接。电影界曾归纳过十个字：进门捅刀子，上床脱裤子……"李洱的话，或许偏激了些，但不无道理，且发人深思。

走笔至此，想起刀郎翻唱的一首老情歌《草原之夜》："美丽的夜色多沉静，草原上只留下我的琴声。想给远方的姑娘写封信，可惜没有邮递员来传情。"突发奇想，如果那时就有微信、微博、短信，不是就没有这个有情没法传的"可惜"了吗？再转念一想，还是等一等邮递员为好，果真当时就有传情于一瞬的网络，且不说这样的爱情能否甜美，至少我们会立马失去一首让人缠绵悱恻百唱不厌的老情歌了。

（2015/7）

如果今生不能与你结成双……

中央电视台一套大型公益寻人节目、由倪萍主持的《等着我》，每周二 22:30 后播出。开播至今收视率节节攀升，包括我在内的许多观众，到时候就打着呵欠守候在电视机旁，不看完没法安心睡觉。2014 年国庆节期间，从 1 日到 3 日，《等着我》接连 3 天从原来深夜播出特地安排到 13:00 后播出，一跃成为中央电视台庆祝国庆 65 周年的重点节目。所谓“桃李不言，下自成蹊”，所谓“金杯银杯不如群众的口碑”，这些至理名言在《等着我》这一栏目上又一次得到有力的印证。

且看 2014 年 10 月 2 日的《等着我》，倪萍帮着找的是些什么人——

第一位是青岛年轻的女教师寻找她 10 年前曾经教过的韩国留学生；

第二位是来自长沙的一名“90后”女大学生，寻找她不久前在放假回家的火车上偶然相遇的也是放假回家的男生；

第三位是一位大连的女孩，她与小姨在上海浦东机场转机时，遇到一位让她心动的男青年，让她回家后的几个月一直念念不忘。

这是一场感人的寻爱之旅。三位女性面对全国成千上万的电视观众，毫无畏惧地落落大方地大声说出她们对爱的追求。且不说在千百年来奉行“非礼勿视、非礼勿言”的封建传统的旧中国，在视爱为罪过的“文革”时期，都是无法想象的事，就连改革开放的新时期之初，已经冲决了“左”的禁锢的人们虽然已不再顾忌谈情说爱，但那声音却是温柔而纤弱的，无论如何不会像这三位女性勇敢而坦诚。在叙述其当年与意中人邂逅相识过程时，她们是那样坦然；在责备自己当初未能把握住机遇，以至于让爱与自己失之交臂时，她们是那样率真。不妨说，正是在这些揭示自身情感深处波澜的细微处，我们从她们精神层面隐秘角落清晰地听到改革开放走向纵深的时代的足音。

遗憾的是，三位女性朝思暮想苦心寻找的意中人，虽然都一一找到，但有情人并未能终成眷属，因为他们都已经结婚生子，组建了家庭。观众感到惋惜的同时，却也看到更为难得一见的真情流露：这三位女孩明白结果后没有妒忌和恨，失望的泪水还在她们的脸上真实地流淌着，她们却及时而大方地给对方送上真诚的祝福，依然是那样坦诚而率真！当此之时，我突然想起在中央电视台同一频道著名栏目《今日说法》里经常出现的残酷画面，一些因爱生仇的犯罪者，或是将硫酸泼到如鲜花般娇艳的姑娘脸上，或是丧心病狂地将对方杀害……当然，他们最终都难逃法网，受到法律的严惩。两相对比，这些犯罪者是恶魔，那三位勇敢登上《等着我》舞台寻找真爱的姑娘是真正的天使！

一千多年前的苏东坡就感叹过："人有悲欢离合，月有阴晴圆缺，此事古难全。"千百年来，在爱情舞台上，既反复上演着好事成真白头偕老的甜蜜和幸福，也多次演绎了失之交臂难成眷属的惆怅和遗恨。我们需要《今日说法》保卫神圣的爱，也需要《等着我》用真善美的甘露去滋润千千万万在寻爱的路上艰苦跋涉的年轻人的心。

"彻夜无眠爱的路太长，……是你让我想你想断肠。……如果今生不能与你结成双，来世化蝶依偎你身旁！"请记住藏族女歌手降央卓玛深情的歌唱！

（2014/10）

年轻歌手，请自重

近年来，我国乐坛涌现出一批深受听众欢迎的年轻歌手。坦率地说，不少年轻歌手的艺术功力还不是十分深厚，有些人甚至仅仅是依靠自己天赋的嗓音条件，在颇为偶然的机遇下登台演唱，并因而一举成名。但即使这样，观众对他们的出现还是表示热烈欢迎。在某省举办的全省十佳新闻人物选举中，一位名不见经传、演唱历史还不足半年的年轻歌手，所得选票数不仅名列前茅，甚至还超过一位作品累累、久负盛名的作家。这说明，我们的社会主义时代为音乐新人的成长提供了多么优厚的条件，我们的观众也对年轻歌手给予了厚望。

但是，伴随着这些年轻歌手的成名，却不时隐隐传来一些令人不安的消息。《新民晚报》1985 年 1 月 23 日头版报道，一位参加苏州歌舞团到上海演出的业余小歌手，竟在演出前夕为一己私利随其父不辞而别，致使 3000 位观众大失所望。还有一位小歌手当选为某新闻人物后，竟然缺席观众瞩目的颁奖大会。按理说，群众给予他这么崇高的荣誉，他理应参加颁奖仪式，与广大观众见面才是。后来听说，他是被某单位重金聘去演出了。

出现这些不正常的情况，恐怕与我们的年轻歌手不能正确对待荣誉和金钱有很大关系。马克思说过："作家当然必须挣钱才能生活、写作，但是他决不应该为了挣钱而生活、写作。"

同样道理，演出，当然应该有合理的报酬，但是，为追求报酬而演出就不可取了。目前，"高价歌手"之说被越来越多的人议论、憎恶，这里面有主办演出单位的责任——有些单位为了吸引观众，竟不惜用超出常理的重金聘请歌星。这重金，说穿了是在众人头上捞一把，主办单位非但没有多付一分钱，反而从中获得厚利。而一些年轻歌手，往往在炫目的金钱诱惑面前一时迷失了方向，以致见利而忘义。

年轻的歌手们是在观众的掌声中成名的，理应把观众视为自己的"上帝"；如果一旦成名就把自己看成是高贵的公主或王子，不把观众放在眼内，发展下去总有一天会遭到观众的冷落。《新民晚报》在报道苏州歌舞团那名小歌手不辞而别的第二天，又在该报头版报道：《观众看戏也看戏德，苏州歌舞团认真演出倍受欢迎》。少了这一小有名气的歌手，苏州歌舞团因认真演出所得到的掌声却更多了。这掌声对某些把金钱看得过重的歌手，无疑也是一种警告！

(1985/3)

『80年代的红军哥哥』

丁聪画过一幅题名为《80年代的红军哥哥》的漫画，电视屏幕上，红军哥哥正与妹妹依依话别，妙就妙在这位红军哥哥头戴八角军帽，帽檐下却清楚地看出演员的大鬓角、长头发。

南京电视台的“每周一歌”节目，日前播放过时下流行的歌曲《黄土高坡》，那位慷慨激昂地唱着“我家住在黄土高坡”“日头……晒着我的胳膊，还有我的牛跟着我”的女歌手，一身时髦打扮且不说，单那头上的花饰就奇怪得令人眼花缭乱。

中国传统戏曲是很讲究“装龙像龙，装虎像虎”的，而在我们20世纪80年代的舞台或屏幕上，一些颇有才气的演员却往往缺少一种为艺术而献身的无私精神，结果就常常出现“大包头的红军哥哥”和“洋妹子唱土情歌”之类令人啼笑皆非的舞台形象。

不必举前辈艺术家如梅兰芳、盖叫天、赵丹等人为艺术创造而一丝不苟的例子，且看同是生活在20世纪80年代，西方一位电影明星在这方面的表现，如何?

《大众电影》1988年6月份介绍了美国两度奥斯卡奖的得主罗伯特·德尼罗，此人被誉为美国少数几位正在银幕上熠熠发光、实力雄厚的巨星之一。据说，“制片商一想到与他订合同就发抖”（德尼罗是片酬极高的演员）。他能在美国乃至世界影坛享有如此崇高的声誉，除了他的超群的演技，还在于他那种使演员同行们感到震动的献身精神。1980年，他为了演好《愤怒的公牛》一片中的拳击冠军在后期因自我放纵变得身体臃肿的戏，不惜冒着血压升高、损害健康的危险，有意增重约55斤，“看起来像个大动物”。德尼罗这种史无前例的“变形术”，毫无疑义地已在电影表演史上写下了动人的一章。

真希望我们20世纪80年代的“红军哥哥”和“黄土高坡的妹妹”们，认真学一学罗伯特·德尼罗这种为艺术而献身的可贵精神。

（1988/5）

永不枯竭的『一条大河』

拍摄于 20 世纪 50 年代的电影《上甘岭》的主题歌，是一首经典的歌，也是一首奇妙的歌。

这首歌，自打它 1956 年第一次唱响那天起，在长达近 60 年的漫长岁月中，任何时候人们唱起来都是激情澎湃，泪光盈盈，成了歌颂祖国母亲的传唱最多的歌曲之一。这样的歌当然是经典。

这首歌承担着歌唱祖国庄严神圣的主题，正式歌名是《我的祖国》，但歌中象征祖国的艺术形象却是连名字都没有的“一条大河”！此正是这首歌奇妙无比的地方。有资料记载：当这首歌的词作者乔羽应电影导演沙蒙的邀请把歌词写好之后，沙蒙问他：“你的这一条大河是指的长江吧？”乔羽回答说：“是。”沙蒙说：“好极了，我没猜错。那么，既然是写长江，为什么不写万里长江波浪宽或者长江万里波浪宽，那样不是更有气势吗？”乔羽答道：“长江的确是中国最大的一条江，居住在这个流域的人口也很多，但和全国人口相比，仍然是少数。……用‘一条大河’就不同了，无论你出生在何时何地，家门口几乎都有一条河，即使是一条很小的水流，在幼小者心目中也是一条大河，而且这条河上的一切都与你息息相关，无论将来你到哪里，想起它来一切都如在眼前。”

乔羽的解释不仅让沙蒙折服，也让我们再次明确一个创作真谛——在创作重大题材的文艺作品时，有时，对寂寂无闻的“一条大河”的深情歌颂，其艺术感染力并不一定就逊于赞美人们过于熟悉的黄河长江。多年以来，文艺创作中的标语口号式的不良创作倾向，给予我们很大的困扰。其中的原因之一就在于，一提到主旋律作品的创作，首先想到总是“高八度”，接着便是宏大的意象，火热的情感，华美的词句，高昂的旋律，以为只有这样才能到达预定的目标，其实，这在很大程度上是一种误解。

仍以歌曲为例，新时期以来，以歌颂祖国、赞美家乡为主题的作品不胜枚举，但真正产生广泛影响、受到人们由衷喜爱、如同《我的祖国》那样久唱不衰的，仍是那些创作者殚精竭虑、有着精巧艺术构思并且无一例外饱含真情实感的佳作，例如彭丽媛演唱的《父老乡亲》，例如腾格尔演唱的《天堂》。我自小在苏北里下河水乡长大，老家离《父老乡亲》中歌唱的山东、《天堂》中赞美的蒙古大草原都相去甚远，但这并不妨碍我在他们的歌声中得到共鸣。听彭丽媛饱含深情叙述：“我生在一个小山村，那里有我的父老乡亲。”一直潜藏在我心灵深处的乡愁、乡恋马上就被激活了，我会自然地觉得，她唱的也是我的父老乡亲，因为他们同样“胡子里长满故事，憨笑中埋着乡音”。至于腾格尔唱的《天堂》，我对他把家乡比成“天堂”简直佩服得五体投地，我甚至认为，就是这样一个美好无比的比喻，这首歌才得以跻身经典行列。每次听腾格尔唱《天堂》，我总先是醉心于他一开始的浅唱低吟：“清清的湖水，绿绿的草原，奔驰的骏马，洁白的羊群，还有你姑娘”，全是朴实无比的草原素描，但他唱得那样深情，一个大胡子的蒙古族男人仿佛少女一样妩媚；而在他把家乡之美一一列举之后，突然神情一变，刚才还在的妩媚不见了，代之而起的是近于撕心裂肺的狂歌：“这是我的家，我的家，我的天堂！”那一刻，我真的被他对家乡的深爱感动得泪水涟涟……

（2015/3）

听李谷一评点两首经典歌曲

这两首歌同一主题，都是歌颂祖国。

一首是乔羽作词、刘炽作曲、郭兰英唱红的《我的祖国》，诞生于 1955 年；另一首是张藜作词、秦咏诚作曲、李谷一唱红的《我和我的祖国》，诞生于 1984 年。乍看之下，这两首现在都已成为当代久唱不衰的经典歌曲，好像除了词曲作者和演唱者不同，其他没有什么太大的差别，不仅主题相同，甚至连歌名也相似。但歌唱家李谷一却有自己独特的看法。她说："《我的祖国》只有一个主体，就是祖国，改革开放以后的《我和我的祖国》是两个主体，强调了我们每个人对祖国的贡献，'我'个人和祖国的关系。把自己手上的事做好，就是对祖国的一种爱。"

作为歌唱家的李谷一，这番话不但朴实、坦诚，更有难得的精辟。她敏锐地发现在《我和我的祖国》歌曲中，个体的“我”醒目地以“主体”身份出现，并且与祖国紧密联系在一起，水乳交融般和谐自然。这不只是歌词创作上的一种突破，更显示出时代的进步。很长一个时期，“我”被看成孤立的个体，甚至视为集体的对立面，以至于本来堂堂正正的“我”，竟躲躲闪闪遮遮掩掩心虚胆怯起来。歌曲《我和我的祖国》不然，它理直气壮地大声宣告：“我和我的祖国，一刻也不能分割。无论我走到哪里，都流出一首赞歌！”正是这种以祖国为自豪的神圣感情，再没有人敢怀疑歌中“我”的真诚，也没有人敢剥夺“我”对祖国的爱，因为，“我的祖国和我，像海和浪花一朵”，“每当大海在微笑，我就是笑的旋涡”！

李谷一已经说得很精辟了，但我仍想补充两点。第一，无论是《我的祖国》还是《我和我的祖国》，这两首歌都表现了中国知识分子炽热的爱国情怀。爱国爱家忧国忧民是中华民族精神中的一个重要组成部分，由此形成了千百年来中国文学创作中一个永恒的不变的主题，那就是视祖国如生命，任何时候都把国家利益置于第一位。从春秋战国时期屈原的“长太息以掩涕兮，哀民生之多艰”，到南宋陆游的“位卑未敢忘忧国”，再到明顾炎武的“天下兴亡，匹夫有责”，一直到当代的歌曲《我的祖国》与《我和我的祖国》，都是一脉相承。或许还可以深一步说，我国知识分子对祖国的爱是忠贞不渝、虽九死而不悔的。不必说春秋战国时期的屈原因亡国之痛而毅然跳入汨罗江，我们只要了解《我和我的祖国》的词作者张藜曾在 1957 年反右运动中受到不公正的待遇，但到了 1984 年改革开放之年，他目睹祖国春回大地，心潮澎湃，激情难忍，很快写下这首献给祖国的深情的歌，我们由此就能触摸到他那颗无限热爱祖国的赤子之心。

第二，颂扬祖国是一个永恒的题材，歌唱祖国是每一个文艺工作者的神圣职责，不但要常写、多写，更要努力写出新意，寻求突破。设想一下，创作者如果没有思想情感和表达情感的艺术手段的富于创造性的追求，那些以爱国为主题的文学作品岂不长久停滞在同一个水平的层次上？在这方面，无论是乔羽在《我的祖国》中独辟蹊径地以人们熟悉的“一条大河”作为祖国的象征，还是张藜在《我和我的祖国》中把“我”作为主体与祖国联系在一起，都为我们提供了弥足珍贵的创作经验。

（2015/7）

深情拥抱生活的章世和

不久前，章世和携他刚在南京音像出版社出版的、收有他新世纪以来写下的 19 首主创歌曲选辑《让我抱抱你》登门看我。坐在我面前的章世和还是我十多年前刚认识时的样子，在他白皙清净的脸上，依然浮现着让人看了亲切谦和的笑容，但此刻，我却好像第一次认识他，真的对他有刮目相看之感。

长期以来，我们已习惯把诗歌视为与散文、小说并列的文学样式之一。其实，只要稍微追根溯源便会知道，诗与歌是两个完全不同的概念，而且，歌的历史要比诗的历史长得多。《毛诗序》中说："在心为志，发言为诗。情动于中而形于言，言之不足故嗟叹之，嗟叹之不足故永歌之，永歌之不足，不知手之舞之足之蹈之也。"时至今天，诗者能谱曲写歌的不多，善谱曲写歌者能写诗的也比较少，而世和却一手谱曲写歌，一手写诗，在诗与歌的和谐结合道路上奋力前行，且取得让人瞩目的成绩，仅此一点，也值得我们肯定与赞扬。

世和创作歌曲的历史并不长。他自称：“本人没有音乐天赋，但是，受军营文化和音乐文化的熏陶，我对音乐逐渐产生了兴趣。”这些话不完全是自谦，很大程度上却是道出了实情。2001年，他参与筹备海军指挥学院院庆50周年晚会，需要一个具有部队生活气息的女声表演唱。他翻出十年前就写下的赞颂话务兵的诗作，经过一番呕心沥血的推敲，终于创作出他生平第一首歌《潇洒话务兵》，不仅保证了整个晚会的圆满成功，自己也从此走上歌曲创作之路。

《潇洒话务兵》在世和的创作中不是孤例，他的许多歌曲差不多都经历了相似的创作过程。这些源于生活、不乏真情的歌曲在群众中产生越来越广泛的影响，也让他多次获得省级和国家级的奖项。从苏北乡村走出的章世和，在部队生活18年，当过炊事员、通信兵、指导员、部队院校教员，转业后一直在地方宣传文化部门工作至今，如今却在歌曲创作方面取得不俗的成绩。我们只要认真翻阅他写的歌词，聆听他谱写的那一首首歌曲，再参看他随着唱片附着的介绍每一首歌创作过程的小册子，不但可以了解到歌曲背后的人与事，品味到生活当中的情和义，更能总结出世和在业余歌曲创作过程中获得成功的两条弥足珍贵的创作经验，一为刻苦，二为情真。因为刻苦，他才能敲开音乐之门且登堂入室；而情真，则让他的作品充盈着感人肺腑的情感力量，唤起人们的共鸣。他的《潇洒话务兵》的创作灵感，来源于当年在某部电话台任指导员的生活。终日面对100多名十八九岁的女孩子，世和不但工作上指导他们，还兄长般关心她们的生活。每逢这些女孩子中有人出公差，世和说他就会“提心吊胆地过日子，感觉度日如年”。《我的好兄长》是一首悼念战友的歌。那一天，正开着车去上班的世和，突然接到这位战友病逝的噩耗，他心痛如绞，“立即把车子靠路边停下，呆坐在车上想了好大一会儿”，几天后含泪写出这首感人的歌。

章世和说：“歌曲创作虽然是艰难的，却让我充实、快乐。”他选择《让我抱抱你》作为自己歌曲专辑的书名，不只表达了他对相濡以沫妻子的爱，更显示了他在歌曲创作的道路上永远拥抱生活的真情与决心。

（2015/1）

金果临两句歌词跻身经典之后

大多数人可能会对金果临这名字感到陌生，但只需进一步了解到，他就是儿童歌曲《我爱北京天安门》的歌词作者，原先的陌生感肯定会迅速消失，那轻松活泼、童趣十足的熟悉旋律便会随之在耳边响起，其耳熟能详的歌词，也会脱口而出："我爱北京天安门，天安门上太阳升。伟大领袖毛主席，指引我们向前进！"

1969 年 11 月 29 日那一天，才 13 岁、正在上海市常德路第二小学五年级读书的金果临，面对当时英语课本中不知看过多少遍的两句话：I love Peking. I love Tian An Men（我爱北京，我爱天安门），突然来了灵感，将本来的两句话，合成了一个 7 字句：我爱北京天安门。有了这 7 个字的开头，第二句水到渠成般接踵而至：天安门上太阳升。那一年的上海正处于“文革”狂澜之中，作为学校里的墙报委员的金果临，经常绘制心目中的天安门城楼光芒万丈的形象，这样，第三、第四句歌词也随口吟出：“太阳升起金光照，金光照的全球红。”四句写成后，金果临将“金光照的全球红”定为全诗的标题。在这之前，不乏写作才能的金果临已经在上海的少儿刊物上发表过两件作品。这次，他将自己的新作，投向一份杂志。投稿前，他忽然觉得原来的题目不理想，改成《我爱北京天安门》。稿件很快被编辑部采用，发表时后两句被编者改成：“太阳光辉照万里，祖国山河处处春。”不久，金果临的表姐金月苓看到了表弟这首歌词，自幼爱好音乐创作的女孩为这四句诗谱上曲，也投向同一份杂志，同样很快发表。事情到这里还没有完，1972 年 4 月 23 日，《人民日报》发表《努力发展社会主义的文艺创作》特刊，向全国推荐 10 首歌曲，其中便有《我爱北京天安门》，为了符合当时宣传的需要，歌词的最后两句改为“伟大领袖毛主席，指引我们向前进”。至此，这首儿童歌曲算是最终定稿。

我写这篇短文，并不是因为这首经典的儿童歌曲创作过程的传奇性，引起我注意并深思很久的是，多年以后，不少人建议金氏姐弟充分利用《我爱北京天安门》创作成功及其深远影响的有利条件，再度合作。对此，金月苓颇为赞同，她一再鼓动弟弟写词，但金果临始终不为所动。他说：“我的笔早就放下来了，文化上没有这个底气了，时代也不一样了，写出来未必受欢迎了……”

金果临无疑是聪明的。当年，上海数以百万计的学生、老师，面对英文课本的“我爱北京，我爱天安门”熟视无睹，唯有13岁的他将两句合成7个字：“我爱北京天安门！”更为难得的是金果临的冷静与明智。他明白，这首广为传唱的儿童经典歌曲的歌词，真正属于他创作的只有两句；而此歌之所以能取得巨大成功，固然有个人的因素，更由于无意中适应了特定年代的特别的要求。这样的创作机遇可遇而不可求，一旦时过境迁，再无复制同样成功的可能。当此之时，见好就收，便成了最佳的选择。

（2015/4）

歌曲唯倾诉真情才感人

有着“华语流行音乐教父”美誉的李宗盛，集写词、作曲、演唱及音乐制作于一身，且保持着长久的创作生命力，风行歌坛几十年，许多歌迷听着他的歌从懵懂中走向成熟。一位歌迷这样描述自己的感受：“少年时，‘为赋新词强说愁’的时候，极爱听老李的歌，总觉得那个时候听他的歌是一种与众不同的感受和品味；……年轻奋斗的时候，有那么一段时间觉得老李的歌有那么点‘消极’，不给力；而时至今日，竟真的到了‘想说却还没说的还很多’的时节了。老李的歌是唱给那些曾经搏击过人生巨浪、跋涉过千山万水的人听的……你以为自己是在听歌，其实你是在听自己低吟……听自己的灵魂在自己的内心唱歌给自己听。”

这位歌迷的感受很真实，还可以说很深刻，他的感受从一个侧面反映出李宗盛歌曲的独特魅力，这个魅力或可以“真情”二字概括之。

谁不想自己的歌感人呢？但像李宗盛那样，以几近大白话的歌词与旋律，直达听众的心灵深处，却是一个不易达到的高境界。无论是谈爱情，谈人生，他决不会端着架子，居高临下地去教育听众应该怎样怎样；他也不会刻意为听众熬一碗“心灵鸡汤”。他总是采取与听众平等交流的姿态，其歌词则是用普通人日常生活中说过想过，或者私下里想过但却不善表达，甚至不好意思说出口的语言，采用朗朗上口的旋律，自自然然地唱出来。这样的歌是真正的草根表达，谁都听得懂，听得进，听得亲切。听着听着，就情不自禁地跟着唱；唱着唱着，就真的“听自己的灵魂在自己的内心唱歌给自己听”了。

无须说人们耳熟能详的《当爱已成往事》《漂洋过海来看你》《为你我受冷风吹》等经典爱情歌曲。单看这首《凡人歌》：“你我皆凡人，生在人世间。终日奔波苦，一刻不得闲。既然不是仙，难免有杂念。道义放两旁，利字摆中间……问你何时曾看见，这世界为了人们改变？有了梦寐以求的容颜，是否就算是拥有春天？”句句平常，然而，句句实在、真情、入耳、入心！

不妨说，从民众角度倾诉真情，是优秀港台流行歌曲的共同特色之一。比如以爱国为主题的作品，创作者没有像我们常见的那样习惯着眼于长江黄河高山峻岭，而是随时可见的“洋装”，并由此生发开去，于是有了张明敏深情吟唱的“洋装虽然穿在身，我心依然是中国心，我的祖先早已把我的一切烙上中国印”的《我的中国心》。

让我们十分快慰的是，随着改革开放的不断深入，大陆歌坛接地气、唱真情、为广大民众喜闻乐见的佳作不断涌现，至今已呈百花齐放、春色满园的繁荣景象。我们不但可以在《常回家看看》中听到要孝敬父母的善意的提醒，在《祝你平安》中听到亲切问候：“你的所得还是那样少吗？你的付出还是那样多吗？生活的路总有一些不平事，请你不必太在意，洒脱一些过得好。”就连军旅歌曲中也不再是清一色的金戈铁马慷慨激昂，有首名为《说句心里话》的歌这样唱道：“说句心里话，我也想家，家中的老妈妈已是满头白发；说句实在话，我也有爱，常思念那个梦中的她。……既然来当兵，就知责任大。你不扛枪我不扛枪，谁保卫咱祖国，谁来保卫家？”听我们的战士如此深情地歌唱着，我们会由衷地觉得，让这样集豪情、柔情于一身的热血男儿站岗放哨，我们的祖国一定会坚如磐石，永远屹立在世界的东方！

（2016/5）

为一首歌热泪盈眶

很久没有这样的感受了，为一首歌热泪盈眶。

这首歌，就是2016年7月1日晚中央电视台直播的庆祝中国共产党建党95周年音乐晚会上，由部队青年歌唱家丁晓君演唱的《天下乡亲》。

“最后一尺布，用来缝军装；最后一碗米，用来做军粮；最后的老棉袄，盖在了担架上；最后的亲骨肉，送他到战场。”歌曲开头的这四个“最后”，一听就明白，就难忘，就迅速在每一个听众的心灵深处激起狂涛巨浪！全是明白如话的口语，却深刻形象地描绘出烽火连天的战争年代，天下乡亲对革命“倾其所有”的无保留的更是无私的支持，勾勒出一幅浓墨重彩的人民群众跟着共产党不怕流血牺牲奋勇打江山的历史画面。多少年过去了，“住过的小山村，我是否对得起你？”“你盼的时候，我在哪里？你望眼欲穿的时候，我用什么来报答你？”这紧接着的一连串的近乎呐喊的反问式歌唱，振聋发聩，直逼人心！这首歌的最后，是年轻歌者丁晓君几乎一字一顿地引吭高歌：“天下乡亲，亲如爹娘！养育之恩不能忘，高天厚土永不忘！”她神情庄重地唱着，两行热泪缓缓流下。歌声未了，掌声如雷，坐在电视机旁的我与现场的观众一样热泪盈眶。

也是在这场电视音乐会上，我还看到发自内心深处真诚圣洁的泪水，在朗诵者温玉娟的脸上恣意感人地流淌。当她朗诵到“渣滓洞，雨花台，那些戛然而止的青春记忆！他们甚至来不及品尝爱情的甜蜜，就因拒绝改变信仰，宁死不屈！”时，温玉娟流泪了，观众也跟着情不自禁地眼含热泪热烈鼓掌。

弘扬主旋律，宣传正能量，这是绝大多数文艺工作者一直孜孜不倦追求的目标，特别是一些被赋予特定政治含义的文艺创作，谁都希望既有鲜明的政治倾向，又有感人肺腑的艺术魅力。但实际情况往往是，呕心沥血下苦功了，字斟句酌再三推敲了，可就是政治上能得高分，艺术上却总是不甚感人。这其中的一个重要原因，或许就在于，重视了政治的“理”，却有意无意地忽视了艺术的“情”，而成功的艺术作品之所以不同于常见的政治宣传品，其至关重要的一点，恰恰就在于以情动人。回顾丁晓君与温玉娟演出时的流泪之处，正是歌曲与朗诵词抒情最浓烈的地方，这里的情不假修饰，是来自现实生活的真情，具有撼人心魄的情感冲击力！演员唱到这里，朗诵者朗诵到这里，无法不泪下；观众听到这里，无法不痛彻心扉。想想看，当年人民群众“倾其所有”支持革命，但时至今日，很多地方群众的百年老屋还没有挂新泥，他们的粗茶饭还没有碾成细米；想想看，许多革命先烈甚至没有来得及品尝爱情的甜蜜，就义无反顾地走上刑场。抚今思昔，令我们每一个活着的人不能不认真地想一想：“我是否对得起你？”

中央电视台这台名为“信念永恒”的音乐会，是献给中国共产党建党 95 周年的一份厚礼，以歌与诗的艺术形式简洁形象地回顾了我党的光辉历程，奏响了一曲响彻云霄的颂歌，激动人心，沁人心脾，既给人以深刻的思想启迪，也给人真正的艺术享受。在整个晚会演出进行中，无论是演员，还是观众，都不止一次激情难忍，热泪直流。台上台下如此难得的和谐共鸣，是对这台晚会最高的评价，也彰显了社会主义主旋律作品跃上了新台阶，提高到新水平！

（2016/7）

汪老逝矣　余韵悠悠

对党的十一届三中全会在中国历史进程中的巨大功绩，怎么评价也不为过分。具体到汪曾祺个人来说，他完全是因为十一届三中全会才获得了新生！如果没有新时期，他就只能被岁月的尘埃最终湮没于无为，中国当代文学很可能就没有留下那么多美文的汪曾祺！

——《汪曾祺圆梦》（《人民日报》二〇〇八年九月一日）

从编辑好心做错事说开去

作家汪曾祺最近给《人民文学》编辑部写了一封信，指出该刊二月号刊登的他写的短篇小说《八千岁》中，竟先后出现十一个错字。值得注意的是，汪曾祺提出：这么多错字，“有些可能是原稿写得不清楚，或原稿上即有笔误，以致排错。但看来大部分是编辑部同志出于好心，按照他的理解而改错了的”。他举例说，晚清至民国所铸的铜圆，有一种是紫铜的，“当”十个制钱，有的钱面上即铸有“当拾文”字样。但编者却把小说中“当十的铜圆”，想当然地改为“当时铜圆”。类似性质改错了的还有，把“油红彩”改为“釉红彩”，汪曾祺说，这一改，不仅使文章变得“不可解，亦恐为稍懂瓷器的人所笑”。

记得有个东坡乱改菊花诗的故事，说的是苏东坡看到王安石写的一首未完的诗中说：“西风昨夜过园林，吹落黄花

汪曾祺绘画作品

遍地金。”东坡以为，只有秋天才会刮西风，而菊花有傲霜之骨，不会花瓣飘落。于是提笔续诗道：“秋花不比春花落，说与诗人仔细吟。”后来他到湖北黄州府任职，亲眼见到秋风刮得园中十几株菊花满地铺金，落叶缤纷，这才知道因自己孤陋寡闻而把诗完全改错了。

《人民文学》编辑的好心做错事，苏东坡的乱改菊花诗，都说明一个道理：凡事要谦虚谨慎，千万不可自恃聪明，一改了之，更不能随便讥议别人。由此还想到报刊上经常出现错字的问题，一般总是由于编者校对疏忽所引起，但从汪曾祺给《人民文学》编辑部的信来看，还有一个重要原因，即编辑“按照他的理解而改错了的”。这就给我们以启示：编辑人员不仅要认真校对，加强责任心，更要虚心好学，广采博闻，万不可不懂装懂。

(1983/7)

妙笔写活书中人

作家汪曾祺写的小说《皮凤三楦房子》在《上海文学》1982年第3期发表后，引起了高邮读者浓厚的兴趣。不少人反映，不仅小说中的故事就像本城修鞋师傅高大头的趣事，而且那一幅插图简直与高大头本人没有什么两样。

我初听这些反映，并不感到惊奇。因为汪老在1981年10月回家乡访问时，县里领导要我陪他到处走走。一天走过高大头家门前，我曾低声向他介绍了这位趣人的一些趣事。记得他当时听得很有兴味，说了一句："这个人的事可以写篇小说。"……现在《皮凤三楦房子》以高大头为模特儿，这是汪老实施写作计划了。

不过，我初看这幅插图也大感意外：画插图的同志不可能见过高大头呀，怎么能画得如此活灵活现呢？难道这是偶

皮凤三楦房子

汪曾祺

皮凤三是清代评书《清风闸》里的人物。《清风闸》现在好象没有人说了，在当时，乾隆年间，在扬州一带，可是曾经风行过一时的。这是一部很奇特的书。既不是朴刀棒杖、长枪大马；也不是倚翠偷期、烟粉灵怪，《珍珠塔》、《玉蜻蜓》、《绿牡丹》、《八窍珠》，这就不是。它说的是一个市井无赖的故事。这部书虽有几个大关目，但都无关紧要。主要是一个一个的小故事。这些故事也不太连贯。其间也没有多少"扣子"，或北方评书艺人所谓"拴马桩"——即新文学家所谓"悬念"。然而人们还是津津有味地一回一回接着听下去。龚午亭是个擅说《清风闸》的说书先生，时人为之语曰："要听龚午亭，吃饭莫打停"。为什么它能那样吸引人呢？大概是因为通过这些故事，淋漓尽致地刻画了扬州一带的世态人情，说出一些人们心中想说的话。

这个无赖即皮凤三，行五，面麻，故又名皮五麻子。这个人说好也好，说坏也坏。他也仗义疏财，打抱不平。对于倚财仗势欺负人的人，尤其是欺负到他头上来的人，他常常用一些很促狭的办法整得该人（按："该人"一词见之于政工干部在外调材料之最后所加的附注中，他们如认为被调查的人本身有问题，就提笔写道："该人"如何如何，"所提供情况，仅供参考"云云）狼狈不堪，哭笑不得。"捉

15

《上海文学》1982 年第 3 期第 15 页

然巧合的事吗？后来，我仔细读了小说，这才揭开了谜底。原来，汪老在小说中已经用极为形象的文字，把高大头写得“呼之欲出”了：

“他生得很魁梧，虎背熊腰。他的脑袋和身材很厮称。通体看来，并不显得特别的大。只有单看脑袋，才觉得大得有点异乎常人。这个脑袋长得很好。既不是四方四楞，像一个老式的装茶叶的锡罐；也不是圆圆乎乎的像个冬瓜，而是上额宽广，下颚微狭，有一点像一只倒放着的鸭梨。

“他戴着一副黑框窄片的花镜，有点像个教授，不像个修鞋的手艺人。但是这个小县城里来了什么生人，他是立刻就会发现的，不会放过。……他那从眼镜框上面露出来的眼光是彬彬有礼的，含蓄的，不露声色的，但又是机警的，而且相当锋利。”

“神仙作家”好酒，酒醉已，文醉人——
作家汪曾祺漫像
谢春彦 作

谢春彦 作

毫无疑问，以上两段文字为画插图的同志提供了一个比较好的文字脚本。有趣的是，高大头本人读了这篇小说，看了插图，也含笑承认“写得像，画得也像”。他还对我讲了汪老在高邮访问时的一个细节，有好几次，他发现一个老年人总是在他家门前转，还饶有兴趣地观察他，打量他。后来他才知道，这老人就是有名的汪曾祺。

从《皮凤三楦房子》的人物形象产生史看来，小说作者要写活人物，就必须对自己要描写的对象反复观察，仔细揣摩，只有人物形象在自己头脑中活了，然后才能一挥而就，在笔下表现得栩栩如生。这一点，许多老作家为我们做出了榜样。我所介绍的汪曾祺观察高大头的经过，也许对青年作者有些启示吧。

(1983/11)

民间菜、香港花及其他

——汪曾祺谈民族特色

汪曾祺的短篇小说，现在已为越来越多的人所熟知，他的一系列以故乡高邮旧生活为背景的作品尤为脍炙人口。《受戒》《大淖记事》《故里三陈》等篇以其深刻的思想内涵、丰富的历史文化知识、明净无尘的艺术境界和洗练活脱的文字，赢得了人们的喜爱，不独在国内文坛自成一家，也引起国外专家、读者的注意——英、法等国有人专门研究汪曾祺的作品，美国一家大学已把《受戒》选为该校当代中国小说教材。

但是，评论界对汪曾祺的作品看法并不完全一致。有人认为，汪曾祺小说中表现的“文化寻根”十分不合时宜，他的作品与现代派作品相比似乎显得古老与陈旧。

汪曾祺自己怎么看呢？中国当代文学的民族特色究竟怎样体现呢？这是我早就想当面请教的一个问题。不久前，我

汪曾祺绘画作品

在南京见到了他。

几年不见，汪老虽然年事已高，但精神很好，谈吐仍是那样机智、敏锐、充满幽默感。“汪老，您是否还坚持您前几年提出的，回到现实主义，回到民族传统？”我问他。

他肯定地点点头，说：“是这样。”

接着，他饶有兴趣地谈起了不久前法国一位汉学家在他家做客的情况——

“你知道我给这位外国人吃的是什么？”

我猜不出。汪老笑着说：“第一是盐水煮毛豆，第二是炒豆芽菜，第三是我老伴亲自动手做的福建水饺——地道的具有民间特色的好食品。特别之处在于饺皮的原料不是面粉，而是用锤烂了的碎肉做成的。据介绍，那外国人不喜欢吃肉，但他吃了这种特殊风味的水饺，却一个劲儿地夸好。”

我颇感意外："用毛豆、豆芽菜招待外宾，岂不失礼？"

汪老大笑："恰恰相反，那位法国客人高兴得很。他不会吃毛豆，起初是连壳吃。我立刻告诉他：'先生，这豆壳是不能吃的。'去了壳，他越发觉得盐水毛豆鲜美。"

说到这里，汪曾祺神色严肃起来："有些人因为不会吃外国菜而自惭形秽，其实大可不必！外国人不也是不会吃中国菜吗？就外国人来说，他到中国来，最希望吃到的不是别的，而是想尝尝中国普通家庭日常食用的菜，因为这才是最具有中国风味的东西。文艺创作也应如此。富有民族特色的作品对外国人来说，就是洋，就最有吸引力。鲁迅先生说过：'有地方色彩的，倒容易成为世界的，即为别国所注意。'我想也就是这个道理吧。"

谈及当前国内一些现代派作品，汪曾祺说："我并不保守，也不反对在小说创作中吸收一些西方现代派手法。但我要说的是，不要为学而学，不能生吞活剥，这里有一个与中国具体环境相适应的问题。"

他介绍起今年他到香港访问时的观感。他看到有一座标志世界建筑新潮流的高楼，楼前是一位著名意大利现代派雕塑家的作品：黑色大理石座上安置着一个巨大的不规则的圆圈。汪曾祺觉得，这雕塑与这高楼配合在一起，显得十分和谐。可是，如果把这雕塑放到中国大陆的古老建筑前，恐怕就会很不协调。

汪曾祺赞赏一些青年作家的才气和他们在艺术创作道路上大胆探索的勇气。但是他认为，光有勇气还不够，还要有扎实的中国传统文化的基础。他说："如果是用地道的中国语言写出富有民族特色和时代气息的现代派作品，那就是中国的现代派了。要知道，外国那些著名的现代派作家，无一不首先是纯熟运用自己本民族语言的能手。"

听汪曾祺的谈话，兴味无穷，竟不觉午夜将至。

(1986/12)

常将乡情化为诗

江苏电视台文艺部《文艺与欣赏》栏目的制作者们着意拍一部关于汪曾祺文学生涯的专题片《梦故乡》。一切就绪之后，《梦故乡》的编导之一景国真同志向我提出：最好请汪老为专题片写首主题歌。这想法当然好。不难想象，曾经写过现代京剧《沙家浜》精彩唱词的大手笔，如果为《梦故乡》写首主题歌，那肯定会为专题片增色不少。但我不能不考虑，汪老写作任务繁重，又毕竟年事已高，他有这个精力、这个兴致为一部专题片写主题歌吗？想到这儿，我对老景说："到北京见了汪老本人再说吧。"

屈指算来，汪老的文学生涯已长达半个世纪。他的作品以写故乡高邮为题材的最精彩，那醉人的乡情在汪老出神入化的笔下，如画如诗。我个人认为，正是这组写故乡高邮的作品奠定了他在当代文坛独具一格的地位。专题片《梦故乡》

汪曾祺题写《梦故乡》
（1993年10月）

成功地抓住汪曾祺写故乡的代表作，从汪老自述、汪老代表作介绍、著名作家和评论家对汪老作品的评论，以及故乡人对汪老作品的看法等多种角度，在表现汪老爱乡、思乡的深厚情感的同时，以点带面地从一个独特侧面展现了汪曾祺的文学生涯及其动人风采。

《梦故乡》摄制组在完成对汪老故乡高邮的拍摄任务后，于1993年10月中旬北上首都。按计划，我与摄制组的同志先到汪老家向他介绍有关情况。那一天，我们带去江苏文艺出版社刚刚出版的、尚散发着油墨芳香的《汪曾祺文集》，带去江苏人民广播电台不久前播出的、由王慧玲精心编辑录制的《汪曾祺与高邮》录音带，当然还带去由景国真、杨宪泽、陈芸生三人编创的《梦故乡》拍摄台本。接到我们要登门拜访的电话后，汪老与夫人施松卿特地准备了晚饭，在文坛享有“美食家”之佳誉的汪老兴兴致勃勃地亲自执厨。汪老边听我们介绍情况，边翻《梦故乡》台本，翻完后颇为赞许：“写得不错嘛。”第二天，我们再去汪老家，汪夫人悄悄地告诉我说：“昨晚你们走了以后，老汪听了江苏台的录音带，翻了《汪曾祺文集》，再次看了《梦故乡》的台本，久久不能入睡。”毫无疑问，我们的到来，又一次撩拨起汪老心灵深处的浓厚的乡情。

在拍摄《梦故乡》的空隙，我想起江苏人民广播电台同志的委托，请汪老对江苏人民广播电台的听众讲几句话。老人点头应允，饱含深情地说：“江苏人民广播电台《文学大观园》热心的听众、文学爱好者，我是汪曾祺，我在北京向你们问好！我听了电台录的部分资料，没想到我是如此的感动，我可以悄悄地跟你们说，我这个73岁的老头是流了眼泪的……”说到这里，汪老哽咽语塞，在场的我们也都感动得静立无言，书房里只听见摄像机轻微转动的声音。负责摄影的小朱不失时机地抓紧拍下汪老闪着泪花的面部大特写。稍后，我提出请汪老为《梦故乡》写主题歌的想法，汪老没有立即答复，他只说：“让我想一想。”但第二天，当我们再次到汪老家继续拍摄采访时，尚未开机，没想到汪老笑眯眯地递过两张稿纸对大家说：“主题歌写好了，你们看行不行？”这真是意外的惊喜。

汪老为《梦故乡》写的主题歌全文如下：

我的家乡在高邮，风吹湖水浪悠悠。岸上栽的是垂杨柳，树下卧的是黑水牛。

我的家乡在高邮，春是春来秋是秋。八月十五连枝藕，九月初五焖芋头。

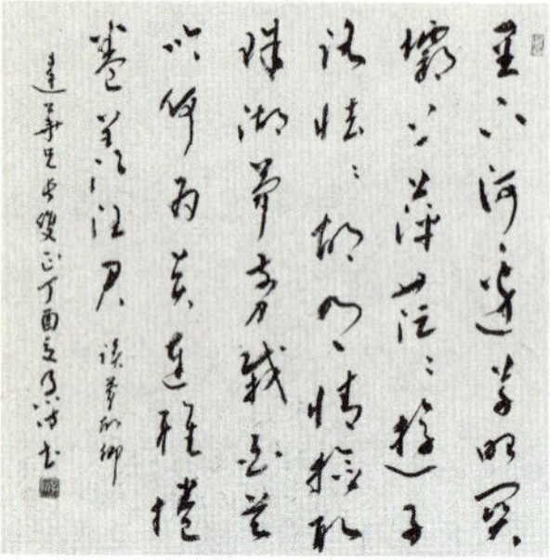

释文：
里下河边草，昭关坝上萍。
茫茫游子路，怯怯故乡情。
捡取珠湖梦，剪裁白首吟。
何为贤达雅，掩卷羡汪君。 （子川诗并书）

我的家乡在高邮，女伢子的眼睛乌溜溜。不是人物长得秀，怎会出一个风流才子秦少游？

我的家乡在高邮，花团锦绣在前头。百样的花儿都不丑，单要一朵五月端阳通红灼亮的红石榴！

汪老写的《梦故乡》主题歌，一如他的文风，朴素中见深情，淡雅中见功力。他写高邮的景、物、人，其对故乡的挚爱之情溢于言表。在歌中，他还特意用了高邮方言“不丑”，即“很好”之意，增添了全歌的地方味。汪老对“不丑”这个词印象极深。他说，1981 年秋，他重返阔别 42 年的故乡，一位老街坊奶奶端详他半天，高兴地说：“不丑！不丑！”熟悉的乡音，平常的高邮话，竟说得汪老热泪盈眶。主题歌《我的家乡在高邮》由江苏省著名作曲家崔新谱曲，由高邮女民歌手王慧群和省歌舞剧院的著名歌唱家陈文生共同演唱。如今，随着《梦故乡》的正式播出，这首具有浓郁高邮风味的主题歌已经在观众中逐步传唱开来……

（1994/2）

落笔如珠

——汪曾祺为友人题词小记

汪曾祺为人随和、豁达、开朗，待人亲切、真诚、自然，绝不像有些名人那样端架子，拒人于千里之外。他是作家，书画亦精，便常有人向他求取字画。作画毕竟要多费功夫，于是，只要条件许可，汪曾祺是很乐意为朋友们题词的。

读汪曾祺为朋友们的题词，也是一种艺术享受。因为他的题词虽短短两句，甚至寥寥几个字，却充满智慧，显示了深厚的文字功底，还表达了他对朋友的一片真情。他题词时，很少采取应付态度，而是尽可能做到所题之词与其人经历、习惯、特长相吻合，即便为才相识不久的朋友题词也是如此。这样量身定制的题词，其实已是一种文学创作，难怪获得汪曾祺题词的人总是把题词视若珍宝地收藏起来。

从我已见的几幅汪曾祺的题词看，他比较喜欢为友人题赠自撰的对联。新时期汪曾祺文坛复出后，曾不止一次在《雨花》发表小说，其中一次是田原为他的小说配的插图。田原对汪曾祺的小说极为赞赏，他认为汪的文风独具异彩，其作品初读似水，再读便是酒了。为此，田原曾满怀敬意地致函汪曾祺，并随信附赠自己书写的板桥诗句："一庭春雨瓢儿菜，满架秋风扁豆花。"这书法，这诗，太对汪曾祺胃口了。在小说《钓鱼的先生》中，汪曾祺就曾特意引证这两句诗暗喻小说主人公王淡人先生的高洁品性。这两句诗，其实也在一定程度上概括了汪曾祺小说的艺术风格。正因此故，田原的信和书法给素昧平生的汪曾祺留下深刻的印象。不久，田原就收到汪曾祺为他亲撰的对联一副，其对联云：

才名不枉称三绝
扣角何妨到五更

这两句诗不但对仗精工，且用典自然贴切无痕。上联赞田原的书画文堪称"三绝"，下联则紧扣田原的笔名"饭牛"，巧妙地用上"扣角"这一典故。按：春秋时魏人宁戚家贫，在齐国饲牛。一次，偶遇齐桓公，宁戚有意敲着牛角唱歌，一抒胸中之情，引起齐桓公注意。后齐桓公让管仲请出宁戚，并拜之为上卿。汪曾祺在这里借用"扣角"的典故鼓励笔名"饭牛"的田原：你不妨敲着牛角唱你的歌，一唱唱到五更天吧。

我还觉得，汪曾祺喜爱郑板桥那两句诗，透视出他对秋

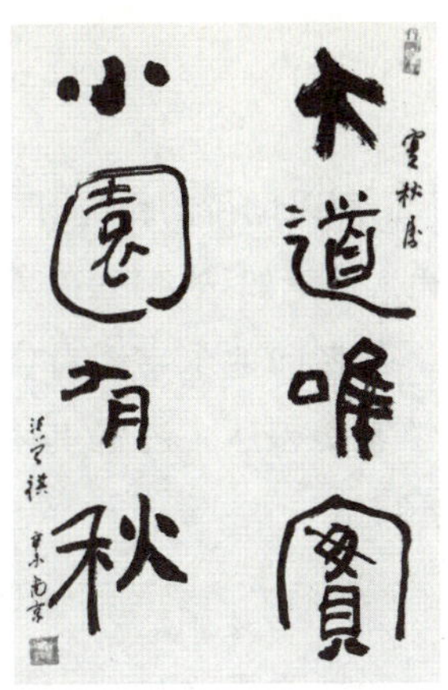

汪曾祺为金实秋撰写的对联

的欣赏，这可能与他淡泊宁静的心性有关。秋高气爽，碧空万里，硕果累累，满架秋风，这确实令人心旷神怡。当家乡的文学爱好者金实秋向汪曾祺索取书法时，他忍不住扣住“秋”字写了下面这副对联：

大道唯实
小园有秋

这两句诗不仅好在对仗工稳，还妙在把实秋的名字巧嵌其中。虽然仅二句八个字，但汪老对家乡后学的鼓励期望之情跃然纸上。我们仿佛听到他在亲切地对实秋说：小园的秋色多美啊，你抓紧这大好时光，踏踏实实地走好你的人生大道吧。

把求字者的姓名巧妙地嵌入自撰的对联之中，这需要智慧，更需要敏捷。上述两例是汪曾祺思考一个时期以后欣然命笔的，但更多的时候，求字者就站在汪老的身旁，或许还有其他好奇的观望者，都以期待的目光盯牢着他。每逢这时，汪曾祺照样文思泉涌，落笔如珠。1986 年秋，汪曾祺在上海参加一个文学活动，慕名向他求字画者自然很多，其中一位是来自瑞典的女汉学家秦碧达。汪曾祺注视着她那美丽的蓝眼睛片刻，便在纸上写下：

碧落黄泉
久寻必达

那瑞典女学者，看到自己的名字居然藏在题词的首尾，喜得好一阵欢呼。

1991 年 10 月，汪曾祺回家乡高邮探亲，途经南京小住。文友们纷纷找我，让我请汪老为他们写些字。大家的心情我自然理解，但也不能让汪老过于劳累。我只悄悄地约了几位文友，在某天下午到省美术馆小聚，就地取文房四宝，请汪老随意作画赋诗题词。那天，汪曾祺兴致很高，一杯清茶，谈谈写写。江苏省作协成正和同志消息灵通，不请自到，他当然也是为求字而来。汪老铺开宣纸，拿起笔问他：“写什么呢？”成正和说：“随汪老便。最好专门为我题词，哪怕几个字。”汪老与成正和是初次相识，一时下笔踌躇。我见状忙在一旁介绍成正和的背景：“这是一位农民出身的作家，因写作勤奋，被省里破格录用，现在供职省作家协会。”汪老一听，双眉向上微微一扬说：“有了！”但见他笔走龙蛇，迅即在宣纸

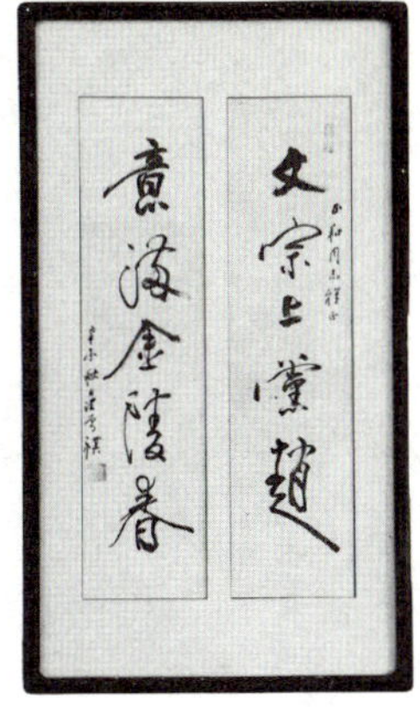

汪曾祺为成正和撰写的对联

上写下两句：

文宗上党赵
意满金陵春

20 世纪 50 年代初，汪曾祺曾和赵树理一道在北京《说说唱唱》编辑部工作过，至今仍对赵树理推崇备至。他称赵树理是一个亲切、可爱且妩媚的作家，认为他是农村才子。听我介绍成正和是农民出身的作家，汪老一下子又想起了赵树理。众人在一旁看了这题词齐声叫好，成正和更是乐得合不拢嘴了。

（1996/2）

影响汪曾祺一生的一篇短文

汪曾祺在《随遇而安》一文的开头这样写道：“我当了一回‘右派’，真是三生有幸。要不然我这一生就更加平淡了。”把汪曾祺打成“右派”的直接证据，是他写的一篇题名《惶惑》的不足千字的短文。而这篇短文是在单位领导再三启发与催促下写成的。

这是发生在1957年的事。那年初夏，文艺界、科学界的单位领导按照上级布置，动员大家向党提意见，帮助党整风以改进工作。汪曾祺所在的中国民间文艺研究会的领导自然照章执行。一向忙于编稿、读书、写作的汪曾祺实在想不出该提些什么意见和建议。当别人发表看法时，当报纸上连续报道思想界、学术界、文艺界名人向党提了那么多引人注目的意见时，汪曾祺仍然没有什么动静。单位党支部领导主动找汪曾祺，说：“老汪，怎么不见你提意见呀？是不是有

思想顾虑啊？”汪曾祺老老实实地回答：“思想顾虑倒没有，可真的想不出提什么意见。”这位领导人笑着批评汪曾祺：“怎么可能一点儿意见都没有呢？譬如对单位领导、对单位党支部总该有些批评建议吧？我们的工作怎么会十全十美呢？”这位领导人诚恳地建议汪曾祺：“你虽然现在还不是党员，可是我相信你一定希望党把工作做得越来越好。这次提意见，就是帮助党改进工作作风提高战斗力的好机会，你哪怕只提一条意见，一条很小的意见，也表示你对党的感情。老汪，认真想一想吧。”

话说到这份儿上，汪曾祺认真地想了又想，觉得也确实不能再无动于衷了。由于自己仅仅是一名普通编辑，对文艺界全局情况了解不多，不可能提出方向性意见，而只能对单位领导、单位党支部的平时工作提一些具体看法供领导参考。就这样，汪曾祺劳心费神，就人事部门如何开展工作和怎样全面评价一个干部等问题，谈了自己的看法和建议，写了一篇很短的题为《惶惑》的不足千字的短文。这篇短文根本达不到公开发表的水平，只能抄在单位黑板报上。在《惶惑》中，汪曾祺写道：群众对人事工作意见很多，人事部门几乎成了“怨妇”。他在文章中向领导建议，可否考虑吸收一般群众参加人事工作，多听听各方面的意见。

汪曾祺之所以写《惶惑》，固然由于单位领导的一再催促，也因为自己对此有痛切体会。在 1955 年的肃反审干运动中，就为他在高中时有过参加“复兴社”的经历，尽管他早已讲清楚事情的来龙去脉，也的确没有查出什么问题，但人事部门仍有人对他抓住不放，总想搞出点名堂，折腾不止。有好长一个时期，汪曾祺对此十分苦恼。在写《惶惑》时，他不可能不想到这些，写着写着，就有点控制不住自己的笔了，以至于写出这样的话：“我愿意是个疯子，可以不感觉自己的痛苦。”在结尾，汪曾祺说：“我爱我的国家，并且也爱党，否则，我就会坐到树下去抽烟，去看天上的白云。”

因《惶惑》，1958 年夏天，汪曾祺被补划为“右派”，撤销职务，连降三级，下放塞外张家口沙岭子农业科学研究所劳动，工资从 180 多元减到 105 元。

多年以后，汪曾祺的儿子汪朗说：“在爸爸一生所写的上千篇文章中，（《惶惑》）这篇短文的读者是最少的，但是对他命运的影响却是最大的。”

（2014/1）

汪曾祺『失忆』之后

我当年在高邮工作时，曾经是县里的一份文艺小报《珠湖》的编者之一。1981 年夏，我第一次与汪曾祺通信，给他寄了一份刚编印好的《珠湖》。他不但认真翻阅，对家乡有志于文坛学步的新人们的作品提出中肯的意见，还亲自动手修改其中所刊发的一首诗。经他修改的四句诗如下："春蚕一口一口地吐丝，吐出的诗又白又亮。如果对它施加压力，得到的只是一泡黄浆。"改已不易，汪曾祺还谦虚地在附信中说："我大胆为（之）改动了一下，录出供……参考。"

此事很快在高邮传为美谈。自那以后，汪曾祺每有新作问世，文学青年们不但引以为荣，更认真阅读和反复揣摩学习，也自然地视汪曾祺为心目中的偶像。这中间有一位热爱文学写作几近痴迷的名叫王书兴的青年工人，那一天，他在 1986

1981年秋，汪曾祺阔别家乡42年后回乡，在街头与陶老奶奶亲切交谈

年第5期的《雨花》杂志上，读到汪曾祺新写的散文《故乡的食物》，他在反复吟读过程中，忽然发现《炒米和焦屑》一章里不同寻常地出现了四个字的空白。汪曾祺这样写道：

> 小时读《板桥家书》："天寒地冻时暮，穷亲戚朋友到门，先泡一大碗炒米送手中，佐以酱姜一小碟，最是○○○○之具"，觉得很亲切。……

炒米是王书兴自小常吃的，凑巧的是，他的大舅家住在兴化竹巷，与郑板桥的故居比邻而居，算起来，外公应是郑板桥的街坊。也正因此故，王书兴很早就买了《郑板桥文集》，一有空就取出来兴致勃勃地读个不休。为了弄清汪曾祺在《焦屑与炒米》一文中所引的《板桥家书》中四个空白字究竟是什么，他取出《郑板桥文集》翻到《板桥家书》，看了才知道，原来那四个空白字应是"暖老温贫"。

王书兴寻思了：《板桥家书》中写得明明白白的"暖老温贫"四个字，为什么汪曾祺在引文中却用"○○○○"代替呢？这样的引文，究竟有何深意呢？

为此，王书兴特地写了一封信向汪曾祺请教。过了几天，汪曾祺的回信到了。让王书兴意外的是，汪曾祺在信中老老实实地承认：“关于炒米的四个字，我确实是失忆了，并非有意不写出，有什么深意”；并郑重许诺：“这篇散文将来如果收入集子时，当根据你所提供的材料改正。”

“谦虚是不可缺少的品德！”这是出自18世纪法国社会学家孟德斯鸠之口，人们耳熟能详的一句名言；我中华民族更是一直把“满招损，谦受益”视为传统美德之一，并认真贯彻于自己的日常言行之中。但这些年来，谦虚这一美德在我们的日常生活中似有渐行渐远之势，文学界尤然。譬如当今年产千部、日均三部的长篇小说，真正受到读者赞赏的可谓凤毛麟角，但你若是看报刊上的宣传，却有数量甚多的被说成是“精品”“传世之作”。这其中，有些作者才写出自己的第一部作品，竟居然大言不惭地自比于名家名作。至于听不得批评意见，更几乎成了一种瘟疫在文坛蔓延着：已有确凿证据是抄袭的作品，当事人可以镇定自若地矢口否认；引文错误一经别人指出，作者宁可任其谬种流传，也不肯虚心接受，反而强词夺理百般狡辩之后进而反唇相讥……相比之下，汪曾祺面对名不见经传的作者的习作能认真修改，对无名后生的疑问于感谢之余，能坦然承认“我确实是失忆了，并非有意不写出，有什么深意”，其谦虚诚实的态度真的太难能可贵了。

（2014/2）

用清纯之水洗净尘世浮华

老师布置小学五年级学生小卉从文学名著中摘抄一些华丽的辞藻，以便写作文时应用。小卉想，自己的爷爷就是大作家，这还不容易？可她把爷爷的书翻了一遍又一遍，一无所获。她很恼火："爷爷写的什么呀，没词儿。"比她小一岁的妹妹齐方对此深有同感，忙不迭地在一旁帮腔："就是，就是！不但没词儿，中心思想也不突出，在班上最多是二类文。"

她俩的爷爷听了哈哈大笑："说得好，没词儿！"过了一会儿，这位爷爷好像还在回味两个小家伙的话："没词儿，没词儿。好！"

这位爷爷不是别人，就是大名鼎鼎的汪曾祺。

汪曾祺辞世以后，他的儿子汪朗在一篇散文中记录了这件趣事。他分析：老爷子夸奖小孙女说得好，甚至很得意，

汪曾祺偕夫人与二孙女在一起

是因为老爷子认为作品中“没词儿”“这是文学作品的至高境界，也是他的追求”。汪朗在文章中还进一步援引爸爸生前说过的话：“我是一个极平常的人，我没有什么独特的思想”，并据此深入浅出地指出：“爸爸对人对事的看法和我们差不多，有的地方甚至还不如我们。不过，又没有人让他去治国平天下，有没有深奥独特的思想于大局并无大碍。至于写文章，思想浅显一点儿未必就是坏事。许多读者喜欢他的文章，就是因为他没有深知灼见，看着不累；也不会觉得自己像个傻瓜，连作者说的话都弄不明白。”

请注意汪朗对汪老的作品“没词儿”所进行的分析，他先说老爷子的作品“没有深奥独特的思想”，但马上指出，“许多读者喜欢他的文章”，其原因竟是“看着不累，也不会觉得自己像个傻瓜，连作者说的话都弄不明白”。很明显，汪朗在这里用的是调侃语，他其实是对某些作家、作品刻意追求“词儿”，甚至有意说一些让读者“弄不明白”的话，以显示自己的“深知灼见”，是幽默的反讽和委婉的批评。

事实也正是这样。汪曾祺作品的读者群可谓广阔丰富，

汪曾祺夫妇畅游高邮湖 李春迎 摄影

喜欢他的作品的人几乎涵盖当今社会的各个阶层。不同的文化层次和年龄段的读者，在选择别的作家作品时可能会产生明显的差异，但对于汪曾祺的作品，这种差异迅速缩小甚至不复存正。评论家们会以洋洋洒洒的长文论述汪曾祺作品的语言是“浓从淡出”“淡中有味”“消磨绚烂归平淡”，普通读者则竖起大拇指，夸奖汪曾祺的作品“写得像，读得懂，有滋味”。说法不同，实质一致，都是称赞汪曾祺的作品纯朴真诚，没有外在虚浮的华丽。

仔细品味汪曾祺的作品就会发现，他的语言既从众，即，努力用接近生活的语言去抒情叙事，没有花里胡哨的东西，以至于连孩子都觉得“没词儿”；但，又脱俗，即时时不忘去除混杂在生活语言中的杂质，写出来的东西干净、爽目。新时期汪曾祺刚刚文坛复出，评论家凌宇就在一篇文章中称赞汪曾祺作品的语言“像在水里洗过，新鲜、纯净”。对这一评价，我曾不止一次听到过汪曾祺的赞赏与认同。我猜想，汪曾祺之所以将凌宇的评价引为知音，是因为这评价，契合了他一生的创作追求：用清纯之水洗净尘世浮华。

(2015/12)

汪曾祺为何不写海外游记？

一位“汪迷”问我：1987 年 10 月，汪曾祺先生曾应安格尔和聂华苓夫妇之邀，赴美国参加“国际写作活动”，历时三个多月，怎不见他写美国游记?

我很佩服这位“汪迷”的细心和用心。

如今，说汪曾祺是当代散文大家之一，大概没有人会提出疑义。汪曾祺以短篇小说名于世，但他对自己的散文充满自信。1992 年，作家出版社组织散文名家出了一套《四季文丛》，其中就有汪曾祺的《蒲桥集》。编者要求作者为自己的书撰写说明词印于封面上，汪曾祺开头一节这样写道：“齐白石自称诗第一，字第二，画第三。有人说汪曾祺的散文比小说好，虽非定论，却有道理。”这里的“有人”其实就是汪曾祺自己。

在汪曾祺的大量散文中，游记占据重要的地位。这些游记

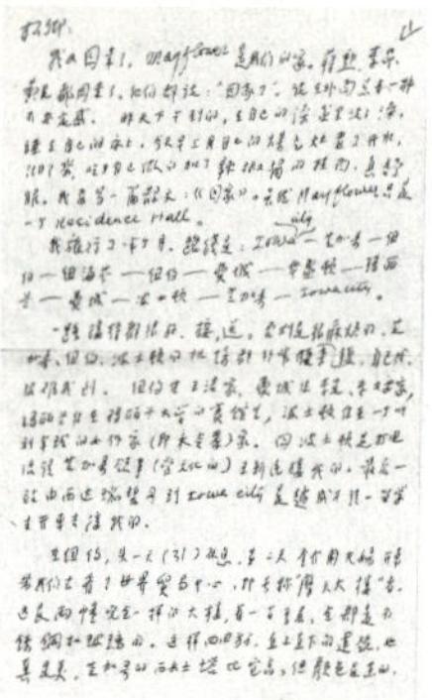

汪曾祺写给夫人施松卿的家书手稿

当然也写风景，但不同常人、更具特色的是作者借风景谈文化，讲历史，述掌故，写民俗风情，其文风如作者自述的那样："娓娓而谈，态度亲切，不矜持作态，文求雅洁，少雕饰，如行云流水，春初新韭，秋末晚菘，滋味近似。"众所周知，汪曾祺是淡泊名利、谦虚谨慎之人，当他的《受戒》一炮走红在文坛引起重大影响时，他连忙公开撰文诚恳声明："我的小说不是也不可能成为主流。"可是他对自己的游记散文，特别是其中的用心之作却表现出平时难得一见的自信甚至自负，只不过没有明说罢了。汪曾祺的儿子汪朗在一篇题为《搂草打了只肥兔子》文章中写道："他（指汪曾祺）的《湘行二记》，其一是《桃花源记》，其二是《岳阳楼记》。有人问他，这两篇文章取此名字，是否有意要和陶渊明、范仲淹比试比试？'老头儿'一笑，不答。"这"一笑，不答"，大有深意在焉。

汪曾祺不但在美国三个月没有写游记，1985 年 10 月他随中国作家代表团访问香港，很少逛街、游玩，以至于作家张辛欣说他“从北京到香港就是换一个地方坐着”。1994 年 1 月他到台湾参加一个学术会议，小女儿汪朝发现一个“奇怪的现象”，她说：“这趟台湾之行，爸没有留下什么文字。”

按常理，作为一个被沈从文先生的夫人张兆和称之为下笔如有神的作家，汪曾祺有机会到了海外，从未接触过的新鲜景物应该能唤起他的写作激情，怎么离开大陆却好像文思枯竭了呢？这疑团到了汪曾祺逝世后，他的儿子汪朗以直白的文字做了比较符合实际的解释。同样在《搂草打了只肥兔子》这篇文章中，汪朗写道：“爸爸不写国外游记。在国内他可以把读的书走的路结合起来，除了写景外，间有考证和古今逸事，东拉西扯，如此文章才好看，也有厚度。出了国门，两眼一抹黑，什么事情都弄不清楚，光是走马观花，随便看看西洋景就胡乱写文章，爸爸可不愿意干这种事情。”这里的“东拉西扯”乃调侃语，不可当真；决不“随便看看西洋景就胡乱写文章”，这才是问题的本质。

其实，不只是游记，即如为汪曾祺赢得巨大荣誉的小说创作，汪曾祺也一直坚持从现实生活出发的严谨的写作态度。他说过：“我写小说，是要有真情实感的，沙上建塔，我没有那个本事。我的小说中的人物有些是有原型的。”反复揣摩体会汪曾祺的写作实践，我们得到的重要启示应该是：即便有“下笔如有神”的才气，也绝不可“随便看看西洋景就胡乱写文章”。

（2016/4）

坚持在选准了的『位置』上

日前一下子得到三种新版本的汪曾祺著作，两本是人民文学出版社出版的，一为《复仇》，一为《汪曾祺散文》，一本是长江文艺出版社出版的《汪曾祺散文精选》。这样，汪曾祺自 1997 年 5 月 16 日去世以后到 2014 年 4 月，短短 17 年中，据我不完全的统计，国内出版他的著作版本已达 86 种。

今年元宵节，我在高邮遇到汪曾祺的长子汪朗。谈及汪老逝世后出版著作的话题，我问汪朗是否有一个准确数字？长得酷像乃父的汪朗感到很为难。他说："你的统计大致是对的，无法再准确。因为老头子的书出版势头一直在上涨，其具体数字一直处于变化之中。"

毋庸讳言，这 17 年中已出版的汪曾祺著作，不可能有新

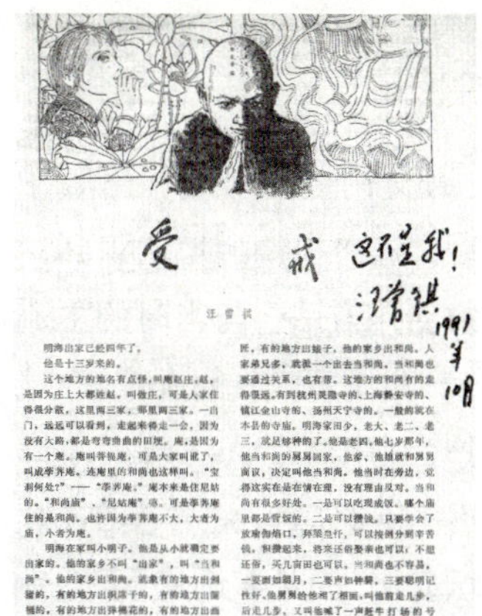

受戒

这不是我！
汪曾祺
1991年10月

汪曾祺

明海出家已经四年了。

他是十三岁来的。

这个地方的地名有点怪，叫庵赵庄。赵，是因为庄上大都姓赵。叫做庄，可是人家住得很分散，这里两三家，那里两三家。一出门，远远可以看到，走起来得走一会，因为没有大路，都是弯弯曲曲的田埂。庵，是因为有一个庵。庵叫菩提庵，可是大家叫讹了，叫成荸荠庵。连庵里的和尚也这样叫。“宝刹何处？”——“荸荠庵。”庵本来是住尼姑的。“和尚庙”、“尼姑庵”嘛。可是荸荠庵住的是和尚。也许因为荸荠庵不大，大者为庙，小者为庵。

明海在家叫小明子。他是从小就确定要出家的。他的家乡不叫“出家”，叫“当和尚”。他的家乡出和尚。就象有的地方出劁猪的，有的地方出织席子的，有的地方出箍桶的，有的地方出弹棉花的，有的地方出画匠，有的地方出婊子，他的家乡出和尚。人家弟兄多，就派一个出去当和尚。当和尚也要通过关系，也有帮。这地方的和尚有的走得很远。有到杭州灵隐寺的、上海静安寺的、镇江金山寺的、扬州天宁寺的。一般的就在本县的寺庙。明海家田少，老大、老二、老三，就足够种的了。他是老四。他七岁那年，他当和尚的舅舅回家，他爹、他娘就和舅舅商议，决定叫他当和尚。他当时在旁边，觉得这实在是在情在理，没有理由反对。当和尚有很多好处。一是可以吃现成饭。哪个庙里都是管饭的。二是可以攒钱。只要学会了放瑜伽焰口，拜梁皇忏，可以按例分到辛苦钱。积攒起来，将来还俗娶亲也可以；不想还俗，买几亩田也可以。当和尚也不容易，一要面如朗月，二要声如钟磬，三要聪明记性好。他舅舅给他相了相面，叫他前走几步，后走几步，又叫他喊了一声赶牛打场的号

有读者持发表《受戒》的《北京文学》杂志请汪曾祺题字，针对有人误以为汪曾祺当过和尚，他很幽默地在杂志上写：“这不是我！”

作；出版社也明知这些书是重复出版，但仍都变着法儿争着出。这其中的重要原因之一，是汪曾祺的著作受到广大读者的由衷喜爱和热烈欢迎，有着可观的市场前景。一位作家去世后，其著作的出版能像汪曾祺这样经久不衰，我以为，虽不能断言是唯一，却完全可以称得上是出版界的一道靓丽风景。这是汪曾祺长期文学坚守后得到的丰厚的回报，此中蕴含的深远意义值得我们重视与珍惜。

汪曾祺对文学的执着坚守，主要体现在对文学创作的社会责任感和文学创作的独特追求这两点上。他说：“我有个朴素的观点，文学应有益于世道人心。”他坚持从生活出发，以散文笔法努力写蕴藏于平民百姓日常生活中的美和人性。他说：“小说是谈生活，不是编故事。”他多次郑重声明：“我写的是美，是健康的人性。美，人性，是任何时候都需要的。”

就为了认准的这两点，汪曾祺在文学创作上坚守了一辈子。虽然他早在20世纪40年代初就在沈从文的指导下开始

小说创作，并于 1949 年 4 月在上海文化生活出版社出版了小说集《邂逅集》，但新中国成立后，汪曾祺清醒地认识到，他所熟悉的生活、创作素材和擅长的创作方法，与当时的主流文学相去甚远，于是干脆搁笔，一心一意做好“为他人作嫁衣”的编辑工作。直到改革开放的新时代到来之后，汪曾祺才拂去笔上的岁月尘埃，重新创作。1980 年 10月，汪曾祺在《北京文学》发表《受戒》，标志着他文坛复出。从《邂逅集》到《受戒》，汪曾祺整整搁笔 30 年。

新时期一举成名之后，汪曾祺很快又面临一种比 30 年寂寞坚守更难的坚守。不少名家在自己的作品得到普遍的赞赏和认可之后，往往不能对自己依然保持清醒的认识，但汪曾祺不然。《受戒》问世后好评如潮，汪曾祺在应《小说选刊》所约写的“创作谈”中却平静地说：“我的作品不是，也不可能成为主流。”当有人提出他的作品不够深刻，他既坦然认可，同时心平气和地回应：“我的作品不是悲剧。我的作品缺乏崇高的悲壮的美。我所追求的不是深刻，而是和谐。这是一个作家的气质决定的，不能勉强。”

试想一下，如果汪曾祺找不准自己的位置，放弃坚守；或者，坚守了一阵，取得成绩后，经不起名利的诱惑，动不动就离开自己一直坚守的位置，去跟风写应景文字，就算创作数量上去了，还得到这样那样的奖项，但，这还是我们认识的汪曾祺吗？

（2014/7）

快乐在找准了的『位置』上

1986年秋，汪曾祺把他自己多年来的创作经验和体会编了第一本也是唯一一本文论书，定名为《晚翠文谈》，并郑重地写了自序。那时的汪曾祺虽然因《受戒》等独具风采的作品开始在文坛产生不一般的影响，但名气还不像后来那样大。书编好后，一时没有出版社接受。后来是他的老朋友林斤澜出面，力荐给浙江文艺出版社，这才得以在1988年8月出版，只印2000多册，远不如他的小说和散文集受到读者、理论家和出版社的重视。

其实，《晚翠文谈》在汪曾祺的著作中，有着其他著作没有的特别意义，这，体现在他写的自序中，甚至还可以说，这个特别意义就在于他在自序里说了这样一句话："一个人找准了自己的位置，就可以比较'事理通达，心平气和'了。"

自《受戒》在1980年10月号《北京文学》发表后，汪曾祺的文学创作进入一个少见的活跃期，从1981年到1982年的3年中，他文思泉涌，笔耕不辍，其作品如天女散花般出现在国内报刊上，呈一发不可收之势；但，到了1984年、1985年，这种迅猛的写作劲头明显减弱。形成这一状况，固然有精力不足的因素——发表《受戒》时他已是花甲老人了，真正的原因是，随着他的作品影响不断增大，关于他的议论也多了起来。主要是，希望汪曾祺不要老是写旧生活题材的作品，建议他在自己的作品中多多反映当前火热的现实生活，更有文章明白地把汪曾祺的作品归入“淡化”一类，等等。其实，《受戒》发表后不久，汪曾祺就在《关于〈受戒〉》一文中对此做了明确的回答，他说：“我们当然是需要有战斗性的、描写具有丰富的人性的现代英雄的、深刻而尖锐地揭示社会的病痛并引起疗救的注意的悲壮而宏伟的作品。悲剧总要比喜剧更高一些。我的作品不是，也不可能成为主流。”虽然他把话已经说得十分明白，但还是有人不依不饶地向汪曾祺提这样那样的建议，特别是当汪曾祺发表了题材依旧、风格依旧的新作，这种好心的建议总会再次被提出来。正是在这样的情况下，汪曾祺放慢了写作，认真思考了各方面的意见后，决定编本文论书。他想通过自己多年来的创作体会和经验，既阐明自己的文学观、创作观，更坦诚表示：“我知道，即使我有那么多时间，我也写不出多少作品，写不出大作品，

汪曾祺第一次出的文集
1993 年 10 月由江苏文艺出版社出版

写不出有分量、有气魄、雄辩华丽的论文。”他说：“一个人的气质……一旦形成，就不易改变。人要有一点自知。我的气质，大概是一个通俗抒情诗人，我永远只是一个小品作家。”

汪曾祺的这番话，是自白，更像是宣言书。果然，从此以后，他在自己经过多年摸索才找准了的适合自己的创作道路上，不再犹豫顾虑，步伐更加沉稳坚定，新著频出，影响日增。单是 1993 年这一年，就出版了作品集 6 种，其中江苏文艺出版社出版的四卷五册的《汪曾祺文集》在社会上产生的影响尤为强烈。

1992 年，汪曾祺在《自得其乐》一文中，如此生动地描述了“找准了自己的位置”后的写作快乐：“凝眸既久，欣然命笔，人在一种甜美的兴奋和平时没有的敏锐之中，这样的时候，虽南面王不与易也。写成之后，觉得不错，提刀却立，四顾踌躇，对自己说：‘你小子还真有两下子！’”

（2016/1）

闪光在找准了的『位置』上

就歌词和戏剧唱词的写作而言，阎肃和汪曾祺无疑都属于卓有成就的大家之列。阎肃在20世纪60年代初就写出“三九严寒何足惧，一片丹心向阳开”的《红梅赞》，单凭这一首经典歌曲，人们也会承认他是歌词创作的高手。至于汪曾祺的戏剧唱词写作水平之高，无须引其他材料证明，看看阎肃的评价就足以说明问题了。1997年5月汪曾祺去世后不久，《北京青年报》编辑兼记者陈徒手采访阎肃，请他谈谈对汪曾祺的印象，阎肃特别提到汪曾祺的戏剧唱词，他说：“（汪曾祺）写词方面很精彩，能写出许多佳句，就是在夭折的剧本里也有佳句。”

说起来很有意思，1964年与这两位名家密切相关。这年6月，全国京剧现代戏观摩演出大会在北京举行，北京京剧团演出的现代京剧《芦荡火种》（后改名为《沙家浜》）大获

汪曾祺的绘画作品

成功。这出戏是由汪曾祺执笔，根据沪剧《芦荡火种》改编而成。同年9月，空军政治部文工团演出的歌剧《江姐》轰动京华，并迅速从北京演向全国，这出戏的编剧是该团创作员、时年34岁的阎肃。还是这一年冬天，汪曾祺与阎肃被调入京剧《红岩》创作组，原本不相识的两人就这样走到一起了。此后，大约经过一年多的折腾，由汪、阎二人编写的京剧《山城旭日》总算写成了，也彩排了几场，但因种种原因，这出戏没能演出，但汪曾祺与阎肃却从此成为相互欣赏的好朋友。

俩人在改革开放的新时期到来之后，都在文艺创作上重新焕发生机。引人注目更发人深思的是，这两位因编戏而相识，但他们在新时期创作出来的那些名震文坛的闪光作品，却都与戏剧无关。先说阎肃，他因创作出歌剧《江姐》而名扬全国，但新时期到来后，他在戏剧创作和歌词写作两者中经过反复比较，最后选择了歌词创作，这才有了此后人们耳熟能详张口就唱的许多经典歌曲：《军营男子汉》《敢问路在何方》《故乡是北京》《唱脸谱》《雾里看花》《长城长》……。再说汪曾祺，他是北京京剧院的专职编剧，新时期到来后，给他带来很高荣誉的不是戏剧，却是独具风采的《受戒》《大淖记事》《异秉》《岁寒三友》等一组以故乡高邮旧生活为题材的小说和散文。两个本都是搞戏剧创作的人，却都在戏剧创作之外获得更大的成功。

当汪曾祺自《受戒》后在小说创作上一发不可收声名远扬时，阎肃很快注意到了。他发现，原来的戏剧园地对汪曾祺来说太窄小了，从《受戒》中才找到真正的汪曾祺。为此，阎肃特地打电话给汪曾祺表示祝贺，并说：“现在对头了。”汪曾祺哈哈大笑，谦逊地说：“巧思而已，巧思而已。”他认同阎肃的看法，说：“老了，老了，找到了位置。”不久，汪曾祺在《〈晚翠文谈〉自序》一文中对“位置”作了进一步明确的解释，他说：“一个人找准了自己的位置，就可以比较‘事理通达，心平气和’了。”

仔细品味汪曾祺的“位置”说，我们可以得到诸多启示，当然不仅仅限于文艺创作方面……

（2016/1）

《草巷口》杂拾

过去，高邮的城镇居民常用的燃料不是煤，是烧草——烧芦柴。这种芦柴杆细而叶多，除了烧火，没有别的用处。草是由乡下——主要是北乡用船送来，都在汪曾祺的小说《大淖记事》中写到的“大淖”靠岸。从大淖往各家送草，必定要经过一条巷子，因此，这条巷子就叫草巷口。

草巷口本来是高邮城里再普通不过的一条巷子，多少年来，它的知名度，在高邮城的近百条巷子中很难排进前十名；近几年却因为汪曾祺写了同名散文，草巷口渐为广大“汪迷”们所熟悉，知名度不断上升。外地“汪迷”来高邮寻访汪曾祺的足迹，第一个要去的地方是《大淖记事》中写到的大淖，接着就是要踏看散文《草巷口》中写到的草巷口了。

《草巷口》是一篇生动描绘草巷口民俗风情的散文，它

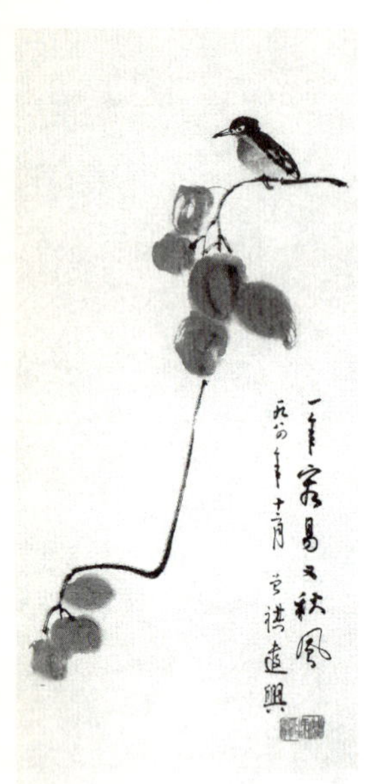

汪曾祺的绘画作品

的规模与气势不能与宋代张择端绘制的著名的社会风俗画《清明上河图》相比，但绝对具有《清明上河图》的神韵。在短短的不到 3000 字的有限篇幅中，汪曾祺写了大小 7 家商店，计为：油面店（茶食店）、烟店、茶炉子、澡堂子（浴室）、卖香烛的、碾坊和酱园。汪曾祺不但有滋有味地写出这 7 家商店各不相同的特色，还以极精练的文字，用白描的手法，勾勒出令人过目难忘的栩栩如生的人物形象，传导出让读者闻得到的气味。例如，他写卖小香烛店的老板“人物猥琐，个儿矮小，而且是个‘浪鼻子’”，偏偏娶得一个做事干净利索且长相漂亮的媳妇，以至于“一街的人都为这个小媳妇感到很不平”。他写澡堂子的味道“是很多人愿意闻的。他一闻过味道，就觉得：这才是洗澡”。现在的草巷口早就没有汪曾祺写到的这 7 家商店了，但他在散文中却把这些已经消失在岁月风尘中的商店“复活”了。这正是汪曾祺以故乡高邮旧生活为背景的文学作品的价值之所在：他将渐行渐远的民俗风情用文字保存了下来，让人们重睹昔日生活风景的同时，也体验到一种深厚而悠远的民俗文化的韵味。

汪老的散文《草巷口》写于 1994 年 10 月 17 日。我之所以说得这么肯定，是因为那一天，我在中宣部的一个会议结束后去看望汪老，他正为刚写好的《草巷口》投给哪一家报刊拿不定主张。其时的汪老在海内外文坛已是声名鹊起，上门求稿者不断，但他并不把自己当名家看待。我说：“交给我处理吧。”回到南京后，我立即用电传的方式，传给《高邮日报》，家乡的报纸是第一次拿到汪老刚写好的作品，十分兴奋，立即付排，在平时的印数基础上加印了 1000 份，还供不应求。但《高邮日报》毕竟是一个小报，我正考虑将《草巷口》找一家合适的文学杂志发一下，时任《雨花》总编的周桐淦闻讯找到我们门上，我俩一拍即合，他立即编发。这就是现在所有汪老的书中，都将《草巷口》的第一次发表注明为“原刊《雨花》1995 年第一期”的原因。

不久前，我应扬州一批“汪迷”的热情邀请，去参加他们精心组织的朗读汪曾祺作品的活动。这活动有点像董卿主持的《朗读者》，但有所改进。首先，其活动名称随季节而

汪曾祺的绘画作品

变化，我参加的是“夏天的朗读者”。其次，每次邀一名嘉宾，进行有关讲解，主读一篇作品，然后是参加者围绕活动主题自主选择、朗读相关作品。那天，我在向大家谈了我所知道的汪曾祺、朗读了汪老的散文《端午的鸭蛋》后，当地“汪迷”们纷纷报名朗读，所读作品有《受戒》《鉴赏家》《草巷口》等，一个个都是早有准备，声情并茂，现场气氛热烈。读《草巷口》的是一名高二女学生，读得尤为感人。我问她为什么选读这篇散文？她说：“虽然我没有这样的生活经历，但汪爷爷的文字感染了我。我的外婆今年 80 多了，高邮人。她想老家时就让我朗读《草巷口》，每一次听后都夸奖说，‘写得真好，好极了！’”

（2017/5）

忆汪曾祺评说速泰熙

我的文艺短论集《花儿为什么不那么红》即将在南京出版社出版，领导很重视，特地请了著名书籍设计师速泰熙担任本书的装帧设计。

早在25年前，我就曾经与速泰熙成功合作过一次。1992年秋我与江苏文艺出版社商议，为汪曾祺先生出一部四卷五册的《汪曾祺文集》。其时，汪曾祺先生在文艺界的影响正如日中天，尤其是他创作的那组以故乡高邮为背景的小说、散文，几乎每篇都是一发表就不胫而走，风靡国内，多家出版社争着要出汪老的文集。1993年初，汪老最终决定把自己的文集交江苏文艺出版社出版，并由我担任主编。正式上马出版《汪曾祺文集》是1993年5月的事，消息传出后，有关方面要求尽快出版这部文集，以参加同年秋季在香港举办的一个书展。时间紧迫，出版社成立了由当时的社长吴星飞亲自担任责任编辑、速泰熙担任美术编辑的工作班子。在这

汪曾祺 1993 年留影
速泰熙、速伽摄于北京

之前，速泰熙对汪老的作品读得不是太多，但他迅速进入角色，抓紧阅读汪曾祺的作品，不是一般读，而是反复读，仔细揣摩。几天后，在他与我交流读汪心得时，我就惊讶地发现他的学识丰富。他不但敏锐感受到汪老作品中浓厚的传统文化气息，还把汪老作品的艺术特点总结为“清新淡雅”四字，并果断地将此作为《汪曾祺文集》装帧艺术的主要切入点。几经斟酌，《汪曾祺文集》的整个封面定为乳白色，无一丝杂色，仿佛一整幅的素雅纯洁的绢绸，左上角有用金色线条勾勒出的汪老速写像，右面以占整个封面 1/3 的篇幅、用印刷体印了“汪曾祺文集”五个大字，端庄醒目，过目难忘。整个文集分小说卷、散文卷、文论卷、戏曲剧本卷共四卷，每卷有小于“汪曾祺文集”五字的金色字予以区别，一目了然。不同卷册打开后，都有画面不同的汪老本人的彩色肖像照和黑白生活照：彩色肖像显示汪老的风貌；黑白照是从汪老一生的大量素材照片中精选出来的，真实生动地展示出汪老不平凡的一生经历和文学生涯。

在江苏文艺出版社和社会有关方面的关注与支持下，120万字的四卷五册的《汪曾祺文集》仅仅用了四个月的时间就成功出版，出版后的半年之内，连印三次，还是供不应求；在同年秋季香港举办的书展上展出后，也赢得广泛的赞扬。

这一年的10月中旬，我去京参加一个会议，特意带去刚刚出版的尚散发着油墨芳香的《汪曾祺文集》。汪老接过书，立刻就喜欢上了。书上印的"美术编辑速泰熙"几个字引起了他的注意，向我询问了速泰熙的情况。按理说，事情至此，作为美术编辑的速泰熙，他的装帧设计的任务已经完成了，但他在一片赞扬声中，却产生不满足的感觉。他认为，汪老的肖像照都是由汪老本人和家属提供的，也真实，当然也像他本人，但限于拍摄者的水平，也限于昔日摄影器材的条件，拍摄出来的肖像照只能算是大致形似，很难尽显汪老本人的神采。目睹《汪曾祺文集》出版后产生的越来越大的影响，速泰熙下决心去京采访汪老本人，努力重新拍摄好形神兼备的肖像照。

出版社领导支持这一想法。速泰熙迅速赶赴北京，正在进行摄影毕业创作的儿子速迦也一道前往。汪曾祺明白来意后，十分感动。日常生活中，汪老是一位随意自在的人，并不十分在意影视拍摄这些时尚玩意儿，但这一次，他十分配合。速泰熙为突出汪老作为老作家的艺术气质，建议汪老戴上他平时不常戴的贝雷帽，还有意运用窗外一束自然光照射着帽子的前檐，给画面平添上朦胧的诗意；照片上的汪老凝视前方，似注视来者，又好像思考着什么，已经全白的须眉纤毫毕现，更是烘托了老作家老而弥坚的神采。这次汪老肖像照的拍摄工作进行得十分顺利，其中有一幅最得到汪老本人的赞赏。汪老通过汪夫人多次来信，请速泰熙加印照片。这幅肖像作品后来成为汪老标志性照片，在多家报刊上登载刊用。速泰熙返回南京时，我写的《汪曾祺传》正准备付排，这也是国内第一部关于汪老的传记。速泰熙不失时机地把这张肖像照用于我的新著的第一页，刚刚拍出的、汪老本人最珍爱的这张肖像照得以迅速与读者见面，自然给拙著增色多多。

就在速泰熙从京城汪老家拍摄完回南京后没多久，我正好又去北京出差，在看望汪老时，他一再称赞速泰熙的不一般的装帧设计和摄像水平，他说："速泰熙的美编功底不凡，他的装帧有特点，有追求，其风格称得上是删繁就简，立异标新。他为我拍的肖像照我很喜欢。"为表示他对速泰熙的谢意，汪老特地写了一幅字让我带给速泰熙，这幅字写的正是郑板桥的那首著名的诗中的两句："删繁就简三秋树，领异标新二月花！"

(2017/11)

『草花随目见，鱼鸟略似真』

——管窥汪曾祺的书画

汪曾祺喜绘画，善书法。1992年春，他应《中国作家》之约，画了一幅水仙，另题诗一首，其中有句云“……或时有雅兴，伸纸画青春。草花随目见，鱼鸟略似真。唯求俗可耐，宁计故与新。只可自愉悦，不可持赠君……”

诗中说的“草花随目见，鱼鸟略似真”，与他在70岁生日那天写的自寿诗中的“书画萧萧余宿墨，文章淡淡忆儿时”，都是实话。他没有正式学过画，只是幼年随父亲学学，而且也只是在父亲画画时在旁边看，平时常翻看家中收藏的许多珂罗版印的画册。他是靠自己揣摩，逐渐对画画产生了兴趣。对于作家汪曾祺来说，写字、画画，均是他的文章余事，本是遣兴自娱，但因他的字画均有相当的功底，又加以无论写字绘画，常常具有不同常人的构思、妙句，因此他的字画最

汪曾祺的绘画作品

终成为他的艺术世界的一个重要组成部分。

先说汪曾祺的绘画。

他作画不写生，全凭印象画，其绘画作品，重在抒情写意。一次，他忽然来了兴致，欲画杨万里“小荷才露尖尖角，早有蜻蜓立上头”的诗意，这是一个不知为多少文人骚客表现过的题材，但汪曾祺画得与他人迥然不同。画面上，有一柄白荷，一只小蜻蜓方振翅离去。画的右侧题字一行：“一九八四年三月十日午，煮面条，等水开作此。”原来，他铺开画纸才画了一柄白荷初苞，正想接着画蜻蜓，因中午肚饥，便停笔去厨房烧水，水一时不能烧开，便又转身回来作画。他说：“我在等水，小蜻蜓等我，等得不耐烦，飞走了。” 这就是汪曾祺，借助所画之物表达胸中某种意趣、某种激情，较多随意性，从不过于雕琢经营。同为以画释杨万里的著名诗句，汪曾祺的作品不仅有诗情，更有童心，独成一格，妙趣天成。

汪曾祺在画上常加的两方闲章，是他特意请人刻的，是陶弘景的两句诗：一句是“岭上多白云”，一句是“只可自愉悦”。人们争着向汪曾祺求字求画，他自己谦虚地说：“大概求索者以为这是作家的字画，不同于书家、画家之作，悬之室中，别有情趣耳，其实，这是不足观的。”他还说：“我的画作为一个作家的画，还看得过去，要跻身画家行列，是会令画师齿冷的。”

但文艺界中人不这样看，甚至书画名家们也对汪曾祺独具特色的字画给予热情的评价。

人们首先赞赏的，是汪曾祺的画中大都隐着一段真性情。

人们喜爱汪曾祺的画，因为他的画有真性情，有奇妙的构思，还因为汪曾祺常常将画与诗，或画与书法结合在一起，两者相得益彰，令人赏心悦目，也令人有余味不尽之感。

汪曾祺书画相济，甚至得到国内一流绘画高手的充分肯定。著名画家马得认为，汪曾祺画的花卉，别人也画过，但他从一个作家的角度去画，尤其是配之以别具一格的题字、题诗，便往往收到一般画家难以达到的艺术效果。马得以他在汪曾祺家中看到的一幅荷叶为例：此画从李商隐的诗句“留得残荷听雨声”取意，所题诗句墨气淋漓，笔力豪爽，水分又多，渗出的水珠与旁边带雨的荷叶相映成趣。一笔笔写下来，渐渐地变成了枯笔，自自然然地又与旁边秋日的荷叶秆子相协调。马得称赞说："荷叶画得好不稀奇，画荷花的画家也多得是，但题字与画结合得这样好却是难得的。"

较之绘画，汪曾祺的书法倒是从小受过颇为正规的训练。他的字，师法米芾。其行书，于刚健端庄中含婀娜柔丽；其隶书，于古拙沉蓄中蕴妩媚俊逸。有时兴致浓时，行中夹草，隶中带篆，深得"气古而韵高"之逸趣。

向汪曾祺求字的人特别多，人们爱他的字，更爱他以汪体写出来的五彩缤纷的题词。汪曾祺为人随和、豁达、开朗，待人亲切、真诚、自然，绝不会端架子，拒人于千里之外，只要条件许可，他是很愿意也很乐意为朋友们题词的。读汪曾祺那许许多多的题词，也是一种艺术享受。他的题词虽短短几句，甚至寥寥几个字，却充满智慧，显示了深厚的艺术功底，还表达了他对朋友的一片真情。他题词时，很少采用应付态度，而是尽可能做到所题之词与这个人的习惯、经历、职业、特长相吻合，即使是为才相识不久的朋友题词也是如此。这样的题词其实也是一种文学创作，难怪获得汪曾祺题词的人总是把汪曾祺的题词视若珍宝。

（2016/2）

汪曾祺的画值多少钱?

扬州有一位女作者收藏一幅汪曾祺的画，被朋友丢失了，她为此将朋友告上法庭。不久前，她打电话给我，自认为此画值十万元，希望我确认一下，以利于她打赢这场官司。我很反感，当即在电话中拒绝。因为我了解，汪曾祺从来没有以画谋利的念头，如果这位女作者以为可以借画捞上一笔，岂不是玷污了汪老赠画给她的本意?

汪曾祺没有正式学过画，坦言自己绘画无师承。他的父亲是县城小有名气的画家，父亲画画时他站在旁边看，受其熏陶，略知用笔间架，以后是靠自己揣摩，逐渐对画画产生了兴趣。汪曾祺 19 岁离开家乡踏上求学求职之路后，于文学创作上下了不少功夫，却很少作画。真正开始作画是“文革”后期的事，他在一篇散文中这样写道：“整天写检查，写了好些‘车轱辘话’。长日无聊，我就买了一刀元书纸，作画消遣。不

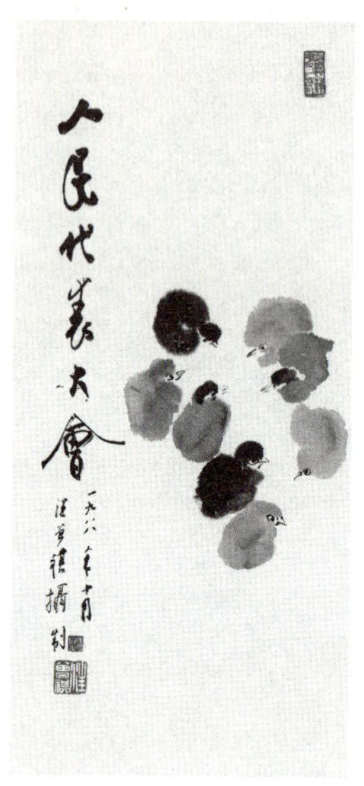

汪曾祺的绘画作品

想被一位搞舞美的同志要去裱了，于是画名复振，一发不可收。”新时期到来后汪曾祺文坛复出，《受戒》《大淖记事》《岁寒三友》等一组以故乡高邮旧生活为背景的小说，让他声名大震。后来，越来越多的人知道他的画作也别具韵味，于是，人们不但争读他的小说，还争着向他求字求画。

但汪曾祺自己清醒得很，他的画作多为花鸟。他不种花，只是画自己在街头、陌上公园里看得很熟的花，北京人称之为“草花”。他画的鸟，被小女儿称之为“长嘴大眼鸟”。汪曾祺承认：“我画得不大像，不是有意求其‘不似’，实因功夫不到，不能似耳。”

汪曾祺绘画的目的很单纯，他说过：“人活着，就得有点儿兴致。我不会下棋，不爱打扑克、打麻将，偶尔喝了两杯酒，一时兴起，便裁出一张宣纸，随意画两笔。所画多是‘芳春’——对生活的喜悦。”他在多种场合强调：“我的画画，自娱而已。”但依我看，他所说的“自娱”倒真的是谦逊了。他其实常常借助所画之物表达胸中某种意趣、某种激情，于人们常见花鸟形象中隐藏着真性情，这正是汪曾祺画作的价值之所在。金钱有价情无价，所以，一定要问汪曾祺的画值多少钱，谁能说得清楚?

汪曾祺平时绘画，完全是兴之所至，重在抒情写意，作画时如此，赠人画作时也是如此。1994 年 6 月中旬的一天晚上，我陪他去江苏省戏曲学校讲课，课后，校方有意安排 7 位不同剧种的小学员清唱阿庆嫂唱段，汪老听得十分开心。各种活动结束后，校方拿出早就准备好的笔墨纸砚请汪老写字作画，众师生屏声静立围着看。他一连写了几幅字后，稍事休息，又画了一幅兰花，画完，他盖上印章，突然对站在身旁的扬剧班小学员纪园园说：“喜欢吗？给你！”这小纪刚在专题片《梦故乡》中饰演了汪老小说《受戒》中的清纯可爱的小英子。小纪深感意外，惊喜不已，连忙双手接过：“谢谢爷爷！谢谢爷爷！”

想来纪园园还该珍藏着这幅兰花吧?

（2016/8）

为文友向汪老求字

大约是去年深秋的一个下午吧，一位已十多年没有联系的外地编辑朋友，忽然打电话给我。他遇到一件棘手的事了，如果有一幅名人的字，或可解决。为此，他费了好大劲找到我，想用高价从我这里买一幅汪曾祺先生的字……

我哑然失笑。

说来很多人不会相信，我与汪老相知相交这么多年，感情不可谓不深，但汪老仅给我写过《游桃花源诗》等少数书法作品。此事不难明白，如果汪老赠我的字有多幅，我是不会在这十多年来已经陆续出版的四本汪研著作中反复印用同一幅字的。《游桃花源诗》原诗见汪老写于1982年12月的散文《桃花源记》中。诗曰：“红桃曾照秦时月，黄菊重开陶令花。大乱十年成一梦，与君安坐吃擂茶。”汪老自己对这篇散文以及文中的这首诗都十分自得。我与汪老第一次见面是 1981 年 10 月，随着我与他之间的联系日益频繁，感情逐渐加深，仅仅两年后，他就主动把这首诗写成条幅赠我。

如同汪老在 20 世纪 80 年代初刚复出文坛，我就爱上他的作品一样，我也同样喜爱他的字。我不是不知道他的书法作品的价值，但在他生前，我总觉得来日方长，因此，并不急着为自己求字，却多次要求他为我的文友们写字。我知道，这些文友都是先爱上汪老的美文，进而爱上汪老的为人。他们了解我与汪老的亲密关系，这才纷纷找我。我应该尽可能满足他们的愿望。发展到后来，我每去北京开会前，总是先写一封信给汪老，写明求字者的名单，让汪老提前写好。记得有一次去他家，正好有记者在采访，见我来了，他立即中断采访，先到书房中，将我要求他写的几幅字郑重交给我，还风趣地说："你信中布置我写的，都写了，查点一下，漏了没有？"还有一次，老作家魏毓庆突然找到我，希望得到一幅汪老的字。其时，她的相濡以沫的老公刚过世不久，我想，此时若有一幅她渴望得到的汪老的字，一定可以大大慰抚她悲伤的心，便满口答应。到了北京见到汪老后，他把事先写好的几幅字交给我后，我说："这次来得急，没有写信，还要写一幅。"我便向他介绍了魏毓庆的情况。他听后到书房中取出一个小本子，把魏的姓名、地址记上，说："下次写了给她寄去吧。"于是我们接着聊别的事。但在我告别时，

陆建华将刚出版的《汪曾祺文集》送到汪曾祺手中（1993 年 10 月）

他突然说：“你来一次北京也不容易，还是先把准备给别人的一幅字给这位魏女士带去吧……”

不久前，我遇到扬州大学文学院中文系张泽民教授，他告诉我，他曾有机会与汪老的长子汪朗长谈，汪朗告诉他：“到老爷子晚年时，我们子女都不敢向他要字要画，但他一直把陆建华看成自己的小兄弟，有求必应。陆建华很多次来京前都是先写信来，老爷子也总是按信中关照的，把字一一写好。”

汪朗的这番话我是第一次听说，不由得心中一震，一时百感交集，不仅又一次为汪老的一贯真诚待人感慨，我也暗暗责备自己，当年我一次次“布置”汪老为文友们写字，怎么就没想到给年事已高的他增添了不少麻烦和劳累呢?

“先生之貌不可得兮，犹仿佛其文章。”汪曾祺先生生前为我和我的文友们写的字我们会永远珍藏着，只是他离开我们已整整 18 年了……

（2015/6）

汪曾祺的厨艺

汪曾祺懂吃、会吃。他生前写下大量谈吃的文章，这些文章不仅因为绘声绘色的描写让人读了口舌生津，更因为他写出了中华美食的文化内涵，因而获得文坛美食家的美誉。早在 1996 年，独具慧眼的丁帆教授就看出了汪曾祺美食散文的价值，编了一本《五味集》交台湾幼狮文化公司出版。他在书前的“代序”中称赞说：汪曾祺谈吃的散文“都浸润着汪氏对烹调艺术的独到见解和卓越的审美情趣。……都是从平淡中见出奇妙之味，从大俗之中体味出儒雅之风”。这评价很高，也很准。《五味集》是第一本专收汪曾祺谈吃的文章的书，汪曾祺很满意，出版社赠书很少，但他仍留下一本赠我，并于书前题了“建华插架”四字。

汪曾祺于 1997 年 5 月逝世后，海内外出版他的书渐呈

汪曾祺在厨房里快乐地做菜

火爆之势，这其中专收汪曾祺谈吃的文章的书也日见增多，从书名上就可以一眼看出，如《五味》《寻味》《四方食事》《故乡的食物》《汪曾祺谈吃》等。常有读者好奇地问我：汪曾祺本人的厨艺即烹调水平到底如何？

这提问很有意思，却不是几句话就能说清楚的。如果用专业厨师眼光去看汪曾祺的厨艺，那肯定是不太够水平的。汪曾祺自己在文章中坦率地承认：他所擅长的只是做家常菜，“大菜，我做不了。我到海南岛去，东道主送了我好些鱼翅、燕窝，我放在那里一直没有动，因为我不知道怎么做”。

追溯汪曾祺美食家称号的由来，实乃“出口转内销”，是由来访的海外作家们叫出来的。大约是 1986 年，法国一位汉学家来中国访问，事先他就向中国作协提出访问汪曾祺，并在汪曾祺家吃家常饭的愿望。有朋自远方来，不亦乐乎？汪曾祺对此欣然同意。那一次接待非常成功。法国客人认为，这是他这次到中国来以后参加过的所有宴会中最难忘的一次。我曾好奇地询问汪曾祺，究竟给这位外国人吃了些什么美味？汪曾祺先是笑而不答，后来经不住再三追问，只好和盘托出，令我既感意外更感吃惊：一是盐水煮毛豆，二是清炒豆芽菜，第三道菜是汪曾祺老伴亲手做的福建水饺，其特别之处在于，饺子皮的原料不是面粉，而是捶烂了的精瘦猪肉。据介绍，那位法国客人平常不喜欢吃肉，但这次吃了水饺，竟一个劲儿地夸好。

……

全是家常菜，然而又全是具有中国民间风味的家常菜。汪曾祺说：招待外国客人，并不一定是规格越高越好。因为他们最希望吃的是有地方特色的菜，越是具有中国风味的菜，他们越是难忘。

做菜待客，要看对象，这是汪曾祺的经验。1988 年，聂华苓夫妇访华，汪曾祺设家宴款待这两位好朋友。在准备的几道菜中，他特意安排了一道煮干丝。这是淮扬菜，聂华苓是湖北人，年轻时吃过，但她在去了美国之后就不容易吃到了。这一次，聂华苓吃得非常惬意，就连最后剩下的一点汤，她也端起碗喝掉了。汪曾祺后来说："不是这道菜如何稀罕，我只是有意逗引了她的故国乡情耳。"汪曾祺说："如果我给云南人炒一盘干巴菌，给扬州人煮一碗干丝，那就成了鲁迅请曹靖华吃柿霜糖了。"

细究汪曾祺自称的那些“保留节目”，那些“可以申请专利”的家常菜，人们不难发现，这其实是他的文学创作独创性的外延和又一种形式的曲折表现。他把主要用于文学创作的思路和方法，写作之余用于做菜，这才有了不同于常人的创造。他曾为此赋诗：

年年岁岁一床书，弄笔晴窗且自娱。
更有一般堪笑处，六平方米作郇厨。

平时，汪曾祺把买菜看成生活乐趣之一，他还戏称买菜就是构思的过程。他说：“我不爱逛商店，爱逛菜场，看看那些碧绿生青、新鲜水灵的瓜菜，令人感到生之喜悦。”当汪曾祺把经过构思的菜做好送到客人面前时，他只是每样吃两筷，然后就坐着抽烟、喝茶、品酒，十分快乐地看客人们吃，那心情，如同他把自己精心创作的作品奉献给广大读者时一模一样。

（2015/5）

『桃李不言，下自成蹊』
——汪曾祺著作长期畅销的启示

一

2004 年春，长江文艺出版社邀我为他们的《现代文学名家作品精选》系列丛书编一本《汪曾祺作品精选》，我把编好的目录寄给汪朗看，请他提提意见。汪朗与他的父亲汪曾祺同一个性格，坦诚实在，他在很快给我的回信中说，提不出什么意见，选老头子的作品也就是这样了……

汪曾祺是 1997 年 5 月 16 日去世的，几乎在他去世后仅一两个月，不少出版社就开始抓紧出版他的各式各样的著作单行本。我编的《汪曾祺作品精选》于 2005 年初出版，是汪曾祺去世后出的第 15 本书。而就在这一年，我见到新出的汪曾祺的书竟有 9 本。到 2009 年年底，即汪曾祺辞世 12 年后，已见到的汪曾祺的书进一步增至 41 种 50 册。据悉，这种出版势头今年还在继续。由此说汪曾祺的书长期畅销不衰，应不算夸大其词。

说实在的，从数量上看，汪曾祺一生写的真不算多，连书信在内，其总量满打满算也就是300万字左右。对所写不多这一点，汪曾祺自己从不讳言，他在1987年10月漓江出版社出版的《汪曾祺自选集》的自序中这样坦率地写道：“我的自选集不是选出了多少篇，而是从我的作品里剔除了一些篇。这不像农民田间选种，倒有点像老太太择菜。老太太择菜是很宽容的，往往把择掉的黄叶、枯梗拿起来再看看，觉得凑合着还能吃，于是又搁回到好菜的一堆里。常言说：拣到篮里的都是菜，我的自选集就有一点是这样。”生前尚如此，辞世后不可能再有新作，更何况如今出版社定选题都首先有经济效益的考虑，然而，就是这些汪曾祺自称的如同“择到篮里都是菜”的作品，出版社虽明知多属于重复出版，仍一本接着一本争着出，乐此而不疲，主要的原因在于汪曾祺的书有着可观的市场前景，当然，最根本的是他的书得到广大读者的由衷喜爱和热烈欢迎。“桃李不言，下自成蹊”，在这一点上，出版社的眼光、利益与读者取得了难得的一致。

没有一个作家不希望自己的作品能受到读者的欢迎，但像汪曾祺这样，其作品一直受到读者的青睐，好像不是太多。这一文学现象的背后究竟蕴藏着怎样深刻的启示呢？

二

衡量一位作家的成就，主要的是看作家能否通过自己的作品帮助读者正确认识世界，增加对生活的信心。汪曾祺对此有清醒的认识，对文学应有的社会担当一直牢记不忘，作品的社会效果是他时时考虑的首要问题。他认为：“真不该是作者就是那样写写，读者就是那样读读。‘文章千古事，得失寸心知’，得失，首先是社会的得失。我有一个朴素的、古典的想法：总得有益于世道人心。”他自信：“我相信我的作品是健康的，是引人向上的，是可以增加人对于生活的信心的。这至少是我的希望。”在这样明确的写作观指导之下，汪曾祺并不因为自己的作品不是写的大题材，或者作品中没有容纳着严肃的、严峻的思想而自惭，相反，他却总是热情洋溢地从生活的一个个凡人小事中孜孜不倦的挖掘其中所蕴含的美和诗意；他不奢望自己的作品像良药那样能为读者治病，但却也盼求能化为一股清冽的泉水，去滋润读者的心灵。自汪曾祺新时期文坛复出以来，越来越多的人喜欢上汪曾祺的作品，证明汪曾祺所希望的创作效果已经达到了。作家凹凸在一篇散文中这样描绘他读汪曾祺作品的感受：“（汪曾祺）取与读者平等的角度，娓娓地跟你谈些什么，使心灵的毛孔张开，需要的便是这种娓娓的气氛；这娓娓的情调，会给心灵以滋润。猛火给人以表皮的刺痛，文火才把温暖滋润进骨髓。”

说得对，再多的华而不实的大作品，也抵不上能滋润自己心灵的一篇“小”文章。“寡言无多，而华文无寡；为世用者，百篇无害；不为用者，一章无补。”（［汉］王充《论衡》）这应当是汪曾祺作品长期畅销给我们的第一个重要启示。

第二，一个作家要想取得好的创作成绩，本人对自己创作条件和才能应有清醒的认识和自由自在的发挥。生活中常见这样的写作者，他不乏才气，也勤奋，长时期的创作生涯也已为自己在文坛上博得不算小的名气，但后来，尽管著作等身了，却没有一部被读者记到心里去，浪得虚名，徒然一生。问题出在哪里呢？有数量无质量固然是其中的原因之一，更主要的，是创作无特色，或者说，没找准自己的位置。汪曾祺的作品独特之处，除去生活阅历丰富、文学功底深厚等因素，最明显的不同是写旧社会的多。有人问他是不是回避现实中的矛盾？他在《道是无情却有情》一文中坦诚地回答说：“我没有回避矛盾的意思。第一，我也还写了一些反映新社会的生活的小说。第二，这是不得已。我对旧社会比较熟悉。……一个作家对生活没有熟悉到可以从心所欲、挥洒自如的程度，就不能取得真正的创作的自由。所谓创作的自由，就是可以自由地想象，自由地虚构。你的想象、虚构都是符合于生活的。”也正是在熟悉旧社会这一点上，汪曾祺找到自己的位置，并在这个位置上坚持不懈终其一生。他说：“一个人找准了自己的位置，就可以比较‘事理通达，心平气和’了。”当有人提出他的作品不够深刻，他既坦然认可，同时也心平气和地回应："我的作品不是悲剧。我的作品缺乏崇高的悲壮的美。我所追求的不是深刻，而是和谐。这是一个作家的气质决定的，不能勉强。"而当有的青年作家，看到汪曾祺写旧社会一举成名，表示自己也想写写旧社会，他马上诚恳地劝阻："我看可以不必。你才二三十岁，你对旧社会不熟悉。而且，我们应该多写新社会，写社会主义新人。"试想一下，如果汪曾祺找不准自己的位置，或者，找到位置后，却也跟风写作，动不动就离开自己的位置去写应景文章，或许，他的创作数量上去了，但他还是我们今天见到的汪曾祺吗？

第三，把淡泊名利真正落实到行动中，而不是放在嘴上；做人真诚了，文章也就真诚了，读者自然喜欢。

汪曾祺的书长期畅销不衰与读者面广阔丰富有着直接的关系。买汪曾祺书的人几乎涵盖当今社会的各个阶层，不同的文化层次和年龄段的读者，在选择别的作家作品那里可能会产生明显的差异，但对于汪曾祺的作品，这种差异迅速缩小甚至不复存在。汪曾祺的作品中弥漫着挥之不去的怀旧情绪，这容易让文化层次高的、年纪大些的读者产生共鸣，这容易理解；可是，年轻的读者也喜欢读汪，当然不是为了怀旧，他们是在读文化，读生活，读人生；至于没有多少文化的读者也喜欢读汪曾祺的作品，很大程度上则是他们是从作品中享受生活的真实与情感的真诚。

出现在汪曾祺作品中的大多属市民层的小人物，作者从小接触他们，熟悉他们，所以写得真实。但这不是关键，关键在于，作者非但不鄙弃他们，而且真诚地尊重他们。他总是从他们身上发现一些美好的、善良的品行，这才写下了淡泊一生的钓鱼的医生，“涸辙之鲋，相濡以沫”的岁寒三友。即使所写的人物身上有可笑之处，但在汪曾祺笔下，这些可笑处也是值得同情的，作者从不持过于尖刻的嘲笑态度。他总是怀悲悯之心看人间百态，以赤诚之心写红尘见闻。他真诚对待笔下的人物，用真诚的态度写作，从来没想过“写”出一个迎合某种宣传需要，进而能获得这样那样大奖的作品和人物，却用心去揭示一个个小人物身上美好的灵魂；他从来没想过通过写作获得什么，只求通过写作获得“非外人所能想象的快乐”！他在《自得其乐》一文中这样描写自己的写作生活：“凝眸既久（我在构思一篇作品时，我的孩子都说我在翻白眼），欣然命笔，人在一种甜美的兴奋和平时没有的敏锐之中，这样的时候，真是虽南面王不与易也。”就为了这，他说：“我愿意悄悄写东西，悄悄发表，不大愿意为人所注意。”只有真正淡泊名利的人，才能拥有这种视写作为快乐、为享受的创作态度。汪曾祺的淡泊，不仅表现于他在认准了的位置上坚守，还表现在他的创作获得了普遍的认可和赞誉之后，仍然对自己保持清醒的认识。《受戒》问世后好评如潮，他在应《小说选刊》编者之约而写的文章中却这样写道：“我们

《汪曾祺短篇小说选》书影
（汪曾祺著，北京出版社 1982 年出版）

当然是需要有战斗性的、描写具有丰富的人性的现代英雄的、深刻而尖锐地揭示社会的病痛并引起疗救的注意的悲壮而宏伟的作品。悲剧总要比喜剧更高一些。我的作品不是，也不可能成为主流。”没有丝毫的骄矜自得之情，字里行间充溢着的尽是真实、真挚与真诚。

三

当今文坛，追名逐利之风盛行，连一些全国性的评奖也常常传出非议之声；图书市场上乱花迷眼，真正得到读者赞赏的作品却是寥若晨星；甘于寂寞、矢志创作的少，为获奖四处奔走托人说情的多；头上顶着光环的评论家们为作品研讨会赶场子，说着千篇一律的廉价恭维话，动不动就宣称这作品是“重大收获”、那作品堪称“里程碑”……所有这些不如人意处都是亟待解决的现实问题。我们能否对照读者真正喜欢的汪曾祺的作品进行一些认真的反思，从汪曾祺的身上得到些真正的启示呢？

（2010/8/5）

谨防捧杀汪曾祺

2016年6月6日，我在《中国艺术报》发表了一篇题为《汪曾祺剧作的宜读不宜演》的评论，披露身为北京京剧院专职编剧的汪曾祺，一生创作、改编京剧本10多部，除依据沪剧《芦荡火种》执笔改编的京剧《沙家浜》外，其他剧作的上演情况大多不甚理想。一位平时与我无话不谈的朋友问我："此文与你过去写的热情宣传与研究汪曾祺的文章似有所不同，是否意味着你对汪老的作品态度有某种变化了？"

我坦诚告诉他："我对汪老作品喜爱与赞佩的态度一如既往，没有变化；但却也有意希望以此文为当前文坛对汪老的为人和作品评价一味拔高的现象降降温。"

无须讳言，有很长一段时期，我对汪曾祺的为人和作品几达偏爱的程度。如今已在文坛颇有影响的王干曾经以调侃的口吻说："陆老师听不得别人说汪曾祺不好"；作家储福金曾经在一篇散文中说我对汪曾祺"特别引以为自豪"，这

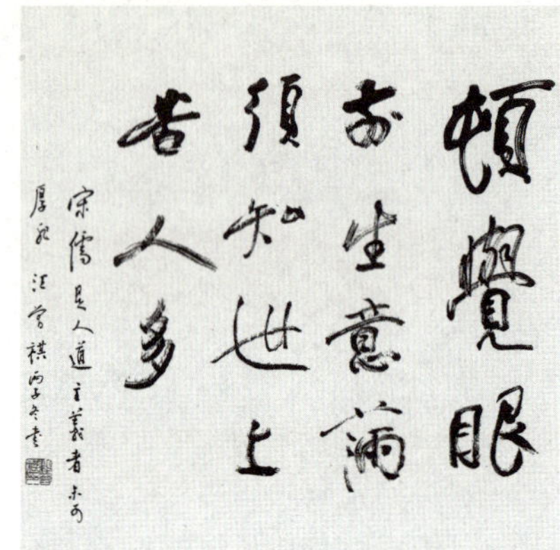

汪曾祺的书法作品

些我都承认。我之所以多年热衷宣传与研究汪曾祺，不仅因为我与汪老是同乡，也不仅因为他的作品独具一格，别有韵味；更重要的原因是我把汪曾祺视为能推动我的家乡高邮的文化事业向前发展的带头人。在我看来，一个地方的文化事业能否在继承传统的基础上向前发展，并不完全取决于这个地方的经济实力，起举足轻重的关键作用的是这个地方能否出现、有没有一个具有示范意义的带头人。这样的带头人绝对不是官方钦定的，更不是靠炒作就能产生的，而汪曾祺正是这样一位高邮自北宋秦少游之后，等待超过千年才出现的带头人。

1980 年 10 月号《北京文学》发表了汪曾祺的《受戒》。从这开始，汪曾祺的一组以故乡高邮旧生活为背景的小说佳作连篇问世，这标志着 1940 年就开始小说创作，此后却因时代的、政治的、社会的等多方面原因搁笔多年的汪曾祺文坛复出。挣脱了长期“左”的束缚后的汪曾祺，他的作品从题材到创作方法都与众不同，迅速在社会上产生强烈的反响，甚至在一个较长时间里，文学界在一定程度上形成一种具有明显汪曾祺印记的创作时尚潮流。这一切绝非偶然。它反映了文学界对长期以来就隐藏于心的“让文学回归文学”的迫切期盼，也反映了进入改革开放新时期后的人们对文艺诸多功能终于得到全面展示的由衷喜悦和热烈欢迎。而在这之前，主流文艺一直强调的是单一的与政治捆绑在一起的宣传教育作用，其他如文艺的、审美的、愉悦的、娱乐的等诸多功能事实上都有意无意地受到限制甚至忽略。

20 世纪 80 年代末，与汪曾祺堪称是莫逆之交的林斤澜曾经戏言：“汪曾祺行情看涨。”引人注目又发人深省的是，从那开始至今，汪曾祺作品的行情一直看涨，几乎年年看涨，很少跌过，不但生前如此，在他去世后亦然。据不完全统计，仅从他 1997 年 5 月 16 日去世至 2015 年底的 18 年中，国内出版社出版汪曾祺的书竟多达 101 种。当然，都不可能是新作，只不过把汪老生前的作品按照不同的选题重新组合换个书名，直白地说，是重复出版。但仅此一端，也可看出汪曾祺的作品在广大读者中持久而深广的影响。

尽管这样，我并不希望也不赞同近年来越来越多的文章在评介汪曾祺时任意夸大，把他的许多作品封为经典，对他一些作品中的每一句话都分析成含有深意。最近有位学者说汪曾祺“就像我们这个时代的曹雪芹”。不仅如此，随着对汪曾祺作品的一味拔高，连汪曾祺自己认为“只可自娱悦，不堪持赠君”的书画作品和他做的家常菜也随之水涨船高了。他的字画被一些评论家分析出让人吃惊的美学价值。他做的一些家常菜被夸张说成人间至美，甚至虚拟成一个“汪氏家宴”菜系。这样一来，汪曾祺就不仅是小说家、散文家、诗人、戏剧家，还是画家、书法家、美食家，成了无所不精的全能。

我们当然需要对像汪曾祺这样一位深受读者尊敬与喜爱的多才多艺的作家进行深入细致的科学研究，但这样的研究一定要在实事求是的基础上进行，绝不能脱离汪曾祺本人的生活实际和创作实际，尤其是不能违背汪曾祺本人的意愿随意夸大和拔高。我有个简单而又朴素的想法一直想说而又犹豫不决，我知道，我的这一想法说出来很可能为某些专家学者们不屑；但当我一再见到对汪老的作品和为人的评论在比赛着攀高，更觉得久藏于自己心中的想法如骨鲠在喉，便顾不得许多，在此一吐为快了。

我的想法甚至可以简单到用一句话提醒有关评论家：当你研究汪曾祺不吝赞美之词时，你能否先想想汪曾祺本人是怎么说的呢?

说汪曾祺是“最具名士气质的文人”，是“抒情的人道主义者”，都可以，但我们不要忘记，他同时也是一个很实在的人。阎肃曾称赞汪曾祺“做事大度，看得很透，不会斤斤计较”，还说他“……没有城府……从里到外都比较纯，甚至没有多少防人之心”。在汪曾祺生前，尤其在他新时期文坛复出后，其作品越来越受到读者欢迎，在文坛的影响日益增大，而他的实实在在又没有城府的性格却一直保持着，一点没有变。无论谈自己的作品、为人、生活爱好，他都是想到就说，并写入文章中公开发表，从不矜持作态，全都是直抒胸臆，且语含真情——

《受戒》发表后迅即产生轰动性影响，他及时撰写《关于〈受戒〉》一文，既充满自信地说："我相信我的作品是健康的"，同时又冷静地、明确地给自己定位："我的作品不是，也不可能成为主流。"他郑重地强调："我们当然是需要有战斗性的、描写具有丰富的人性的现代英雄的、深刻而尖锐地揭示社会的病痛并引起疗救的注意的悲壮而宏伟的作品。悲剧总要比喜剧更高一些。"

请注意，汪曾祺刚在文坛复出，就对自己做出这样明确的定位，此后再也没有改变过，不仅一再在发表的文章中反复提起，他还以绘画做比喻，希望人们理解他。他说："就像画画，画一个册页、一个小条幅，我还可以对付；给我一张丈二匹，我就毫无办法。"他据此进而坦言："我知道，即使我有那么多时间，我也写不出多少作品，写不出大作品，写不出有分量、有气魄、雄辩华丽的论文。这是我的气质所决定的。一个人的气质，不管是由先天还是后天形成的，一旦形成，就不易改变。人要有一点自知。"

汪曾祺一生坚持"文学要有益于世道人心"的创作观，但并不赞同把他的作品说成有多么大的教育作用，他说："我想给读者一点心灵上的滋润。杜甫有两句形容春雨的诗：'随风潜入夜，润物细无声。'我希望我的小说能产生这样的作用。"他还说："我的小说有一些优美的东西，可以使人得到安慰，得到温暖。但是我的小说没有什么深刻的东西。"

还有，他从不讳言自己刚走上文学道路之初，写作时"从不考虑社会效果，发表作品寄托个人小小的哀乐，得到二三师友的欣赏，也就满足了”；他坦陈因为“受过西方现代派的影响，有些作品很‘空灵’，甚至很不好懂”，不少作品“是寂寞和苦闷的产物”。因此，在他生前，有人向他建议，翻翻旧报刊，找出那些已散失的作品，搜集起来出一本书，他明确拒绝：“我不想干这种事。实在太幼稚，而且和人民的疾苦离得太远。”

有关绘画与做菜，汪曾祺对自己也有坦率得可爱的自我评价。他坦言自己绘画无师承，只不过受父亲绘画的影响，从小站在旁边看，“受其熏陶，略知用笔间架”，以后是靠自己揣摩，逐渐对画画产生了兴趣。人们争着向他求字求画，夸他的画好，他自己清醒得很，说：“大概求索者以为这是作家的字画，不同于书家、画家之作，悬之室中，别有情趣耳，其实，这是不足观的。”他还说：“我的画作为一个作家的画，还看得过去，要跻身画家行列，是会令画师齿冷的。”他喜欢画花鸟，但这位可爱的老人说他画的花，是到处可见的草花；小女儿说他画的鸟是“长嘴大眼鸟”，他承认：“我画得不大像，不是有意求其‘不似’，实因功夫不到，不能似耳。”至于做菜，汪曾祺的自我评价恐怕更会令一些评论家失望，他说，自己所擅长的只是做家常菜，“大菜，我做不了。我到海南岛去，东道主送了我好些鱼翅、燕窝，我放在那里一直没有动，因为我不知道怎么做”。

1934 年，鲁迅先生在《骂杀与捧杀》一文中深刻指出：“批评的失了威力，由于‘乱’，甚而至于‘乱’到和事实相反，这底细一被大家看出，那效果有时也就相反了。所以现在被骂杀的少，被捧杀的却多。”我撰写这篇短文提醒谨防捧杀汪曾祺，乍一听来有点不可思议，但现在不止一篇关于评介汪曾祺的文章和新闻报道中，一定程度上，事实上已形成对汪曾祺本人的“捧杀”之势了。特别令人不安的是，这些“捧杀”之文、之言，有不少出自名人之手、之口。我不怀疑他们对汪曾祺的喜爱与尊敬，但我觉得他们可能在某种特定场合，忘记了汪老本人说过的话，兴之所至，不事推敲，就信手写下来，信口说出来，一经媒体报道，不仅很容易对广大读者起误导作用，长此以往，很可能把汪老架空。当此之时，我觉得重温汪曾祺生前说过的相关言论，是必要的，会有助于我们正确认识和理解汪曾祺。

汪曾祺的这些话，并不难找，翻看汪曾祺的有关著作，很容易读到。这位可爱的老作家离开我们已经快 20 年了，今天重读他生前说的许多话，再看看当前一些对他一味拔高的言论，我竟忽然觉得，莫非这位智慧老人生前就已经预感到这一切，这才不但反复说，还写入文章之中公开发表，目的是给我们一个真诚善意的提醒？

（2016/7）

“跟踪宣传”汪曾祺

——写在《私信中的汪曾祺》出版的时候

汪曾祺早在20世纪30年代末就已经开始小说创作，但他在新时期文坛复出之前，除了文学圈里资深的人对他略有所知外，他的名气远不是像现在这样誉满文坛。虽然我与汪曾祺同为高邮人，真正与他见面，却是在20世纪80年代初；但我确实早在20世纪50年代就知道他，而且对他的文才仰慕得很——这并不是因为我独具慧眼，而是由于我正巧与他的同父异母的弟弟汪海珊高中同班。当时，我与那个时代的许多年轻人一样做着美丽的文学梦，那一天，汪海珊拿着一本1957年第3期的《人民文学》给我看，指着署名汪曾祺的散文《冬天的树》说：“这是我家老大写的，他在北京工作。”从那时起，我就把汪曾祺的名字牢牢记在心中了。等到汪曾祺在粉碎“四人帮”、春归大地的日子里，以《受戒》《大淖记事》《岁寒三友》等一组以故乡高邮旧生活为背景的作品迅速走红文坛，我就沾了与他同乡之光，有点得风气之先的味道，比之一般评论家较早一步开始了对汪曾祺的跟踪研究，并几乎从他新时期文坛复出的最初时刻起，就与他建立了正常的密切的通信关系，这才有了如今人们看到的他从 1981 年 7 月 17 日到 1997 年 3 月 18 日给我写下的总共 38 封信（写好最后一封信，仅仅过了两个月，汪曾祺就因病猝然去世了），也因而有了如今呈现在读者们面前的由上海文艺出版社出版的这本书：《私信中的汪曾祺》。

一

其实，我说自己很早就对汪曾祺开始“跟踪研究”，这只是我顺手用了文学评论界的一个习惯说法。准确地说，这么多年来，我为汪曾祺所做的一切，并不仅仅是为了文学研究，或许，用“跟踪宣传”四个字无疑更恰切些。尽管我因为得到汪曾祺的直接关心与具体支持，写下近百篇的关于汪曾祺的研究文章、散文、札记、随笔，出版了两本关于汪曾祺的专著，一本是江苏文艺出版社 1997 年 7 月出版的《汪曾祺传》，另一本是河南人民出版社 2005 年 9 月出版的《汪曾祺的春夏秋冬》，还于1993年秋主编出版了四卷五册的《汪曾祺文集》，2005年主编出版了《汪曾祺作品精选》（长江文艺出版社），并不遗余力地大力支持朋友们编著出版了《汪曾祺散论》（柯玲著，三秦出版社2004年出版）、《你好，汪曾祺》（段春娟、张秋红编，山东画报出版社2007年出版）、《永远的汪曾祺》（金实秋编，上海远东出版社2008年出版）、《汪曾祺诗联品读》（金实秋编著，中国文联·大众文艺出版社、新华报业·图书编辑出版中心2009年出版）等，但为宣传汪曾祺所花费的心血和付出的劳动，要比出书、写文章多得多——

先是于新时期之初，参与策划邀请汪曾祺回到阔别42年的故乡高邮，帮他圆了思乡之梦；

后来随着汪曾祺发表作品愈来愈多，评论界开始注意他，而他因为素无记日记的习惯，许多史实纠缠不清，我便主动为他整理创作年表；

再后来一再劝说他出文集；

再后来，主持拍摄了关于他的专题片《梦故乡》，这个专题片如今已成了唯一记录汪曾祺生活与创作的影像资料；

而当汪曾祺去世前突然卷入《沙家浜》名誉案官司，一开始没有一个人帮他说话，他自己因此正苦闷莫名时，我却主动“跳”出来帮着说话，以至于我自己也成了被告……

今天，我把这些事罗列出来，不是为了表功、摆好、借以炒作自己，只是想向众多关注与喜爱汪曾祺作品的读者、研

陆建华已出版的部分“汪研”著作书影

究者们提供更多的事实真相，同时回答人们关心的一些问题。这些年来，我曾经不止一次接受过记者的采访，有个话题总是被记者们反复提起，这就是关于我与汪曾祺的交往。去年，一位女记者问我：“你为什么会有这么大的热情做那么多与汪曾祺老师有关的事呢？”

这个提问很直白，也很坦诚。我明白，隐藏在她这个提问后面，她（可能还有不少人）真正想知道的是，我为宣传汪曾祺所做的一切，已经远远超过一个文学评论工作者对一名作家的跟踪研究的范围，这，究竟是为了什么呢？

要回答清楚这个问题，单凭我一个人自说自话是难以让人信服的，所幸我把汪老写给我的 38 封信都保存下来了。我很赞赏中央电视台名牌栏目《焦点访谈》那句家喻户晓的广告词：“用事实说话！”汪曾祺写给我的 38 封信完全可以回答清楚记者们的提问，也可以说明我著述并出版《私信中的汪曾祺》的目的和初衷。

二

这里，或许用得上毛泽东说过的那句名言，“世上决没有无缘无故的爱”。我乐于长期为宣传汪曾祺尽心尽力，当然绝非出于无缘无故的偶然，也不是一时心血来潮，更不仅仅是为了文学研究。

最初，我真的完完全全是被汪曾祺的“文”所吸引。

汪曾祺的看似平平常常实质坎坎坷坷的一生，无不与“文”有关。他的爱好，他的终身追求，都离不开一个“文”字——

他是在传统文化熏陶下长大成人的，在得过“拔贡”功名的祖父和琴棋书画均颇精通的父亲的教育之下，小小年纪就领略到中华文化之美。高中学习阶段，抗日战争爆发，他不惜长途跋涉赶到昆明报考西南联大中文系。他说，虽然此举“有点恍恍惚惚，缺乏任何强烈的意志。但是，‘沈从文’是对我有吸引力的，我在填表前是想到过的”。就是说，他是为“文”才千里迢迢奔向西南联大沈从文的身边。

新中国成立之初，北京一解放，汪曾祺就报名参加了四野南下工作团，其目的不是借此博取功名，而是想“随四野一直打到广州，积累生活，写一点刚劲的作品”。换句话说，他一腔热血从军的目的是想以文报国。

到后来，在连续不断的政治运动冲击下，他认清自己的文学追求很难为当时的主流文体所接受，就只好收起笔隐身于“为他人作嫁衣”的编辑部里暂不为文。

接着，“文革”前后，他身不由己地被召入“样板戏”创作组，还是因为“文”。

……

就这样，汪曾祺一生为文吃了那么多的苦，历尽磨难，却又都因政治的、社会的原因难以畅所欲文。眼看自己已年近花甲快红日西沉，终于盼来政通人和的改革开放新时期，这是汪曾祺一生不幸中的大幸。从此，他心情舒畅地放开手脚为文终其一生——从文坛复出到他去世的短短 16 年间，他写下的作品，竟占其一生创作总量的 90% 以上。

汪曾祺的一生是为“文”奋斗的一生。他此生的最大成就也就在于他能在“文”的领域取得引人瞩目的成就。改革开放新时期刚一开始，当中国文学终于挣脱长期以来的“左”的桎梏开始一个新的里程，却又一时不能完全摆脱文学为政治中心服务的旧的轨道时，是汪曾祺以《受戒》《大淖记事》等一批以童年回忆为视角、致力于赞扬平民生活中的人情美和人性美的作品，既把从鲁迅、废名、沈从文等人开始，其后因时代的、政治的因素被迫中断了的“现代抒情小说”的线索重新连接了起来，又为当时正由伤痕文学、反思文学一统天下的文坛吹进一股清新之风，及时启示和加速推动文学界让文学真正的回归文学。虽然这一切，未必是汪曾祺有意为之，但客观上的确起着这样扭转创作风气的作用，功莫大焉。

当人们看清了这一切，对汪曾祺赞赏有加时，他却说：“我们当然是需要有战斗性的、描写具有丰富的人性的现代英雄的、深刻而尖锐地揭示社会的病痛并引起疗救的注意的悲壮而宏伟的作品。悲剧总要比喜剧更高一些。我的作品不是，也不可能成为主流。”这番话表现了汪曾祺的谦逊，更反映了他的冷静，也为我们如何站在史的角度给汪曾祺定位提供了十分重要的根据。可否这样认为：新中国当代文学殿堂是宏阔、雄伟、辉煌而又十分色彩斑斓的，我们固然不能把汪曾祺的作品夸大成殿堂的主体，但却应该承认他的作品在这个殿堂里占有一席之地；甚至可以进一步说，在百花齐放的当代中国文学园地里，汪曾祺的作品是一朵值得珍爱的赏心悦目的花。

这样一朵赏心悦目的花，放在全国范围看，由于群花争艳，乱花渐欲迷人眼，是不能完全看清其价值和重要性的，但在汪曾祺的故乡高邮就大大不同了，这朵花自然地成了一朵奇葩！高邮是北宋婉约派词学大师秦少游的故乡，他写下的《满庭芳》《鹊桥仙》《踏莎行》等佳作，被人们称为词坛中的绝唱。高邮人也因此理所当然地把秦少游及其词作当成了家乡的骄傲。但自秦少游后，高邮就很少出现有影响的文学大家，以至于清王士祯在《高邮雨泊》一诗中感叹：“风流不见秦淮海，寂寞人间五百年。”其实，从秦少游公元 1100 年去世算起，高邮文坛之寂寞已是 “往事越千年”了。如今，终于出现了写出独特作品并在当代文坛取得独特地位的汪曾祺，不仅高邮人，整个文学界也为之眼睛一亮，欣慰不已。

这，就是我作为一名高邮人，愿意尽己所能为宣传评介汪曾祺做好每一件事情的真正原因所在。

三

确确实实，我长期乐于热心地做一切与宣传、评价汪曾祺有关的事，最终着眼点是落在生养我哺育我成长的故乡。我曾在《笑谈心态》一文中这样写道：“自幼在农村长大的我，应该在力所能及的条件下，以实际行动回报家乡。我非大款，无捐巨资、办企业之实力，但对家乡文教事业发展却可尽绵薄之力。”在我看来，一个地方的文化事业能否在继承传统的基础上向前发展，并不完全取决于这个地方的经济实力，起举足轻重的关键作用的是这个地方能否出现、有没有一个带头人。这样的带头人绝对不是官方钦定的，更不是靠炒作就能产生的，起码得具备三方面条件：

一是必须在中华民族传统文化的滋润与熏陶下长大成人；

二是不管他本人愿意或不愿意，是主动还是被动，必须接受时代的、社会的、生活的有时甚至是近乎残酷的磨砺；

第三，其在文化事业方面创造的、取得的成就，必须经得起时代的历史的考验，能产生公认的深广社会影响并从而具有强大号召力和影响力。

这三方面条件，少了哪一条都不行！而要符合这三方面条件，则需要时间、意志、毅力，有时还需要机遇。这是一条没有捷径可走的艰难而漫长的路。汪曾祺从这条路上走过来了。作为高邮人，就应当不失时机地抓住这面旗帜，借以振兴地方文化，并推动新时代高邮人自强不息、与时俱进的步伐，让古老高邮早日实现真正意义上的跃升、腾飞。

我真的从心底把汪曾祺看成是高邮地方文化史上的继秦少游后的又一人，这样的评价不是我故意拔高，更不仅仅是我个人的偏爱，都不是！我甚至认为，回顾历史，高邮于秦少游后一千年出现汪曾祺，实属难得却也有其必然性；展望未来，一时还看不出在可以想见的岁月里，有再出现一个汪曾祺的可能。这不是有意贬低我和我的同龄人，也不是随意夸大汪曾祺的价值，因为当今时代已越来越不具备培养和出现类似汪曾祺这样文学名家的社会条件、时代条件、家庭条件和教育条件了。

事实明明白白地放在那里，汪曾祺之所以成为后来的汪曾祺，是因为他曾经走过一条今人难以重走的路——

他出身于不但富裕而且传统文化氛围浓郁的家庭，从小就在长辈和名师指导下吟诗、作画、练书法，这就为他后来成为人们所说的“中国最后一位士大夫”打下坚实的基础；

而现在的孩子却是从小就被父母押着去上什么奥数班和其他形形色色的学这样学那样却很少是学文学的课外提高班。

从幼儿园到高中，他不必穷于奔命地去学习那些为适应应试教育而设置的繁重的课程，不用担心因为数理化成绩不佳而受到指责，甚至在一贯重视理工科的江阴中学读书时，他仍然可以悠然自得地于正课之余抄录唐诗宋词，任凭从小就有的文学爱好健康发展。

他诚然在人生的道路上遭遇一个又一个磨难，可是，待尘埃落定后再来看这些磨难，居然都成了磨砺汪曾祺读懂人生与社会并终成文学名家的难得的有利因素。而今天的孩子太缺少生活的磨砺，常见社会上的家长们即使家境再困难也要拼命想尽一切办法让孩子远离“苦难”二字，更别说那些“富二代”“官二代”从小就过着的胸无大志的优越生活了。

如同一朵夕阳西下时才缓缓开放的晚饭花，他花甲之年终逢改革开放的盛世，这种可遇而不可求、苦尽甘来的人生际遇，也不是人人都会遇上的幸运。许多才能不逊于汪曾祺的人，由于未能熬到最后一刻，也只有落得含恨作古的悲剧下场。

……

正由于我固执地认为，高邮在秦少游之后一千年，好不容易才出现了汪曾祺，未来在相当长的一个时期内，似不大可能出现第二个汪曾祺，所以，为了推动源远流长的高邮地方文化事业的进一步发展，我们理应及时抓住并认真做好与汪曾祺有关的宣传工作。基于这一切认识，我自觉地参与其中，并心甘情愿地、尽己所能地贡献自己的绵薄之力。

事情就这样明明白白，甚至可以说简简单单。

四

让我极感欣慰并深受鼓舞的是，我努力跟踪宣传汪曾祺的想法与行动，得到包括汪曾祺在内的许多人的赞同与支持。

作为一个饱经沧桑的文学老人，汪曾祺对我为宣传他所做的那许多事，看得很清楚，但他从没当面说一个“谢”字，这并非他不明事理，而是性格使然。即便如此，他有时在写给我的信中，在文章中，还是忍不住流露出赞许之意:“出文集事，很麻烦你，谢谢”；“我的这位朋友是个急脾气，他想做的事就一定要做到，而且抓得很紧。在他的不断催促下，我也不禁意动”。比之汪曾祺本人，老夫人施松卿说得更直截了当，她在1993年4月26日写给我的信中说:“在你一催再催之下，曾祺已动起来了，开始编那四部文集。……我今天写这封信，目的是让你放心。要不是你一再来信，他的惰性还会在那里起作用。所以，主要动力还是来自你，对吗？”这些信，这些话，连汪曾祺的子女都不知道，或者很少知道，我自己也很少对外人道起，因为，我不是为了得到称赞才去做那许多事情。

我记得，1997年底，张锲同志来南京，他当面表扬了我为宣传汪曾祺所做的许多工作，其中有句话令我愧不敢当的同时深为感动。他说："很多地方也有文学成就不逊于、有的是文学地位明显超过汪曾祺的大家、名家，但当地似乎缺少像你这样的宣传汪曾祺的热情和行动……"

我请德高望重的江曾培先生为《私信中的汪曾祺》作序，他在充分肯定拙著"是一本具有文学传记、文学资料和文学阅读价值的书"后，又鼓励我说："一个名作家能给一个评论家写这么多信，受信者又能完好地保存下来，并精当地予以解读，这种情况并不多见。"

或许，作家储福金在他发表于2012年3月号《雨花》上的一篇散文中的一段话更让我无比心暖，并产生幸遇知音、再无遗憾之感。他在幽默命题为《建华"不丑"》的文章中写道："对出自高邮的作家汪曾祺，陆建华特引以为自豪。他熟悉汪曾祺的每一部作品，也了解汪曾祺每一件逸事。……他为汪曾祺所做的，仿佛就是他自己的事。汪曾祺已经去世多年了，在中国，一个当代小说作家很难有长期影响。新时期初期小说家高晓声，曾经名如鹊声四起，但现在的年轻人听到高晓声的名字就觉得陌生了。但汪曾祺的影响还在继续着，这一方面有汪曾祺作品的内在原因，另一方面还有着宣传所起的作用，对此，陆建华是做了很大贡献的。"

在《私信中的汪曾祺》中，我把汪曾祺从他新时期复出文坛到最终辞世短短16年中写给我的38封信，不加任何删改地原样公示于众。这些信首先是私密性的，汪曾祺无意在信中为时代留影，但由于这些信是写于当代中国从政坛到文坛都正处于风起云涌、天翻地覆、史无前例的变化着的新时期，这样，虽然是最具私密性的他与我两个人之间的书信往来，却于字里行间不经意间为时代、为社会留下远不仅是蛛丝马迹的生动细节和史实，为后人了解改革开放新时期之初社会的真实面目提供了饶有情趣、不无价值的佐证。正是在这个意义上，我认为，38封信不仅真实地记录了汪曾祺与我的交往，更清晰地显示了汪曾祺在新时期从多年冷寂到走向辉煌的全过程，简直成了又一部从特别角度写就的关于他自己的特别的传记。从某种角度看，夸大一点说，拙著《私信中的汪曾祺》或可为新时期的当代文学史提供一份弥足珍贵的重要参考资料。

上海东华大学教授柯玲曾经在《陆建华及其〈汪曾祺的春夏秋冬〉》一文中这样写道："相信每一个汪曾祺的研究者都难以绕开陆建华这个名字。"（《雨花》2006年第4期）看到这句话，我笑了。在谢谢柯玲对我热情鼓励的同时，我想说，"绕开陆建华"又如何？有白纸黑字的38封信作证，任何不怀偏见的人都可以看出，我跟踪宣传汪曾祺的最主要的目的，不是想趁机去争自己的名和利，只要有助于汪曾祺的作品深入读者内心，特别是，只要我的家乡领导和民众真正了解汪曾祺的价值，重视汪曾祺对地方文化建设的意义和作用，我也就心满意足了。

夫复何求。

（2012/1）

以文会友　悦读怡人

我写不出像汪曾祺先生那样水平的序，却也已经到了『一定岁数』。每逢有朋友找我写序，只要我答应了的，一定把汪曾祺先生对写序的看法和做法牢记于心，并将『三不』原则落实于写作之中。一是不敷衍，二是不恭维，三是不收润笔费。

——《为朋友写序》（《金陵晚报》二〇一六年一月十四日）

中华民族传统美德的闪光

——评中篇小说《山道弯弯》

中篇小说《山道弯弯》（作者谭谈，首载《芙蓉》1981 年第 1 期）叙述了一对农村青年男女之间真挚动人的爱情故事，宛如月白风清之夜，洞箫吹奏出一支深沉感人的乐曲。

作品反复出现并具有象征意义的细节——女主人公金竹珍藏的田螺壳以及由此引出的田螺姑娘的民间传说，使这部中篇小说的主题思想得以升华。人们从金竹与田螺姑娘十分相似的秉性和气质上，看到了中华民族忠厚、耿直、勤劳、善良等传统美德的闪光。读着《山道弯弯》，好像在听一个深情的民间故事，情不自禁地沉浸在难言的激动与思索中。

但是，《山道弯弯》毕竟不是民间传说的翻版，金竹虽然是听着田螺姑娘的故事长大的，但她毕竟成长在社会主义时代，她的思想、性格既渗透了劳动人民传统美德，又闪现

《谭谈文集 · 山道弯弯》书影
（谭谈著，湖南文艺出版社2006年出版）

出新时代的光辉。这个贤淑的女子深深懂得并牢牢地记住："人不能只为了自己，活在这个世界上，就要尽一份责任。"和当今社会上那些"高价姑娘"相反，她是在丈夫大猛家境贫寒、婆婆卧病在床的困难时刻毅然答应结婚的。因为她觉得大猛"这时候更需要她，自己应该在人家需要的时候去"。大猛不幸死于工伤事故，这一场灾祸，卷走了这个和睦家庭的一切欢乐。即使在这种情况下，她也依然恪守"人不能只为了自己"的人生格言。按照矿山上的规定，她本来可以名正言顺地去那里顶职，脱离清贫的山村生活，拿工资，过上舒心的日子。但是她却出人意料地把唾手可得的机会让给了兄弟二猛。她好心地其实是天真地认为，如果二猛能顶职进大煤矿当上工人，他那嫌弃"农蠢子"的未婚妻凤月，一定会愿意过门来了。为了他人的幸福，她甘愿牺牲个人利益。到这里，金竹金子般纯洁的心已依稀可辨，但就整个作品说来，这不过是个序曲。

"道不同，不相为谋。"《山道弯弯》的作者，以真实可信的情节，合乎逻辑地描述了二猛与凤月之间的爱情，从最初勉强同意到最后的必然分裂。同时，又以同样真实感人的情节，令人信服地表现了金竹与二猛的爱情最终必能冲破种种阻力，实现美满的结合。你看，金竹先是那样真心实意地为二猛与凤月未来的幸福操劳奔波，继而又以坚强的意志克制住自己的感情，希图促成二猛与凤月的婚姻，最后，当她目睹只为钱财、不讲道德的凤月，在秃二叔的教唆之下，公然卑鄙地背弃了与二猛的爱情之后，她怒不可遏，终于下决心冲破几千年相传的封建观念的束缚，毅然站到二猛的身边，“勇敢地接受他的爱情”。金竹的美德，在严峻的生活考验面前闪现出异彩，那么自然，那么亲切，那么感人。

朴实、憨厚、寡言的二猛是作者精心塑造的又一个人物。他敬重长辈，宽厚待人，从善如流，疾恶如仇。对凤月这样自私自利、爱慕虚荣的女子，他有着本能的反感，而对善良、朴实的金竹，则是自然地从心底产生由衷的敬爱。他在矿上和村里所有的英勇果敢的行动，无一丝一毫矫揉造作之意，却让人有浑如天成之感。二猛这一艺术形象与金竹相映生辉，完整地表现了作品的主题。

巧妙地设置悬念和运用对比、映衬的手法刻画人物性格，是《山道弯弯》艺术手法上的两个特点。往往在人物思想冲突最尖锐的时候，吸引人的悬念就随之出现，顿使作品产生回旋跌宕、张弛有致的艺术效果；各个人物不同的内心世界，也在尖锐复杂的矛盾冲突面前袒露无遗。金竹这个重要艺术形象的塑造，在很大程度上是得力于对比映衬手法之功，这个富有鲜明个性色彩的艺术形象，正是在自私、懒惰、华而不实、追求虚荣的凤月对比映衬之下站立起来的。同时，环境和情绪的映照，也使读者一开卷便情不自禁地沉浸在作者所精心设置的艺术氛围之中。

《山道弯弯》也有不足之处。对凤月的性格刻画欠准确，作者写她迅速改嫁给一个中年丧偶的部队干部，或许是在为金竹与二猛的最后结合排除一个人为的障碍，但终因这个情节发展得太突然，反而显得不够真实。但是，在颂扬中华民族传统美德的作品中，《山道弯弯》不失为一部感人肺腑的作品。

（1981/9）

浩然正气与坦诚真情的和谐结合

——江曾培《三题集》读后

江曾培先生是一位资深的出版家，也是一位著述勤奋的作家。他的散文、杂文、随笔时时见诸报刊，深受读者的喜爱与欢迎，更难得的是，他累有新著问世。2005 年年初，复旦大学出版社推出江曾培先生的《三题集》，这是一本从内容到形式都别具一格的杂文随笔集。全书 53 题，每题各包括 3 篇题旨相近的文章。就这样一部洋洋 28 万言、实含 159 篇作品的厚书，不仅使我翻开后很快产生欲罢不能的阅读感，还让我俯而读、仰而思，进而又产生写这篇读后感的强烈愿望。

说起杂文，我曾经戏称它是当今众文体中最上不了台面的尴尬角色，是一个既不能缺少又不能器重的苦瓜。一方面，在号称文艺搭台、经济唱戏的商品化时代，没有哪一个有钱的人快活得没事做，居然花钱请杂文作者回家，专门给自己

挑刺，尽说一些令人面红耳赤听着很不开心的话；另一方面，杂文因其不说违心话，不开顺风船，特别是以针砭时弊为己任，常令不少求稳怕乱者对杂文敬而远之。正因如此，当前杂文很难说是繁荣，而囿于环境和氛围，不少号称杂文的杂文，更是有意无意地悄然收起批判的旗帜，字里行间若有若无地流露出“口欲言而嗫嚅”的窘态。在这样的时候，读到江曾培先生的《三题集》，不禁精神为之一振，欣欣然而有喜色焉。

我以为，《三题集》的最大特色，在于浩然正气与坦诚真情的和谐结合。因为心中装着群众，以群众的喜怒哀乐为作者自己的喜怒哀乐，笔下就自然地流露出为民鼓与呼的真情，文章中就自然地充盈着一股浩然正气；因为坚持以民为本，就敢于高高举起批判的大旗，直面社会上不同层次的假、恶、丑，进行毫不留情的揭露与批判；还因为作者始终站在群众的立场选题撰文，其文虽锋芒毕露，但并不给读者咄咄逼人之感；作者即使是在揭露假、恶、丑，但注意不停留于情绪化的层次，决不强词夺理，更不扭捏作态，而是将义愤上升为理性的驳论，且笔端饱蘸真切之情。

哪怕仅仅是浏览一下《三题集》的文章标题，我们都会发现，书中作品涉及社会面之广，作者议题之多，真是达到令人叹服的地步。大至国家的方针政策，小至群众的衣食住行、婚丧喜庆，都在作者的笔下得到生动的再现和深刻的剖析。这是本杂文集，但在某种意义上，却为我们提供了一部现实感强烈的、全景式的、关于当今社会的真实画图。作者喜欢并擅长运用来自生活的真实事件，作为自己文章的切入点，这样，不仅使作品言之有据，也使理性的杂文增加了可读性，便于群众接受。更重要的，我认为，此举反映作者具有弥足珍贵的社会责任感，表现出他对党和国家命运、前途的密切关注与关心。在《三题集》中，我们不难发现，报刊上不时可见的关于反腐倡廉方面的重大典型材料，几乎都能在作者的杂文中得到反映。对于那些群众极为关心的话题，作者从不掉头回避，而是迎上去，既与群众一起声讨之，痛斥之，更运用理性的批判，引导群众分析之，深思之，透过现象看本质，越过表面进里层，从而坚定群众响应党中央的号召，继续加大反腐倡廉的力度，进一步增强改革开放的信心与决心。在《贪官与情妇》一文中，作者指出："贪官与情妇远不止是一般不正常的'性关系'，而是一种性贿赂、性交易，以性为纽带的狼狈为奸。因此，在处置这些贪官时，有必要也将这些情妇押上审判台。" 在《领导不陪会》一文中，作者分析，群众议论甚多的"领导陪会”现象，之所以禁而不止，“一个深层次的原因，是‘官本位’作祟”。作者提出：“要切实有效地做到‘领导不陪会’，不反复，不反弹，除了要有纸上的制度外，还得从思想上破一破‘官本位’。”这些议论不仅精当，更道出了群众的心声。值得称道的是，作者既注意抓住报刊上的重大新闻，举重若轻做文章；也善于从不起眼的“小”新闻中，举轻若重深掘出大主题。这不只是写作技巧的纯熟，更反映作者政治上的敏感。举例来说，生活中到处可见的浮华开幕式，不少属于劳民伤财之举，群众啧有烦言，不无反感。但上海第三届跨国采购洽谈会开幕之日，却并不举行通常的开幕式，“没有剪彩，没有鼓掌，没有领导致辞。开幕后，来自全国各地的供应商直奔近百家参展的跨国采购商的展台，抓紧分分秒秒谈生意”。这条新闻发表在一家报纸的不显眼的地方，作者注意到了，写了《向浮华开幕式告别》一文，作者说：“我觉得它颇富意义，特在这里将它放大。”

我称江曾培先生的《三题集》，是“浩然正气与坦诚真情的和谐结合”，这个“和谐”体现在，作者既敢于、乐于为群众鼓与呼，更贵在善于向群众鼓与呼。杂文是匕首，是投枪，这是就杂文的作用而言的，但杂文同时也应当是细雨，是和风，特别是杂文在批判人民大众中残存的旧思想、旧作风时，批判要力求深刻尖锐，如解剖刀直指病灶，但同时也应如春风拂面，如春雨润物无声，让人看得下去，听得入耳，进而入脑，最终心悦诚服地接受。在《求职三回》中，作者对求职大学生们的高不成低不就的心态和现象做了细致的分析，既委婉地提出批评，又语重心长地劝说大学生们："要知道，该'低就'时'低就'，乃是踏踏实实走向'高成'之路。"在《请读〈酒诰〉》中，作者既陈述酗酒之害，严肃提出，"官员不宜酗酒，不宜用公款大吃大喝，更不宜以酒冲刷原则，搞权钱交易"，却并不把酒一棍子打死，坦然承认"酒是美化人们生活与情感的一种发酵剂"，问题是有节制。读作者这些既讲原则又不声色俱厉的文章，我想，就被批评者说来，虽然不免会有被击中要害后的刹那间的窘愧，但更会有豁然开朗的快乐。另值得一提的是，在这些文章中，作者的幽默和丰厚的文学修养，为文增色不少，加强了文章的说服力。由于求职者高不成低不就的思想作祟，造成就业岗位的不应有的尴尬，作者这样形容："不少亟待人员的岗位空着，'野渡无人舟自横'；许多急盼就业的青年又空悬着，'不知何处是归程'。"在那篇告诫人们不应酗酒的文章中，作者告诉读者，早在两千多年前的周代商后，周公就建立了一系列典章制度，内中有篇《酒诰》。在介绍了《酒诰》的主要精神后，作者幽默地将其称之为"中国第一篇关于酒的'红头文件'"。

江曾培先生自称《三题集》的文字，"属杂文性时评，具有比较强的现实内容，其中往往糅进了当时发生的一些社会事件"。写这样的杂文性时评，优点如前所述，难处也不难想见。

因为当前社会充满众多不确定的变数，生活如奔流不息的江河，许多事难以定论。作者显然注意到这一点。他以辩证的分析，不把话说死、说绝，努力避免可能出现的失误。但智者千虑，或有一失。《三题集》中个别篇章也还存有可议之处。譬如《净土和热土》一文，说苏州是“反腐倡廉的一块净土”，是“百官共廉”，这话显然说得绝对了些。就在这篇文章发表后不久，苏州揭发出贪污数额巨大的政府官员。此外，作者以“三题”形式就一个话题做深入阐述，同组三文中，既各自成篇，又相互关联，异中有同，同中求异，这无疑是一个创新，但也给自己带来麻烦。单是每组大标题，就很难处理，这从目前全书 53 个标题上，就可以想见作者的苦思。绝大部分标题贴切、巧思，也有极少数标题，既要考虑到不可或缺的“三”，又要限制在四字之内，有时就不免有削足适履之嫌。当然，就全书说来，我说的这些不足，实在是白璧微瑕。因为对江曾培先生的作品爱之深，对他的新作新著有太高太多的期待，所以就不揣冒昧和盘托出，实际上这已是近于苛求了。

（2005/4）

『官人』本色是书生
——读朱通华《书生意气》

这本名为《书生意气》（中共中央党校出版社 2005 年出版）的书有点特别，皆因作者朱通华的身份特别而引起。他虽为一定级别的干部，但不是高官，可是，因工作需要，他常与高官们工作、生活在一起（作者将此幽默地称之为“忝陪末座”），这就使他有机会看到不为常人所知的生活的另一面。1976 年 10 月，他奉调参加中央工作组进入上海，虽不是决策者，但却是名副其实的历史见证人。组织上指定他作为江苏省委与著名社会学家费孝通先生的联系人，他因此得以追随费老 20 年，在出色地完成联络任务的同时，也使自己得到锻炼和提高，成为国内知名的新时期小城镇建设研究方面的专家……今天，当往事已成为历史，作者自己也已经从繁忙的工作岗位上退下来后，他用笔从容写下他的不一般的经历，在这些饱含真

情和忠于历史的不加任何粉饰的作品中，我们发现了作者及其作品的特别之处："官人"本色是书生！

书生，就是读书人。千百年来，"学而优则仕"，不仅成了读书人的理想，事实上也成了老百姓的共识。"文革"中，"学而优则仕"遭到毁灭性的批判，到新时期尘埃落定之后，这一传承久远的朴素真理又一次得到肯定。在我看来，把知识化列为选拔干部的重要标准之一，其中的主要成分就是强调"学而优则仕"，即，把确有真才实学的人选到各级领导班子中来。当官的有优厚的学识，绝对不是坏事；而在历史上和现实中，不少有学识的为官者做出这样那样的坏事为人们所不齿，问题的症结不在其有知识，而恰恰在于这些人当官后丢掉或完全抛弃作为一个真正的读书人的本色。正是在这一点上，我对《书生意气》一书的作者在文章中自然流露出的书生本色感到由衷的赞赏，并给以充分的肯定。

我说的作者书生本色，首先表现在，当生活给他以难得的机遇，让他经历决定中国命运的重大历史事件时，他既无张狂之态，也无骄矜之色。《风雨雷电的四年》是全书中分量最重的一篇作品，其中有太多的鲜为人知的珍贵史料。假如这些史料换到时下那些喜欢捕风捉影、长于无中生有的写手们笔下，不知要写出多少真假难辨的故事，但作者本着对历史负责的态度，一切据实写来，不卖弄，不炫耀，老老实实地当一名称职的、本分的历史见证人。要不是书中不经意的一句："他（指彭冲）始终精力充沛，精神抖擞，从未见他有任何疲惫之态。我比他年轻很多，反而得了个高血压病和心脏病"，我们几乎忘却了作者的身份。这，就是书生的本色。

本书的书生本色，还表现在作者对知识和人才的发自内心的尊重。书中写到一代文学巨匠巴金，写到享誉中外的卓越的社会学家费孝通先生。作者或因落实政策需要，或因协助工作，代表党和政府与这两位名人接触，全然没有一点"特使"的傲气，却在这些名家面前表现得如学生对师长般尊重，不仅很好地完成组织交给自己的任务，也把党的温暖及时送到他们的心中。与此同时，在不断增进相互之间了解的过程中，巴老也好，费老也好，他们也与作者建立起真正的友情交往，没有距离，更没有戒备，其中费老与作者交往不久就经常诗歌唱和。最初的十年，费老赠予作者的诗竟有 45 首之多。仅此一点，读者即不难看出他们之间关系的和谐与亲切。书中还有几篇记述作者与其他社会名流交往的随笔，由于观察细致，记述真实，作者常常从一些容易被人忽略的侧面，传神地写出名人的风采。《三老礼让》一文抓住东吴大学九十华诞盛典开始前一刹那，雷洁琼、孙起孟、费孝通三老谁也不肯走在前面的细节，生动地写出三老互相礼让的谦谦君子之风。又如《访亚明村居》一文，作者有意无意地写亚明养的一条小狗："这是一条小狗，尽管叫得热闹，童声未泯，了无吓人之威"，"汪汪的吠声盖过了主客之间的寒暄，就如家里来了客人的小孩'人来疯'那样"。寥寥数语，涉笔成趣，不仅如在目前，亦令读者想到好客的小狗的主人，浮想联翩。

《书生意气》一书内容丰富，题材多样。《忆师念友》一组文章，极写人间的挚爱真情；《喜怒哀乐》一组为杂谈，可贵之处在于作者以平民视角，对社会时弊直抒己见，爱憎分明；《天涯海角》一组为记游文字，内容清新可喜；至于《城镇乡村》一组，则显示了作者多年来在有关新时期小城镇建设方面潜心研究的心血结晶。全书除少数篇什，大多为三五千字的文章，也有不足千字的随感杂谈。虽然不都是精心之作，少数篇章似有仓促成文、泛泛而谈之不足，但都是作者真性情的自然流露。况且时有指点江山、挥斥方遒的书生豪气充溢于字里行间，故能在给读者情感上冲击的同时，亦留下难忘的印象。

（2005/12）

『青瓷』虽碎 高洁犹存

——读张昌华《曾经风雅》

花整整三天工夫，饶有兴致地一口气读完张昌华先生的新著《曾经风雅》（广西师范大学出版社 2007 年出版），我如同漫步山阴道上，那众多前辈文人的不同风采的背影让我目不暇接。他们的高洁人品令我高山仰止，且思且行。

全书 33 篇文章，写了 38 位人物（涉及 5 对伉俪），都是中国现当代史上色彩斑斓的名人雅士。除现龄 102 岁“仍然风雅”的周有光先生外，余均已作古遁入历史深处。唯其如此，我们才更感到作者历 10 年之久写成此书，竭力为我们保留下那些渐行渐远的卓尔不群的背影，是多么难能可贵。作者在序言中自述写本书的目的是：“尽管‘风流总被雨打风吹去’，往事的‘朱颜’已退，但当年的‘雕栏玉砌应犹在’！我将这些碎了的‘青瓷’重新拼接，试图还原历史底稿上这

些雅士的本色。”应该说，这个目的在很大程度上已经较为圆满地达到和实现了。

盛世才能修史，在改革开放的今天，一旦抛弃了“左”的观点、立场和偏见，在认真地把那些已经碎了的“青瓷”重新拼接并仔细拂去历史的尘埃以后，我们就会惊奇地从那一个个背影中发现一束束足以辉照后人的圣洁的光芒。当前，此类题材的书籍和文章日见增多，但问题也似乎不少：一些作者或因为急功近利之浮躁心理作祟，或因资料不足勉做无米之炊，或仅凭道听途说之一二炒冷饭、敷衍成文，更或有难以公开示人的其他目的……总之，所写之人和所述之事，真假难辨，虚实不分，泥沙俱下，鱼龙混杂。这些作者以演义手法写史，以传奇笔墨写人，读之如观胡编乱造的电视剧，随心所欲，曲折离奇，非但不能给读者以历史真人形象，反令读者莫衷一是，混沌一片。张昌华先生不然，读完《曾经风雅》之后，我深深感到，作者的写作态度是认真的甚至是虔诚的，大致表现在如下几方面：

一是对人们熟悉或比较熟悉的名人往事，作者总是努力坚持他人已写我不写或少写的原则，常以“毋庸赘述”一笔带过，或另寻新角度，如写顾颉刚，系“就他生平与师友间的恩怨是非梳理成文”；或抓住别人语焉不详甚至扑朔迷离之处“饶舌一番”，意在弄清事实真伪，如写梁漱溟与冯友兰“文革”后的交往。

二是求“真”不求“全”，以经过严格考证的史实为基础，用平实的语言写知识分子的苍茫心史，选生动的细节力求以一当十地显示人物精神风貌。正因为选材用心、认真和仔细，所以，即使已有多人写过的辜鸿铭、梅贻琦、张中行等，今再从《曾经风雅》中读之，仍会有新的发现，依旧兴味盎然。

三是作者把赤子之心和率真之情定为人物“风雅”的核心。这样，无论写辜鸿铭的“怪”、吴宓的“疯”，还是写梅贻琦的高洁、蒋梦麟的“有种”，都是有声有色，有德有情。激愤时他们金刚怒目，动情时他们菩萨低眉；任何时候他们都不会向强权折腰，更不会为一己私利而向世俗摧眉。他们乐则大笑，悲则痛哭，怒则狮吼，愤则大骂，其一言一行，莫不显得坦坦荡荡，磊落光明！作者努力写出这等“风雅”，不只是试图为这些名人雅士在历史上留下一尊尊不朽之塑像，更是为当今广大知识分子立做人的标尺，树道德的楷模，特别希望此等“风雅”能成为“广陵散式”的传奇，期待体现在这些名人雅士身上的中华民族的传统美德能薪火相传，永不泯灭。

读《曾经风雅》，我们在为那些名人雅士的高风亮节感动的同时，不时会有一种文化的沉痛在我们的心中隐约起伏，特别是写陈寅恪、吴宓、张中行、施蛰存等篇，其味悲壮苍凉，其情难以尽述。这既因为这些名人所经历的生活离我们很近，为我们所熟知，更因为他们的人生际遇，特别是他们在新中国成立后的起落沉浮，与新中国广大知识分子的命运血肉相连。他们都曾为中国现代文化的繁荣与发展做出过杰出的贡献，他们都是在中国历史发生巨变的关键时刻义无反顾地选择了应该选择的道路。即便受到过不公正的待遇，他们仍不改初衷，虽九死而不悔，仍表里如一，通体透明，尤其难能可贵的是，他们仍钟情于自己所深爱的祖国和人民，这该是一种何等的圣洁无比的“风雅”！

张昌华先生是一位资深编辑，也是一位潜心于现当代文化史资料收集整理的有心人。因为编辑工作之便，他就有了零距离接近许多名人之便，获得他人不易得到的直观印象和珍贵资料，在写作时不仅如鱼得水，且有“独家新闻”之优；因为对史料的潜心收集和整理，这就使他的文章有了严谨，经得住推敲，不止避免了人云亦云甚至以讹传讹，更使这些写中国现当代史上名人的作品具备了可堪征信的史料价值和信史品格。一个典型的例子是写梁漱溟和冯友兰“文革”后的交往。前此有一些相同题材的文章，似出于褒梁贬冯之目的，不写冯或少写冯。张昌华对此不仅注意到并且有意做了订正。他既有声有色地叙述了梁断然拒绝 1985 年冯 90 华诞设家宴时对梁的邀请，并及时于复信中说明拒绝的理由：“只因足下曾谄媚江青，故我不愿参加寿宴”，表现了梁的磊落大方和诤友精神；更如实写了冯并不因梁之拒邀而有愠色，反真心实意地嘱女儿宗璞寄《三松堂自序》请梁指正，并附信做认真的自我解剖、检讨的同时，再次提出希望：“实欲有一次若平生之会，以为彼此暮年之一乐。”特别是在梁 1988 年 6 月 23 日去世以后，冯友兰并不因梁当年的直言批评而耿耿于怀心存芥蒂，而是以友情为重，不但即送挽联以表示沉痛哀悼，还写文章颂扬梁漱溟之“敢于犯颜直谏”的中国传统知识分子的美德。作者这样写，不只尊重了历史，也在颂扬了梁漱溟先生表里如一磊落为人的同时，肯定了冯友兰先生有错知改、珍重友情的君子之风。

《曾经风雅》堪称是一本厚重可读之书，但全书 33 篇文章的水平并不都是一样的齐整，少数篇章忙于叙事，似通讯报道而缺乏文采；也有某些篇什似因材料不足而有单薄之弊。但瑕不掩瑜，张昌华先生的新著，让我们得以重温已渐行渐远的众多名人雅士的不凡的风采，得以有机会仰观如此绚丽多彩的历史的天空，并从中获得启示，得到鼓舞，进而立志向前辈学习，努力像他们那样做事做人，这都是我们应该向作者表示祝贺与感谢的。

（2007/8）

在人生和文学的大道上坦然前行

——读陈社《不如简单》

继《坦然人生》之后，陈社近日又出了他的第二本散文随笔集《不如简单》(人民日报出版社2006年出版)。两本书加起来，才30多万字。这数字不算多，相对于许多动辄一年出书三五本的写家来说，简直是微不足道。但如果想到陈社本人在泰州市的宣传文化部门身兼数职，这两本书是他在极其繁忙的行政工作之余一篇一篇写出来的，就会感到这两本不算厚的书，其实却有非常厚实的分量。

我是什么时候认识陈社的？或者说，陈社从什么时候起逐渐在我心中留下难忘印象的？记不清也说不清了。但有一点却是记得很清楚的，是陈社首先以他的散文随笔打动了我，及至了解到他与我一样也是长期在宣传文化部门工作，一下子就对他产生好的印象。我一直固执地认为，在宣传文化部门工作的同志最好自己多多少少也能舞文弄墨几下子，这要比只会熟练背诵上级宣传口径好得多。不是说，在宣传文化部门工作的人一定都要会写、能写文章，但在宣传文化部门工作的人如果能写、会写文章，肯定是好事。特别是经常与作家、文艺家们打交道的干部，如果自己也经常动笔，就有可能与他们拥有更多的共同语言，并因此能进一步深入到他们的内心世界；如果自己懂得写作之道并非易事，就会深切体会作家、艺术家们创作之甘苦，这当然有利于我们把党的文艺工作做得更好一些。

依我个人之体会，宣传文化部门的干部如果也想舞文弄墨并不是件容易的事，至少有三关要过——

一是时间关。写作要静，但工作很忙，这就要求自己在做好本职工作的前提下，忙中偷闲，把别人打牌、喝酒、闲聊、潇洒的时间都用在笔耕上。二是面子关。看人挑担不吃力，坐着说话腰不疼。到自己动笔时，才体会到哪怕写篇千字文也不那么简单。随之而来的就可能产生怕写不好、怕写出后别人看了笑话等想法，这种种顾虑和想法其实都是怕丢面子。三是舆论关。这一关有时比前两关还难过。好不容易呕心沥血写出一篇文章，也发表了，但种种非议跟踪而至，什么名利思想啊，不务正业啊，不一而足。最麻烦的是，这些非议你看不见，摸不着，却如同夏日的蚊蝇时时在你耳边嗡嗡不息。更令人寒心的是，有些对你业余写作非议的人，很可能

就是当面称颂你的人。这就不能不扰得你心烦意乱，痛苦不堪。我没有与陈社具体交流过，想来我所说的三关他也可能遇到的吧？我也没有与陈社商谈过如何跨越这三关，但他以自己的为人和为文，清楚地道出了答案，那就是，对人生持坦然态度，对这样那样的非议，不如简单："你可以淡然一笑，继续走自己的路，看也别看他一眼。"

对人生持坦然态度的陈社，反映在他的写作上，其突出表现为，一是真情，二是真诚。他的散文随笔，看不到矫揉造作的斧凿痕迹，却总是于字里行间自然地流淌着情感的暖流。真情不仅洋溢在他的那些写亲情友情的如《艰难的父爱》《妹妹的故事》等作品之中，即如他在写故乡、写母校的如《水的泰州》《母校的美丽》等篇什之中，照样燃烧着作者火样的真情。如果说，陈社的散文是以不加粉饰的真情显示出感人的艺术力量，那么，他的杂文随笔很大程度上是靠坦荡无私的真诚增强其说服力和战斗力。承担着激浊扬清惩恶扬善重任的杂文，如果成了“犹抱琵琶半遮面”的歌女，成了“口欲言而嗫嚅”的老好人，那杂文就不是匕首、投枪，而成为舞台上的银样镴枪头，只是供人嬉笑的道具了。陈社写的痛斥小人、恶人的杂文，义正词严，有一股大义凛然的道德力量：《科学与迷信》和《功成名就之后》是揭露伪科学的，于幽默的抨击中表达了鲜明的爱憎。毋庸讳言，在作者对社会百态和人生世相剖析的杂文中，很多篇触及当今生活中的敏感部位，但作者没有绕道走，更没有顾左右而言他，而是直抒胸臆，大声疾呼，这样，读者感到痛快淋漓的同时更会产生强烈的共鸣。陈社能做到这一点，凭仗的不仅是勇气，更靠的是真诚。因为出于期盼党风好转、人心向善、玉宇澄清、社会和谐的愿望，所以，只要不是怀有偏见和心怀叵测的人，都能于作者的激愤抨议中清楚地看到作者的真诚。

陈社正当人生的壮年，他的写作功力也正日见增长。当此之时，作为他的朋友，希望他进一步开阔视野，多读以博采众长而后多写，写散文注意既从生活出发而又能追求更美更深的意境，写杂文尽力避免直露而能做到艺术地战斗，这该不是过高的要求吧。

(2006/12/11)

农时农事里的浓厚乡愁

——读沈成嵩散文新著《记住乡愁》

沈成嵩是一位从乡村出发的写作者。

他这一生最大的爱好是写作，乡村则是他写作生涯中反复咏唱也是他付出努力最多的主题。只在金坛中学读过三年初中的他，16岁就参加工作，被分配到农事部门。小小年纪奔走于县城与乡村之间，与乡村结下终身不解之缘。等到其后转行调入宣传部，新闻报道成了他的本职工作后，他就自然地用手中的笔饱含深情地唱起赞美乡村的歌。无须讳言，他肚里并没有多少墨水，但好学多思，加上良好的悟性和记性，大大地弥补了他写作基础不足的缺陷，让他在新闻报道方面取得可喜的成绩。60岁退休之前，出自他笔下的那许多富有浓郁时代气息的新闻报道，在社会上产生良好的影响，

为他在省内外新闻界赢得不少声誉，证明他是一名称职的新闻工作者。退休之后，新闻报道不再是沈成嵩生活的重心，他便将长期的农村生活积累转化为散文写作的源源不绝的宝贵的素材，最初《洮湖短笛》等散文集接踵问世，也就成了顺理成章水到渠成的必然。这些作品洋溢着浓郁的泥土芳香，不乏时代气息，但似乎没有完全脱离新闻报道的窠臼，那些取自广袤乡村天空下的写作题材，丰富之余有过于宽泛之嫌，加之散文讲究的艺术性也略显不足，这样，沈成嵩最初的散文作品就远不及他的新闻报道作品引人注目。意识到这一点后，好学多思的他立即进行调整——他依然抓住乡村题材不放，但把焦距集中对准他熟悉的农时农事，乡恋乡愁。这一调整对酷爱写作的沈成嵩说来，是效果明显的扬长避短之举，不但是及时的，更是必要的。种种迹象显示，沿着这一创作方向走下去，他完全有可能闯出一片属于自己的新天地，至少能取得他个人此生写作生涯中不逊于新闻报道工作的可喜成绩，这将是指日可待的事情。

在我国有着数千年悠久历史的农耕文化博大精深，哺育了中华民族生生不息壮大成长。一部中华民族的生存发展史，几乎等同于中华农耕文化史。但近一百多年来，随着世界范围内的“城市化”和“工业化”潮流愈来愈汹涌澎湃，中国的农耕文化不可避免地遭受到前所未有的猛烈冲击。由国家权威部门公布的数字显示，仅至2009年，中国的城市化率已经高达46.6%，且此后以每年一个百分点左右的速度增长。和平时期的大规模的村庄撤并运动在中国大地上如火如荼地进行，曾经“绿树村边合，青山郭外斜”“绿遍山原白满川，子规声里雨如烟”的美丽乡村土地上矗立起一座座高楼，不见了“牧童驱犊返，猎马带禽归”的乡村景色，却看到牺牲了大片大片肥美庄稼地后建立起来的高速公路上一辆辆汽车飞驰而过……这一切，引起越来越多的有识之士的重视与忧思。也正是在这样的社会大背景下，近年来，以记述与怀念农耕文明的作品应运而生。这些作品无一不是表现出作者们对中国农耕文明的热爱与敬畏。他们在用文字将正在消失的农村事物记录保存珍藏的同时，更大声呼吁人们珍惜与继承深藏在农耕文化中的传统美德。沈成嵩适时加入这一创作者行列之中，既表现出一种可贵的自觉，更显示出他期望发扬光大农耕文明宝贵传统的拳拳之心。

2012年冬，沈成嵩的《稼禾记忆》在江苏凤凰出版社出版，仅过了一年时间，他又写出第二部以记述农耕文化为主题的《记住乡愁》（中国农业出版社 2014 年出版）。同一主题的著作联翩问世，显示出作者生活积累之丰厚，但后者不是前者的重复，两相比照不难看出，《记住乡愁》有着明显的主题深化与升华。同样是为农耕文明深情立传，在《稼禾记忆》中，作者的着眼点在于再现乡村的美和诗意，那些在乡村司空见惯的花花草草、鱼虾蟹螺、紫燕春归、蛙鼓蝉鸣，无不被作者写得如诗如画，情趣盎然；而在《记住乡愁》中，其描述则是集中在农时中的二十四节气。作者把对土地、对劳动、对劳动者的爱，上升到能否留住乡愁的认识高度，透过那些浓得化不开的情与爱，表现出对已经消失或即将消失的农村事物前所未有的焦虑和痛心。读者深受感染，情不自禁地与作者一道，缅怀乡村的过去，关切地注视着当下乡村正在发生巨变的现实，并深刻思索我国农村充满太多不确定因素的未来。

以农耕文化中的农时农事为单一主题的书，《记住乡愁》不是第一部，但沈成嵩有属于自己并因此而区别于他人的叙述特点和方式。

首先，扣紧乡愁写农时农事。作者借农时农事的深情回忆与叙述，抒发久积于心耿耿难忘的乡愁情结。他在叙述全年二十四节气中的每一个节气的由来、特点和本节气中的农事内容时，常借助于有关古诗词的介绍和对当下农村现实的描写，穿越时空，古今交汇，让读者认识到，古今虽相距遥远，但同一节气中的农事相同，这就有助于读者理解中国农耕文化传统历史悠久，一脉相承。往往在这样的时刻，我们会在缅怀过去的同时，目睹现实农村中那许多正在消失、离我们渐行渐远的事物，一种幽幽的乡愁便会在我们心头弥漫开来，陷入深沉的思索之中。

比如《芒种》的开头——

> 眼看着小麦由乳黄到芽黄、蜡黄，麦芒像鱼叉一样叉开，麦穗儿被南风吹着，发出沙沙沙的响声，这时就该开镰了。
>
> 有芒的稻谷要种，有芒的麦子要收，这就是芒种，二十四节气中的第九个节气。

古今芒种时的农村景象十分近似。作者借白居易的《观刈麦》诗引导读者观古："田家少闲月，五月人倍忙"，"妇姑荷箪食，童稚携壶浆。相随饷田去，丁壮在南冈"。从唐至今，一千多年的漫长岁月过去了，但"五月人倍忙"依然是当代农村芒种季节的生活主旋律。作者用白描手法，以朴实文字为我们勾勒了这样一幅乡村图画——

> 芒种一到，不问老少，紧张的夏收夏种开始了。
>
> 这是一个"眼睛一睁，忙到熄灯"的季节；这是一个"布谷声声催夏种，了却蚕桑又插田"的季节；这是一个"早晨一片黄，中午一片白，黄昏一片绿"的季节。
>
> 麦要抢，稻要养，黄豆要挑在肩膀上。说到夏收，总离不开

一个“抢”字，抢收、抢种。

这就是沈成嵩的叙述特点。他熟稔地用民间谚语、农谚、顺口溜，总之，都是群众口语，三言两语一渲染，一幅芒种季节里抢收抢种热火朝天的景象，就活生生地显示在人们的眼前。

其次，以亲历者、见证者的身份对乡村生活进行真实的再现，对源远流长的农耕文化进行深入的探察和追问。

读沈成嵩的乡村题材的散文，特别是读他最近两本以农耕文化为主题的《稼禾记忆》和《记住乡愁》，我的一个突出感觉是：真，即真实、真诚、真情。文学作品中的“真”的程度高低，自然与写作者态度有关，但又并不完全取决于作者的写作态度。在很多时候，作者要想在作品中自然地体现出真，必须有厚实的生活积累为基础、为后盾，巧妇难为无米之炊。有些作品初读之下虽然感觉不算太差，但终因缺少生活积累的“实”，而表现出笔下作品的“虚”，这是再高的写作技巧也不能弥补的致命缺陷。相反，有的作品或许不够精致，在写作技巧上也存有些许欠缺，但火热的生活气息和澎湃于字里行间的作者真情，却产生一股强大的吸引力，紧紧地抓住读者，并在很大程度上弥补了写作技能上的不足。

沈成嵩的农村题材的散文属于后者。

他的散文的“真”，表现在作者常常以亲历者和见证者的身份叙述他所要表现的一切，这在他的《记住乡愁》一书中的“农事杂忆”部分最为明显。他的散文会自然地、情不自禁地把个人的生活史注入写作之中，那些呈现在他作品中的农村一切，皆因亲历者的入场而不是想当然地在场而真正被遮蔽。这些，当然与作者生长于农村、工作于农村，尤其与他长期从事新闻报道工作有密切的关联。因为对农村有透彻的了解，对农民的生活状况、内心世界有感同身受的把握，所以他有条件、有资格在散文写作中予以引用与描述，这就不仅增加了作品的感染力和可信度，也容易唤醒与作者有着共同生活经历的人们尘封已久的记忆，受到读者们的广泛欢迎。

第三，以小见大，以浅论深，举平常事例，阐明深奥的生活真理。

面对席卷全球的城市化和现代化的浪潮，中国的农村向何处去？国家主席习近平强调：“让城市融入大自然，让居民望得见山、看得见水、记得住乡愁。”不妨说，近年来包括沈成嵩著作在内的以农耕文化为主题的作品，正是为“记得住乡愁”这一重要的目标而做出的实际努力。沈成嵩的新著书名就叫《记住乡愁》，作者的立意一目了然。他品评农时，杂议农事，目的只有一个：留住乡愁。一辈子与农民交朋友、与农村打交道的沈成嵩，热爱农村，熟悉农村。多年来，他已经习惯站在农民的角度思考问题，甚至已抵达用农民的语言叙事说理的程度。当他大声疾呼留住乡愁时，既深情地用许多有体温的热辣辣的文字再现农耕文化的美和诗意，不少时候，他还用四两拨千斤的巧劲，以小见大，以浅论深，举平常事例，阐明留住乡愁的必要性和紧迫性，把原本深奥的大道理诠释得清清楚楚，明明白白。针对一些人认为延续数千年的传统的农时节气已经过时无用的糊涂观念，沈成嵩说："且慢！你可以将5%、10%的农田搞成'温室大棚'，搞成'适时农业'，你难道能将18亿亩农田都造成铺天盖地的温室大棚？你难道能在960万平方公里的中华大地上，都用电气化来扭转春夏秋冬、四时八节？"

留住乡愁，就应当注意保留住村庄原始风貌，慎砍树，不填湖，少拆房，尽可能在原有村庄形态上改善居民生活条件。然而，在现实生活中偏偏有人反其道而行之。对此，沈成嵩大声疾呼：不能再做这样的蠢事，要防止把乡愁变成乡忧。他说："现在的乡村建起了一幢幢的高楼，浇起了一块块的水泥场，一条条的水泥路，不管是张家村、李家村，统统是千人一面的水泥村。试想，十年、八年后，远方的游子回到故乡，到哪里去寻觅自己的老屋、老村、老树？到哪里去寻觅自己的祖坟？"

我与沈成嵩最初的相识可以追溯到1976年5月，"四五天安门事件"刚发生不久，全国人民为中国向何处去忧心忡忡。就在这样一个特殊年代的特殊时刻，江苏人民出版社从全省邀请一批人到无锡太湖的一个岛屿上，讨论一部拟出版的长篇小说，我与老沈都应邀与会。当时，我与他都在各自的县革会报道组工作，虽然没见过面，却算得上神交已久，一见如故。那年头的文化宣传活动时兴工宣队、知识分子和革命干部三结合的模式。我至今不太明白，主办方把我与老沈是定为知识分子，还是革命干部，或者是两者兼而有之呢？当年初见老沈的情景至今记忆犹新。他爽朗大方，主动热情。相处不过一两天，我俩就成为无话不谈的好友了。人生就是这样奇特，有的人相识几十年，却不能到达彼此的内心；有的人邂逅初交，却很快成为莫逆之交。我与老沈相交至今已近 40 年了，平常见面不多，但一直互相惦记着，保持着从不间断的书信往来。这不完全是因为我俩曾经从事过相同的新闻报道工作，其中最为重要的一点应是心气相通。值此他的又一部新著问世的时候，我乐意应他邀请写下这篇读后感，表达我对他的真诚祝福，愿今年已年届八十高寿的沈成嵩兄健康、快乐、幸福！

（2014 初夏于金陵勉耕斋）

贵在文中有真我与真情

——读施亚康散文新著《不说再见》

施亚康的《不说再见》（江苏凤凰出版社2016年出版）编定后，特地打电话给我，让我给他的这部散文新著写点读后感。我知道，以亚康这么多年在新闻、文艺界闯荡，他的朋友一定很多，而他之所以首先想到我，是因为他相信他的文字一定能引起我同感共鸣。我虽年长亚康几岁，但我俩的工作经历、人生旅程却有太多的相似之处：不是毕业于同一所大学，毕业后却都是先从新闻报道工作开始，然后一辈子的主要岁月是在宣传文化部门度过。更难得的是，从小在长江岸边的海门长大的亚康，把他青春的最美时光无怨无悔地奉献给里下河地区的兴化；而哺育我长大成人的故乡高邮，与兴化不但水土相连，且风俗民情近似。当亚康以深情的文字描绘着兴化时，我不只感到亲切，还觉得他也是在讴歌着高邮。因此，

接到亚康的电话后，我欣然领命，乐于援笔为文，不只为了友谊，更想以自己的粗浅文字表示对亚康的新著中的美好文字的心灵呼应。

亚康说他从小喜爱文学，坦言他当年报考南京大学中文系，主要源于有个作家梦。但他毕业后历经一番周折分配到兴化后，最初却是从事基层的新闻报道工作。初看之下，新闻与文学似乎仅一纸之隔，实质上两者之间有着很大的距离，这不仅因为文学的主要特性在于虚构，新闻在于写实，还在于较长一段历史时间内，我们生活在无条件地奉行一切为无产阶级政治服务的政治环境之中，把服从组织安排视为天职，若是搞新闻的同时也钟情于文学，哪怕仅仅是业余的几句吟哦，也会落得“不务正业”甚至“追名逐利”的批评。具体到亚康本人来说，他还有一个与众不同之处。当改革开放新时期到来之后，随着思想解放运动的深入，人的个性的张扬不再被视为大逆不道，人的主体意识逐步得到自由的释放，也有了对工作进行多种选择的可能，但亚康被提拔到领导岗位上了，他当过兴化县（市）的常委、宣传部长，扬州市委的副秘书长，《扬州日报》的总编，甚至还出任过扬州市口岸管理委员会的副主任……每一次工作变动，他肩上的担子就加重一分，却也与自己喜爱的文学又远离了一步……

如今，亚康终于能气定神闲地拾起他自小就有的文学爱好，从散文开始写他想写的作品。虽然晚了一些，但深藏于心中多年的文学之花能自由绽放，这无论如何也是喜事。他的写作与名利无关，只是要圆心中那个文学梦；他的写作也与那些从工作岗位上退下来的老同志用写回忆性的文章给社会留下一份资料不同，甚至也与那些多年操持其他体裁写作者在年迈之际丧失了写作能力后改写散文不同，亚康写散文是为了记录自己经历过的时代和历史。他关注人的心灵和生存现实，努力用散文来表达自己对于世界和人生的理解，这其中包括：对世态人情的描绘、对纯朴民风民俗的热爱、对一些人生的疼痛和复杂人性的思索。同样是文学写作，如今的亚康写散文与他少年时的作家梦，两者的目的性已发生质的变化。《不说再见》是亚康的第三本散文集，如果说，他的前两本著作无论在题材的选择上、语言文字上都还有不尽如人意处，因而没有引起人们的太多关注的话，不是他不努力，而是因为他离开文学的时间太长了些，乍一回归文学，不免感到生疏；现在，经过前两本散文著作的磨炼、练兵，在《不说再见》中，我们看到这本新著中的不少篇章显现出属于他自己的生命印记，这是他的散文写作渐入佳境的最可喜的征兆。

与其他文学样式不同，以“我”为中心的叙事方式为散文所特有，亚康的《不说再见》也不例外，但他既延续了这一叙事方式，却又不为其所局限，而是以此为基本规约，自觉启动、充分调动生活的积累和经验，在求真的前提下还原生活的本来真实面貌，这样，《不说再见》中的“我”就不但成为诚恳的写作者，努力的行走者，还是一个历史的见证者。这样的真我，不但使作品真实可信，也大大增强了作品的艺术感染力。“真我”形象的“塑造”成功，完全得力于作者叙事时的坚决杜绝虚假和毫无做作的袒露心胸。我是把《不说再见》当成亚康的自传看的，虽然此书没有自传的编排体系，但在仔细读完全书后，我们可以清楚地看出亚康几十年来所走过的人生道路。这一路上有喜有悲，有歌有泪，有成功带来的欢乐，也有抗争无果后的无奈和长叹。然而，不管是什么，作者叙述往事时，总是能努力理智地冷静地一一道来，不夸张，不掩饰，当然更不美化自己。在《我的初中》中，作者叙述自己虽然常被小学老师夸赞聪明，却因粗心、顽皮，“最后勉勉强强进入一所不入流的新办初中”。在《酸甜苦辣第一步》中，他如实写了自己分配到当时条件很差的兴化后的最初心态：“白天劳动，夜深人静时纠结于今后的出路，竟后悔考了大学”；后来，他以自己的勤奋与努力得到组织的器重，工作环境迅速改变，料想其时亚康的内心是欣慰的，但没有得意忘形。

有意思的是，在《坚守初心》一文中，我们竟看到人前不动声色的他，内心深处却有这样的“私”：他发誓要干出模样来，“一半为事业，一半为了她”——他的女友为爱而放弃苏南的优越工作条件，心甘情愿随他来到艰苦的苏北水乡，他因感动才如此发誓。这看起来的“私”，其实却凸显了亚康为人的“真”，这样的“私”又岂止是让女友感动？

我与亚康都出生于20世纪40年代后期，我们这一代人所走过的大体上是一条不乏鲜花但荆棘丛生的生活道路。《不说再见》中的许多篇章，是亚康本人的亲身经历。由于他的文字保真程度高，不仅令人相信，更能引起共鸣。他的散文在继承中国散文传统的过程中，进入到更为宽广的创作领域和更为精致的审美艺术之中。在《从CIE到FOB》《力挽巨轮》中，我们与作者一道，为经过艰苦努力而终于获得成功而狂喜，而在《经不起几个“万一”》中，我们则是与作者一道欣喜后陷入沉思，并认同作者的思索：“我们在干事业时固然需要精心准备，但只要连问三个‘万一’就基本会让人止步不前！”这三篇文章都是亚康回忆当年他在任扬州市口岸委员会负责人时的亲身经历。我喜爱这三篇文章，特别欣赏亚康的生活态度。当有人在目睹成功后心有余悸地向作者提出“万一”的疑问时，亚康写道：“没有人回答，我也不屑回答。我没有太多的‘万一’和假设，我只知道朝着成功去努力。”大义凛然，说得真好。这里顺便说一下，在亚康的散文中，不会有语意含混，叙述暧昧的句子。当他在文章中有所阐扬、有所倾吐、有所铺陈时，必定明白晓畅，辞达意解，这是一种文风，更是一种做人态度。也正因如此，他的作品中的一些抒写庶几有了格言甚至箴言的面貌，像“决策就像扳道叉，轻轻一扳，列车就往另一条道上驶去”；“神是人造的，在一个人群相拥、溢美之声四起的杂耍场，最容易制造出五彩斑斓的平庸，膨胀着转瞬即逝的繁荣，繁殖着好大喜功的虚名”；“真正的关心是关心一个人的发展，真正的爱惜是爱惜一个人的机会，不求‘所有’，但求最大限度地为人提供发展空间”……。类似这样言简意深发人深思的话语，在《不说再见》中俯拾皆是。它是作者对所写事物与生活本质的准确把握，也是他本人自我人格与生命的跨时间与空间的体察与认同，是以文臧否，也是夫子自道。

散文贵真情，这是人所尽知的创作真谛。亚康散文中的真情是保证他的作品成功的坚实基础。在他的诸多关于具体生活、具体人物、具体风土人情的散文中，字里行间总是汹涌着一种源于血液的真情实感。这当中，他的写亲情的篇什尤为感人，既有对自己时光流逝华年不复返的切肤之痛，更有对业已辞世的至亲好友的绵绵不绝的哀思。他为母亲写了六篇散文，已成系列，从母亲年轻时的“能干”，一直写到老母的跨鹤西归。最后的母亲虽然高寿 90 岁，但患上老年痴呆症，已不复往日的风采，甚至辨认不出家中人，但，“我回家的时候，见到我，脑子居然变清爽了”；可是，尽管“母亲认出了我，却叫不出名字。只是颤颤地指着桌上的茶点，要我们吃，吃……”没有一句形容词，没有痛彻心扉的感慨，就是这些朴实的文字，全系白描，却催人泪下。因为情真，亚康甚至能仅用短短一两句话、区区几十个字，照样产生感人肺腑的强大情感力量，像“大姐跪在床前轻轻地呼唤着弟弟的名字，昏迷中弟弟含混地喊了声‘阿姐’，大姐抱起他，泪如雨下。弟弟是死在大姐怀中的”（《母亲与大姐》）；又如“父亲在医院抢救，时而昏迷时而清醒，但已不能讲话。妹妹大声告诉他：儿子回来了。父亲睁大了眼睛，又眨了眨眼睛，表示他已知道了，已满足了”（《最后的父亲》）。……

《不说再见》中有许多篇章仅从题目上也可看出亚康对现实生活的细心观察和深刻的思考，《真爱：给予机会》《保持阳光心态》《越甜蜜越要警惕》《磨难也是财富》等等，皆是。我在展读亚康的散文的过程中，常常掩卷遐想，世上的事有时也真说不清楚，很多时候我们回眸已走过的人生路，曾经的苦难与挫折，确也曾在一段时间内造成我们心灵的伤害，但事过境迁，这苦难与挫折居然成了财富。就亚康来说，且不说他昔日人生道路上的艰难跋涉，磨炼了他的意志，培育了他向上的精神，即便从文学创作角度看，也为他积累了丰富的素材，蓦然回首，让他惊喜地发现，自己已于不经意间拥有一个取之不尽用之不竭的创作富矿。在他的作品中，蕴含着大量充满生活哲理的既生动活泼又情趣横生的语言，常常让我暂停阅读而仔细玩味、品赏，如：形容一个人品性不端，是“习字少一点，学刁”；批评一个不厚道的女人，说她“抛来的酸话像西北风样噎人”；描绘生活中那些徒有虚名者，是“腰里挂了一只死老鼠充打猎的”；说一个人以权势压人，“他嘴大，我嘴小”；说过去农村干部工作中，以抓计划生育和动员挑河二项难度最大，“一怕肚子高，二怕带大锹”……。这些来自民间、打上鲜明的里下河地区烙印的语言，亚康在写作时信手拈来，可以看出作者平时的用心，更应视为里下河民众对亚康长期服务于兴化的丰厚回报。

亚康自己在新著自序中坦陈：过去因忙于工作，只得将钟情的文学写作暂放一旁，但在读别人的著作时，“隐隐有种不甘之念”；如今，他终于有时间、有条件寄情于文学创作了，他信心十足地要通过“写下这些经历和感情，既找回了记忆，也品尝了时光不老”。据此，他将自己的新著取名为《不说再见》：“人不思老，老将不至。只要开始，永远不晚。时光不老，不说再见！”

因此，虽然我这篇关于《不说再见》的读后感，已到搁笔的时候，但因为对亚康的未来写作有理由、有信心充满期待，所以——

我不说再见！

（2016年秋）

活在食物中的亲爱故乡

——读刘旭东《吾乡食物》

刘旭东在他写的回忆童年生活的散文中，曾不止一次坦言自己从小就喜欢吃。为了吃上一个肉包，他可以“跟着大人步行八里路进城，且任劳任怨，不要搀，不要抱”。这不就是常见的儿童嘴馋吗？但他在喜欢吃的同时，注意仔细观察和深入思考，有时，甚至不惜“拿出了神农尝百草的勇气”，亲口“冒险”尝试，必欲探求某食物的究竟而后快，这就不是一般儿童能做到的了。在《木耳》一文中，他写到幼时看到“老屋东墙边上的桑树居然长出了一丛褐色的东西，胶质，半透明”，父亲说看似木耳应该能吃，但也不知如何吃法。年幼的旭东却将它洗净后放在咸菜里一起炖上，然后亲自吃了下去。“食之既尽，忐忑半日，并无异常。从此，吾记住了木耳的无味之味”。

正是这种自幼不但喜欢吃，还喜欢观察、思考、钻研的精神和爱好，刚过知天命之年的旭东，最近在江苏凤凰文艺出版社出版了散文新著《吾乡食物》。这本总共才20万字的书，却写了故乡海安多达220多种的食和物。作者介绍，此书“从去年（2015）11月25日开笔发微信，或一日一条，或一日几条，或几日一条，长短不一，竟得字十万”。看似半年多时间成书，其实是他半个世纪的生活积累的一次爆发，皆为短小精悍之作，长不过千，最短仅100多字，却都情趣盎然，有滋有味，声情并茂，活色生香。

若说《吾乡食物》是滋味加乡愁之作，当然可以，但似乎过于笼统与简单了。在我看来，书中那些林林总总让人眼花缭乱、口舌生津的食物，其实只是一个载体，它们承载的不只是常规意义上的乡愁，还有对故乡和故乡亲人的深沉的爱。作者更常常借食物之变迁和异化，表达了对人生、命运的思考，抒发了久藏于心的世事沧桑、社会巨变的喟叹。就这样，本来看上去是一本写常见食物的“小”书，却因为有了观察社会与人生的丰富宏大的内涵，读者从书中获得的就不再仅仅是关于食的常识与知识了。

也正因如此，微言大义、妙笔写人，就成了《吾乡食物》的一个区别于其他同类题材的书的重要特色。比如《粳米》介绍了粳米的特色后写道："父亲善于种稻，他种的粳稻，量丰质优"，作者笔锋一转："但善于种稻的父亲却无法让家人放开肚皮吃饭"；《青菜》中写"吾幼时家中人多地少，连青菜也不能畅快地吃"……。当然，这都是改革开放前的事。作者篇篇写的是食物，却又时时看似无意其实完全是深刻地抨击了时弊。至于作者在书中妙笔写人，母亲应是他最用心抒写、讴歌的艺术形象。但只有仔细通读全书，才能看出作者的用心之苦和对母亲的挚爱敬爱之情。《胡萝卜》写到饥馑年代粮食紧张，胡萝卜饭应运而生，"母亲总是尽可能将胡萝卜饭里的米盛到我的碗里"；《馓子》中写匮乏年代馓子成了高级补品，女人坐月子用馓子催奶，妹妹出生后，"妈妈吃泡馓子时，总会喂我几筷"。……作者涉笔生情，令人怦然心动。

（2016/11）

序金实秋编著《汪曾祺诗联品读》

汪曾祺先生以小说、散文名于世，写诗，于他只能算偶一为之。新时期到来后，他于花甲之年重出文坛，以《受戒》《大淖记事》等经典之作迅速为文学界和广大读者所接受、所喜爱，并很快确立了他在当代文坛不可替代的独具异秉的地位，但单独发表诗歌的情况屈指可数，其诗作所产生的影响似也不及他的小说、散文那样深入人心和获得广泛的认同。正因如此，1993年9月，我在与江苏文艺出版社商定编辑出版《汪曾祺文集》时，金实秋就曾颇有远见地建议在文集内收入汪老的诗联。虽然这个建议很好，当时我却多少觉得，诗联在汪曾祺先生的整个文学创作中，一时难与他的小说、散文和戏剧相提并论，不免有所犹豫。汪曾祺先生自己也不甚赞同，此事就这样放下来了。

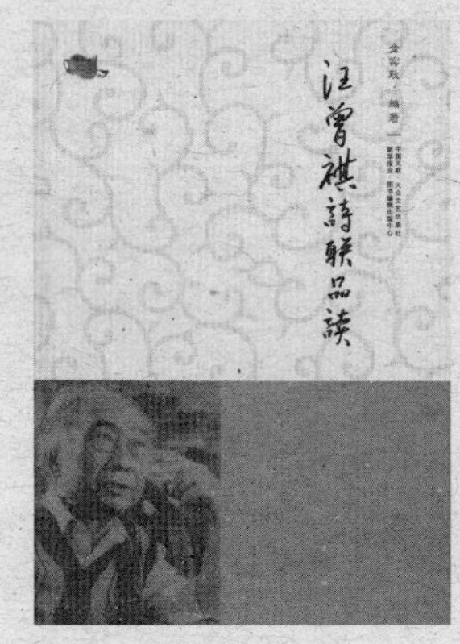

但从那以后，实秋君一直记着辑佚汪曾祺先生诗联的事，不仅记着，而且一个人长时间不声不响地做着踏实具体的收集整理工作。就在我们差不多忘了此事的时候，现在，实秋把这本意义非常的、很不一般的《汪曾祺诗联品读》（中国文联·大众文艺出版社、新华报业·图书编辑出版中心 2009 年出版）贡献于我们的面前，令人意外，更令人惊喜。

这便是实秋值得称赞的执着和可贵之处了。

毫无疑问，没有一种近乎痴迷的执着的敬业精神，所谓辑佚汪曾祺先生的诗作便只能是一句空话。此事之难处在于收集整理颇费功夫。迄今为止，我们见得汪曾祺先生诗歌最多的一次，是 1998 年 8 月由北京师范大学出版社出版的、由汪曾祺先生的子女亲自提供资料并直接参与编定的《汪曾祺全集》，在这部全集的第八卷中，收入汪曾祺先生的包括新诗、旧体诗和散文诗在内的各体诗歌共 88 首，单凭这些诗作另立成书似嫌不足。而今，《汪曾祺诗联品读》中收入诗歌近 200 首、联 40 余副，其数量的激增之多、文学价值的意义之大是不言而喻和显而易见的。我于此要特别指出的是，新增的部分，几乎每一首诗、每一副联，都是实秋劳心费神收集得来，他为此所花费的时间之多，用心之深令我等知情者甚为感佩。盖因汪曾祺先生是性情中人，他之作诗、撰联，很多时间是兴之所至率意而成，还有，他的许多诗作隐藏在他的散文之中。他常常在其文思如万斛泉源不择地而出之时，灵感突至，鬼使神差般赋诗一首，于是，诗文互见，越发美不胜收。更多的时候，他在与好友雅集唱和时，应邀为风景名胜地题字时，面对热情的友人包括素不相识的可爱的读者求画索字时，总是欣然题诗题联……试看他为众多友人量身制作的嵌字联，虽短短两句，却无不显示着真诚、真情、智慧与才气！虽为即兴之作，但很少敷衍应付的世俗。为收集到尽可能多的汪曾祺先生的诗联，实秋不仅一再精读汪曾祺先生的作品，不放过一首诗作，还从大量记述与怀念汪曾祺先生的散文中，仔细找寻，哪怕仅仅是一两诗句，也定然摘抄备存。须知这些文章中有的是发表在偏僻之地的报刊上，但实秋只要得到线索，必不遗余力想尽一切办法得之而后快。本书收录的汪曾祺先生书的诗和联句，其中竟有五分之二为《汪曾祺全集》所未载，最终却为实秋一一寻得，殊属非易。汪曾祺先生生前究竟为多少人作过字画？有多少人珍藏着汪曾祺先生的字画？这是一个难以统计的数字。它们原本像一颗颗珍珠散落在民间，现在，由于实秋尽其所能挖掘收拢来，虽不能穷尽，但已足够成就一番璀璨夺目动人心弦的景象，加深人们对汪曾祺先生人品和文品的了解，功莫大焉。

我称《汪曾祺诗联品读》是一本“意义非常的、很不一般的”书，首先是因为此书让我们从诗联角度进一步加深了对汪曾祺先生的了解和认识。人们赞誉汪曾祺先生是集“国粹”于一身的“诗书画三绝”皆可称道的“中国最后一个文人”，但长期以来，我们大多仅止于了解与阅读他的小说、散文和戏剧，而作为文学大家的汪曾祺，缺少了诗联作品是不完整的。事实上，从某种角度看，汪曾祺先生的人品与文品在其诗联中显现得更坦诚、更真实。尤为重要的是，汪曾祺先生的诗联与他的其他作品一样具有不容忽略的文学价值和社会认识价值，我们不仅可从他的诗联中读懂汪曾祺先生的为人，也一样可从他的诗联中触摸到时代的脉搏。这样看来，说《汪曾祺诗联品读》的问世，很可能进一步推动汪曾祺研究的深入和发展，应该不是夸大之词。

在已经收集到的汪曾祺先生的诗联中，旧体诗占有很大的比重，这与汪老自幼饱读诗书、在浓厚的传统文化熏陶中长大有密切关系。旧体诗因其对格律的特殊要求，不仅难写，也不如自由体新诗好读，所以毛泽东说：“诗当然应以新诗为主体，旧诗可以写一些，但不宜在青年中提倡，因为这种体裁束缚思想，又不易学。”但汪曾祺先生的旧体诗不但写得好，也很少令读者有阅读上的障碍。与那种常见的“诗前序言一大片，诗后注释几十行，天苍苍，地茫茫，风吹草低见八行”的今人写的旧体诗不同，汪曾祺先生的旧体诗很少有古怪生僻的字词，非到万不得已情况不用典，这就在今人写的浩如烟海的旧体诗中，显得独具风采。如：“山中一夜雨，空翠湿人衣。鸣泉声愈壮，何处子规啼？”（《宿洪椿坪夜雨早发》）；又如：“莲花池外少行人，野店苔痕一寸深。浊酒一杯天过午，木香花湿雨沉沉。”（《昆明的雨》）幽深的意境美，不落痕迹的锤字炼句功夫，加之明白如话、朗朗上口的民歌风，使其诗作既具有鲜明的中国古典诗词的特殊韵味，在风格上也与他的小说、散文一样平中见奇，淡而有味！似这样易读、易懂的旧体诗，是很容易为一般读者所接受的。

我称《汪曾祺诗联品读》是一本“意义非常的、很不一般的”书，还因为实秋不仅在汪曾祺先生的诗联的收集整理上花费了很多精力，他更在品读上下了很大功夫。他不但认真修正了一些书刊所发表的汪曾祺先生诗联校对中的差错，改正了有些文章在汪曾祺先生墨迹上的误释，对不同资料中出现的同一诗联进行仔细互校，并几乎对汪曾祺先生的每一诗联，都从典故、成句、本事、背景及相关事人等诸多方面加以简洁而精当的笺注。他还注意密切联系写作背景，把汪曾祺先生的诗联与其小说、散文、诗画联系起来，与他人论及汪曾祺先生的各类文章联系起来，进行严谨的、实事求是的品读。这样的品读，需要的不只是精力，更重要的是眼力；这样的品读，对读者说来，就成了理解与欣赏汪曾祺先生诗联真谛的向导,引导人们从“淡”的表象中咂出“味”，那种蕴藉深厚、越品越觉得芳香浓郁的“味”！

1989年，漫画家丁聪为汪曾祺先生画了漫画头像，《三月风》杂志在发表前请汪曾祺为漫画头像配诗，于是有了《自题小像》：“近事模糊往事真，双眸犹幸未全昏。衰年变法谈何易，唱罢莲花又一春。”实秋解读说：“汪老这首诗，乍读好像一般，并无深意，细品才觉得很含蓄，也很激烈。全诗前两句似乎是写作者年届七十岁时的一种‘老态’，其实是反衬作者对批评者的一种反批评。”

何以见得？实秋引汪曾祺先生在其他文章中的原话，作进一步的解读——

“往事真”者——“我写作强调真实”，“我只能写我所熟悉的平平常常的人和事”；

“未全昏”者——“我只能用平平常常的思想感情去了解他们，平平常常的方法表现他们”；

而“谈何易”者，其潜台词则是——“你不能改变我！”

至于“唱罢莲花又一春”,实秋引汪曾祺先生写于《自题小像》后的《却老》一文解读得越发清楚明白：“变法，是我想过的。怎么变，写那首诗（指《自题小像》）时还没有比较清晰的想法。现在比较清楚了：我得回过头来，在作品里融入更多的现实主义。”

就这样，一首看似平常的四句诗，经实秋一番简洁的品读，既抓住了原诗的精髓，更品出了味，寥寥数语，意味无穷。

我与实秋均为高邮人，都是汪曾祺先生的“小同乡”，我们曾不止一次一同拜访过汪老，当面聆听他的教诲，因此，我们不仅为家乡出现汪曾祺先生这样的文学大家咸与有荣焉，在学习、宣传汪曾祺先生的人品和文品方面，尽自己的绵薄之力，更是我俩的共同心愿。实秋之所以殚精竭虑、不遗余力地收集整理汪曾祺先生的诗联，我在读了书稿之后欣然作序向广大读者推荐，都是出于同一目的。实秋为编著《汪曾祺诗联品读》一书已经做出很大努力，如果能在“精选”和“精品”两个方面能再下些功夫，即，对已经收集到的汪曾祺先生的诗联进行适当的取舍，而不是见之必收；在对具体诗联品读时，不满足于停留在字句的读懂读通，而能从思想层面和文学意蕴上做更深入的探求，本书的质量定会有更大的提高。此外，本书的编排体例似也有商榷之处，目前的编排不尽准确合理，反不如按诗和联两大部分，依写作时间先后排列，更让读者一目了然。这些想法，仅是个人的一孔之见，未必妥切，和盘托出供实秋参考吧。

汪曾祺先生早在 20 世纪 40 年代就在文坛崭露头角，但直到他年届花甲之时才迎来他个人的创作辉煌期，才真正为读者所了解，并为当代文坛确认。这是中国当代文学史上堪称奇观的一个耐人寻味的个例。说到底，是改革开放新时代为他创造了可以实现文学梦想和追求的千载难逢的良机。他一生写了近300万字的作品，其中90%的文字写于他60岁复出文坛之后；在他1997年5月辞世以后到2008年初的11年间，国内多家出版社又新出汪曾祺先生的书36种44册，并且，这一出版势头还在继续。当此之时，金实秋的《汪曾祺诗联品读》正式出版与读者见面，是对汪曾祺先生的最好的纪念，想来广大喜爱汪曾祺先生作品的读者，也定会由衷喜悦与欢迎的。

2008年初冬，于金陵百步坡寓所

绿色的乡情大地
——朱葵的乡情山水画小识

在当今流派纷呈、名家辈出的中国画画坛上，朱葵的乡情山水画以其独特艺术风貌，令人赏心悦目。人们肯定他寄浓郁乡情于山水的多年如一日的刻苦追求，赞赏他把祖国大好山河一一诗意地呈现于笔下的艺术创造。观朱葵的乡情山水画，有时如听一首悠远而乡韵十足的民歌，使我们暂时忘却忧愁与烦恼；有时却又如秋风乍起、冷雨敲窗之日，与老友一道回忆多年前的往事，一种淡淡的、甜甜的，但又有那么一丝惆怅的情绪，不知不觉地漫上了心头；更多的时候，人们从朱葵的乡情山水画中，获得一份难得的休闲与宁静。在高科技迅猛发展的今天，一面是社会飞速地进步，往日的神话一一变为现实，但另一方面，环境污染、人心浮躁，青山绿水、新鲜空气似乎都正在离我们远去。当此之时，读朱

葵的乡情山水画，我们会从久违了的美好山水中获得一份珍贵的审美愉悦，这便是朱葵的乡情山水画越来越得到人们重视和喜爱的根本原因之所在。

绿，是朱葵的乡情山水画的基调。在他的作品中，无论是画秀美的苏北里下河、三万六千顷的太湖，还是雄奇的巴山蜀水、黔岭山区，我们总可以在画中见到生命之绿。春天，自不必说了，春风杨柳万千条，漠漠秧田如绿毯。即使是冬天，朱葵也在作品中通过凛凛寒风中的松柏，山峰绝顶上的几棵树，让人们联想到严冬过后，这些地方依然会泛起生命之绿。

对朱葵来说，表现绿，歌颂绿，就是表现生活充满希望，就是歌颂生活生机勃勃。在《春丛林绿融融》（1996 年作）中，他不只在画题中点出“绿”，还着意让无数棵蓬勃生长的大树，层次分明地占满画页，到处一片葱绿，画幅上方的几棵大树因阳光照耀，绿中泛出一片金黄，更让人深切感受到生活的喜悦。《渔乡三月》（1997 年作）是朱葵的乡情山水画最富代表性的优秀之作。3 月，正是“土膏欲动雨频催，万草千花一晌开”的美好季节，占据画面主体部分的是几大块翠绿欲滴的秧田，清清的流水环绕着秧田自由自在地流淌。远处一间临水而造的红顶小屋，屋外有清晰可见的渔网，既点明是渔乡，那渔家的红色屋顶又正好与大地之绿形成鲜明的对比，成了万绿丛中一点红。一点红，红得夺目；大片绿，绿得人心旷神怡，看着看着，竟忽然觉得，这柔嫩的绿似乎漫过画页，一直荡漾到我们心中来了。

我还想再举一幅《长白山初雪》（1996 年作），来谈朱葵对生命之绿的歌颂与向往。此画着意抒写长白山的雪。大雪在重峦叠嶂中纷纷扬扬，飘飘洒洒，那山坡上的人家屋顶已是白雪皑皑，远处的树木已然因风雪变得若隐若现，朦朦胧胧。画家歌颂的是这场及时降临长白山的瑞雪，这取材，这立意，分明告诉人们“瑞雪兆丰年”之意，那纵情挥洒的笔墨最清楚不过地透示出画家心中的喜悦。但我认为，就是这样一幅寒气袭人的《长白山初雪》，乡情山水画画家朱葵仍然刻意表现生命之绿，这是朱葵心中永远解不开的、片刻也忘不了的浓浓情结。这情结表现在占画页主体位置的风雪中的松柏。此时此地的松柏，画家显然不是为了歌颂松柏的坚贞，即“大雪压青松，青松挺且直”，而是借助四季常青的松柏，借助风雪中依然绿色盎然、郁郁葱葱的松柏，暗喻读者，一场瑞雪过后，等到来年春暖花开日，长白山区定然葱绿一片，无限生机。

对于朱葵的乡情山水画中恣意表现的绿，和他对绿的创造性表现，亚明先生的评语十分准确、全面，深获我心。亚明先生说："观朱葵之作，绿得别致而秀美，绿得清心而神畅，绿得宁静而生趣，绿得致远而和详。"

这种富于独创性的艺术追求，从浑然不觉到有所领悟直至如今的着意追求，朱葵经历了从不自觉到自觉的过程。据我这个旁观者看，这个过程大约有 40 年时间，而朱葵成为今日乡情山水画画家，乃是新时期，即最近 20 年的事。

回想起来，我与朱葵同在高邮工作、生活近 20 年，特别是朱葵离开高邮重返南京前这十多年，我们可谓朝夕相处，相知甚深。那时，我们在同一单位，我印象中的他，精力充沛，多才多艺，工作积极，待人真诚。因为年轻，他不止一次在县运动会上摘金夺银大出风头；因为多才多艺，他绘画、摄影、写文章、办展览，几乎无所不能。就绘画而言，见过他画宣传画，还见过他搞木刻，却很少见他在中国画方面的什么追求。倒是他的新闻敏感很引起我注意，由他拍摄的新闻照片和采写的新闻稿，屡屡见于报端，为县里争得了不少荣誉。那是一个希望与困难同在、荒谬与合理并存的时代，那时，我们都还年轻，又都属于知识分子，并且都因有知识而低人一等，且不得不受制于知识少于我辈、但“阶级斗争”观念却显然强于我辈的可爱的“左”先生们。

记得每年“四夏”大忙，县里照例要组织我们下乡支农。其实，皇天可鉴，我们这些人下乡，支不了多少农，却要给农村干部、农民们增添不少麻烦。每遇这些事，我们大多感到无可奈何，而朱葵却是兴趣盎然，他正好借此了解生活，积累生活素材。他总是随身带照相机，摄下许多幅反映里下河农村风光的照片；他还随身带铅笔、绘画纸，一有空闲就画速写：速写优美自然的农村小景，速写淳朴健康的村姑少年。有一次，他以漫画笔法，速写一位终日催促我们劳动的小领导。他为这位小工头画了拄杖式——拄着铁锨自己不干，却吆喝别人干活；画了花瓶式——双手叉腰不干活；还画了茶壶式——一手叉腰，一手指这指那……这些速写，寥寥数笔，神态逼真，夸张得体，幽默风趣，不仅旁观者见之捧腹，连那位小领导见了也露出尴尬的笑容……

朱葵在高邮工作18年。现在看来，这18年对他来说，正是一个熟悉生活、了解生活的难得机会。这18年，对于最终确定走乡情山水画之路的朱葵，是一个从思想到艺术都在进行丰厚积累的重要时期。生活就是这样，很多时候艰苦生活对一名艺术家来说是意志的磨砺，也是生活的积累，并为他日后的创作升华做充分的准备。没有这18年，没有这18年中与高邮人民群众逐步建立起来的深厚感情，就没有今日朱葵笔下的充满抒情意味的里下河风光，甚至也没有朱葵今日的得到海内外广泛赞誉的乡情山水画。秀美的里下河风光，以及生活在那片可爱土地上的人们，给朱葵的印象和影响太深了，以致后来他即使画远离苏北里下河的巴山蜀水、云贵高原，我们仍然可以从画中依稀见到苏北里下河的影子；同样，离开高邮后，走过祖国许多山山水水的朱葵，把乡情升华到对祖国的真挚的爱，于是，在凭记忆描绘他曾经生活过的里下河风光时，常常不知不觉地在创作中融入显然不属于里下河的山水神韵。朱葵真诚地把他生活过的高邮称为自己的第二故乡，这样，他就将对故乡之爱与对祖国之爱水乳交融地糅合在一起，这便成了朱葵乡情山水画的永恒的、不变的主题。

对于1955年8月已经就读于南师美术系，并师从陈之佛、傅抱石、杨建候等著名国画大师的朱葵来说，历经40多年的探索、磨砺，终于确立乡情山水画之路，这是一个漫长而聪明的选择。

朱葵之聪明，在于他清醒地看到，要在源远流长、竞争激烈的中国画坛占有自己的一席之地，必须扬长避短，从自身的生活修养、题材积累以及绘画基础出发，在独成一家上下功夫。“吾辈处事，不可一事有我，唯作书画，必须处处有我。我者何？独成一家之谓耳。”（［清］松年《颐园论画》）

寄情于山水，历来是中国画家一个永恒的题材，但把山水画与乡情如此密切相连，此乃朱葵画作引人注目之处。

朱葵之聪明，还在于他深深地懂得，对于包括中国画在内的任何作品来说，题材不是决定性的，但题材又无疑是关系作品成功与否的至关重要的因素。如果因为过去很长一个时期，我们受“左”的文艺政策的影响，吃够了“题材决定论”的苦，如今走向另一个极端，不重视题材（内容）而只是在表现手法（形式）上下功夫，也很难达到最佳创作效果。还是那句老话，只有正确的思想内容与尽可能完美的艺术形式相结合，才可能创作出既体现时代内容又可以充分发挥自己创作才能的优秀作品。一味地清高，不加分析地强调远离政治的约束，只能带来无成果的结果。我总觉得，曾经在新闻战线工作过的朱葵具有较强的新闻敏感，这对他最终确立走乡情山水画之路尤有教益。在《朱葵中国乡情山水画选集》（江苏美术出版社 1999 年出版）后记中，他这样坦率地写道：

> 几年前，在欧洲举办的一次个人画展上，我的十余幅绿色调的山水画，被集中陈列在一起，惹起了话题。据说那个国家绿地面积占百分之五十，异国友人喜爱绿色，纷纷作各种解释。诸如：纯净的环境、和平的象征、生命的起源、青春的标志、宁静的空间……
>
> 这样的认识我没有刻意，但给我一个启迪，使我进一步在绘画作品中，寻觅一个和平、纯净、安宁的绿色梦境。这也是近年来，我的作品中绿色的倾向之来源。我原本追求诗意的中国大地乡情，现又重叠一个绿意，绿色的乡情大地……

看，从海外友人的评述中得到了启迪，使得自己的认识从朦胧变得清晰起来，以致形成后来的刻意追求，这就是我说的新闻敏感，一种不仅从艺术也从政治学、社会学角度进行思考的敏感。这种敏感无疑有助于朱葵在艺术创作中深化作品的社会主题。

朱葵的聪明，更在于他的坚持不脱离生活，自觉地加强绘画技巧本身的不断磨砺提高。翻开他的艺术活动简表，不难发现，他不是那种终日坚守画室冥思苦想的创作者，只要有可能，一有时间，他会抓住一切机会到生活中去。近20年来，他的足迹遍布大江南北；他还到过十多个国家举办个人画展，为的是从中西文化交流碰撞中获得创作灵感。胸中有了千山万岭，笔下就会生出万种风情，朱葵是笃信“行万里路，读万卷书”的古训的，并且也确实尝到了甜头。而身为江苏省美术馆的负责人，又给予他观摩学习国内外绘画名家名作的得天独厚的条件和时机。他博采众长，为己所用，日积月累，终成一家。

（2000/10）

画坛老农

——读《戎经亚画集》

一辈子在画坛辛勤耕耘的戎经亚，将自己半个世纪以来创作的美术作品结集在四川美术出版社出版了，这实在是一件令人高兴的事情。早在几年前，我和许多朋友都曾建议他出一本自己的画集，是回顾，是小结，也是向更高目标跃升的新的起点。现在，画集终于出版了，作者本人感到欣慰自不在言中，作为与他相知相交几十年的我们，也像自己的作品集问世一样，同样开心。

戎经亚属于这样一种画家：他一辈子扎根故乡大地，并从家乡人民生活中汲取丰富的创作营养。他终身信奉的生活与创作的信条是：真实与真诚——表现在平日与人相处上，他待人以诚，是值得信赖的朋友；表现在工作上，他几十年如一日地勤勤恳恳、兢兢业业；从不投机取巧、耍滑使奸；表现在创作上，他总是以近乎虔诚的态度用手中的画笔为家乡唱赞歌，再现生活中的美和诗意。且看他那一组以故乡高邮风物为题材的作品，不知别人怎么看，像我这样自小在高

邮长大、后来又离开家乡客居外地的人，看了后不只是倍感熟悉与亲切，心中还总会激起一股难以抑制的对故乡至爱与挚爱的赤子之情，很多时候，其感觉颇与读汪曾祺先生的那组以高邮为题材的作品相似。尽管在艺术功力上，戎经亚的画作不能与汪曾祺先生的作品相提并论，但就抒发热爱家乡、歌颂家乡的感情来说，其实是相同相通的。也正因如此，我认为，如果说汪曾祺先生的作品是无声的画，那么，不妨说戎经亚的画作乃是有形的诗。

在高邮，甚至在江苏省美术界，熟悉戎经亚的人不在少数。这位被大家亲切地称为“老戎”的人，也真是名副其实的“老农”。他对美术事业的热爱与追求，起步于20世纪50年代初的高邮师范读书期间。半个多世纪以来，他真像农村到处可见的农夫，终年如一日地不知疲倦地耕耘在美术园地中。初看之下，农夫没有创惊天动地伟业的宏图大志，但，恰恰是他们在用自己的心血和汗水，种植人们一天也不能缺少的、赖以维持生命的食粮。戎经亚也是这样，他不乏美术创作的才能和天赋，但在他生命的漫长岁月里，没有把精力完全放在自己的创作上，却心甘情愿地在群众美术事业中挥洒自己的青春。长期以来，老戎自觉地用自己的绘画专长服务于党和人民需要的文化宣传事业，承担起培育美术新人的责任。作为一个热爱美术创作并将此作为一生追求的人，他的个人创作收获期是在他退休以后，仅此一点，我们也应对戎经亚的无私奉献精神表示我们的由衷敬意。改革开放以来，高邮不断涌现出成绩显著的美术新人，看众多后生们不仅在本地还逐渐在省市美术界崭露头角，想到他们其中不少人得到过戎经亚的悉心指导，戎经亚本人会无限快慰，我们这些旁观者也会情不自禁为“老农”戎经亚喜获丰收而鼓掌祝贺。

读戎经亚的画集，我们不难发现他的画作题材和绘画形式，都涉猎多个方面。他画人物，画山水，还画花卉；他画连环画，画宣传画，甚至还尝试过木刻。这不是他用心不专，实乃是与他一辈子从事群众文化工作有关。为了适应宣传工作的需要，为了成功引导那些有美术天赋的青少年领略美术园地中的无限美景和乐趣，作为指导老师，他必须拥有尽可能多的技巧与技能。老戎长年工作在一个单位，一辈子没离开过生他养育他的故乡，其好处是不脱离生活，有着取之不尽用之不竭的丰富的创作营养和素材，但终身扎根埋头于一地一个单位，多多少少局限了他的创作视野，妨碍了他有更加开阔敏锐的目光，因此，在他的画作中，特别在他早期的作品里，无论气势和气魄，还有在表现手法上，都有不尽如人意处，这是显而易见的。但老戎不仅是勤奋的，也是倔强的，当他逐渐看清楚自己画作的弱点和不足后，他发愤补课，迎头赶上，虽年过花甲之年，却焕发出生机勃勃的创作活力。

退休以后，有了属于自己支配的时间，他多读多看多思，以提高自己的艺术素质；他抓紧机会走出高邮，饱览祖国壮丽山河……于是，我们欣喜地看到，随着他的美术素养的积累增多，随着他的眼界日益开阔，他近年来的画风于不知不觉中发生了变化。他不再拘泥于现实不变，即使画人们常见的家乡风景，也开始洋溢出我们熟悉却又陌生的清新秀美之风。他的山水画也不再是跟在别人的后面学步，而是努力表现自己的所见和所悟，借祖国的大好山河而抒发胸中的壮志豪情，其水平明显地超过他以往的旧作。

进入新时期后，我国文艺界日趋繁荣，人才辈出，佳作纷呈，百花齐放，万木争春。当此之时，无论是作家、画家，还是其他文艺门类的有志于创作者，要想取得成绩殊非易事。然而，有志者事竟成，只要努力，只要坚持，假以时日，功夫不负有心人，总会取得一定成功的。我们既不能浅尝辄止，稍有成绩便沾沾自喜；也不必因为暂时不能获得特别优异的成绩而在大家或名人的面前自惭形秽和自卑。俄国文学家契诃夫曾幽默地就名家和一般作者的关系，说过一段令人大笑更发人深思的话，他说，无论大狗、小狗都应该按照上帝赋予的嗓子自由地喊叫。我愿意以契诃夫这段名言与戎经亚共勉，并祝他在他所酷爱的美术创作中取得更大的成绩。

(2007/10)

荷在心中 心在荷上

——读《姜文定荷花作品集》

清香四溢的《姜文定荷花作品集》（上海画报出版社 2006 年出版）在我的案头开放着！这本以荷花为表现主体的装帧精美的画册，把我带入神清气爽高雅洁净的荷的世界。看日常生活中常见的、被人们赞誉的荷花，在作者的画笔下、镜头中，千姿百态，万种风情，我们不能不惊叹大自然的神奇莫测的造化之功，也由衷地赞美作者从生活的荷中捕捉美和再现美的艺术功力。作者熟练地运用微距和长焦镜头取景、构图，使常见的荷花呈现出不常见的美，让人们进一步领略荷之神韵；作者还常常匪夷所思地取人们容易忽略的荷之另一面，如冬之残荷，如落尽花与叶但仍顽强地屹立于寒风中的荷之梗，或捕入镜头，或再现于笔下，不无敬意地尽显荷之不死的精神！

以荷入画者，古早有之；及至摄影艺术兴起后，用镜头捕捉荷之美又成了许多人长期不倦的追求。但像文定这样，同一

作者同时以绘画与摄影两种艺术手段极写荷之形、荷之貌、荷之韵、荷之神，并且取得如此令人珍爱与赞赏的创作成果，在当今艺术界，虽不是绝无仅有，恐怕也为数不多。我在一次次阅读文定那一幅幅既给人以无尽的美感，更给人以人生的深刻启迪的荷花作品时，常常忍不住想，作者如此对荷情有独钟，如此孜孜不倦地从诸多角度探索荷之美，表现荷之神，究竟原因何在呢？作者自述，他是在“奔五”的时候，“喜爱上了荷花，仿佛找到了自己的精神家园，走近了自己多年追求的梦”。这就对了。“奔五”之年，其实也正是人生的成熟季节，如秋之莲，“看取莲花净，方知不染心”。不饱经人世沧桑，又怎能逐渐去除浮躁之气？唯有在人生道路上历经几十年的摔打之后，才有可能慢慢懂得，人生的最高境界，其实应该是如荷那样，以一种恬淡之心看取人生：不但要知恩图报，努力为哺育自己成长的社会做尽可能多的积极贡献，还要淡看名利，“宠辱不惊看庭前花开花落，去留无意任天外云卷云舒”。

我总觉得，文定之爱荷，最初出发点不一定完全是为了艺术，而是因为他从荷的品格中找到了与自己的精神相通之处，他是因为“发现”荷与自己竟有如此多的共同语言，这才能日甚一日地赏荷、爱荷、恋荷，直至如今这样荷在心中，心在荷上，对荷如醉如痴。不仅如此，我还认为，文定同时运用摄影与绘画两种艺术手段虔诚地为荷造像树碑，最初恐怕也不完全是出于一种艺术表现手法上的多样化的考虑，而是由于随着他对荷的悟解愈多愈深刻，便会觉得，仅靠以写实为基本特征的摄影手段，不足以尽显荷之高贵高尚与优美优雅，唯有同时再以绘画，特别是绘画中的传统写意手法，有时甚至用泼墨歌颂荷之非凡的风骨，这才能使荷得到更加全面和更加完整的表现。正因如此，与文定的荷的摄影作品相比，他笔下的荷，有时其实似荷非荷！这不完全是因为他在画荷时融入了新潮笔法，更是因为他此时的目的不在于甚至不在乎荷的形似，只要可以借荷能表现某种感悟、某种情绪、某种思想，特别是，只要能借荷而一抒心中之豪情或柔情，能表现自己突然悟解到的或激昂或温馨或惆怅的情绪，其他一切便都不在话下，足矣！

短短几年工夫，文定画荷已取得令人瞩目的成绩，诚属可喜；但，艺术的追求总是无止境的，从这一角度看，文定画荷也才仅仅是开始。以文定一贯的执着的创作态度和不知疲倦的艺术探求精神，我相信，他在已经取得的成绩的基础上，再作艰苦努力和积极追求，假以时日，他一定能走出一条真正属于自己的以荷为主要表现对象的独特之路。

我充满信心地期待着，更于此为文定送上我深深的真诚的祝福。

(2007/3)

附录

一个心灵对另一个心灵的慰藉

——再读陆建华《私信中的汪曾祺》

文 费振钟

新时期到来，汪曾祺复出文坛，从1980年10月在《北京文学》发表《受戒》起，《大淖记事》《岁寒三友》《异秉》等一组以故乡高邮旧时代生活为背景的小说联翩问世，引起文学界的积极关注，广受读者热烈欢迎。差不多与此同时，后来被汪曾祺亲切地称为小同乡的陆建华，在高邮开始了对汪曾祺的“跟踪宣传与研究”。不久，陆建华调入南京江苏省级机关工作，繁重的工作之余，他对汪曾祺的“宣传与研究”始终不懈，笔耕未停。

30多年来，陆建华写下的以汪曾祺为专题对象的作品有四种：《汪曾祺传》（1997年）、《汪曾祺的春夏秋冬》（2005年）、《私信中的汪曾祺》（2011年）、《汪曾祺与<沙家浜>》（2014年）。由于这些作品，文学界和读者都把陆建华许为汪曾祺研究专家。单就近20年来的“汪学”看，确实没有谁比陆建华用功之勤著述之丰，更别说他对所谓汪曾祺研究有着别人不能比肩的第一手资料。而以文学史目之，就算陆建华单写一个汪曾祺，也可说对中国新时期文学卓有建树了。但我不取这样评价，我的个人观点放在陆建华与汪曾祺之间的传作关联上，或者说放在两个人之间的心灵和精神联系上。我这样说原因有两条：一、作为师友，我对陆建华与汪曾祺的文字之交有就近的观察与了解；二、陆建华写汪曾祺的这些文字，我读得很细致，也很投入，有些内容因与我的现场记忆吻合而能反复回味。所以，我可以从别人也许还不够注意的视角，来说明陆建华写作汪曾祺的价值和意义。当然，还有人也可以做到，毕竟陆建华并非与我一人有忘年之谊，评论陆建华的也大有人在。

陆建华自问为什么要写作汪曾祺时，讲过一句朴实无华的话。他说，他要把汪曾祺介绍给家乡高邮。每个人的写作都有自己的心理动机，有时候很复杂深刻，有时候则很简单透明，甚至很纯粹。陆建华萌生这一写作旨意，最早可以溯源到 1980 年。这年 8 月，蛰居北京甘家口的汪曾祺，写成著名小说《受戒》，作者于小说篇末附记道，“写四十三年前的一个梦”。这部惊艳 20 世纪 80 年代初期中国文坛的小说，连同作者的深情旧梦，如此深深感动了远在苏北运河边高邮城里的陆建华。陆建华听到了汪曾祺在远方的深沉呼唤与期待，而小城彼时却很少几个人知道这位早年离家的游子。失联时间毕竟太长，谁记得这样一位萦萦故园的作家呢？其时陆建华尚在小城高邮做一名普通文职官员，但他也是本城最能感受20世纪80年代文学界气息声波的作家。陆建华几乎本能地发现，汪曾祺以他重现文坛发表的第一篇小说，就将这个小城最富人性的优美故事传递全国，这使他在惊喜中又添遗憾：汪曾祺给高邮带来这么美好的文学声誉，却没有得到及时响应和回声。说遗憾可能还嫌轻，想必陆建华遗憾中还有一层深深的痛惜。要知道，由于特殊关系，陆建华少年自立志文学以来，其实一直暗中长怀关于汪曾祺的想象。现在汪曾祺在中国文坛差不多可称横空出世，陆建华多么希望汪曾祺成为高邮妇孺皆知的“传奇”，也希望给文化枯竭的小城带来新的生机。以上即可看作陆建华为什么在第一时间评介《受戒》，并且确定写作汪曾祺的长远计划的心理动机。

但他真正贴近汪曾祺，又在次年即1981年秋天。一方面为完成汪曾祺的故园之思，正式将汪曾祺引还高邮，一方面也为高邮有机会敞开胸怀接纳这位游子的艰难回归（第6封信），陆建华折冲于北京甘家口与地方政府之间，努力的结果自然如愿以偿。秋天里，珠湖荻花初雪，汪曾祺回到他离别42年的故土。陆建华后来记述说，汪曾祺1939年从运河码头离开高邮前往昆明求学，还是一个未及毕业的高中学生，再返故乡已是满头华发、饱尝人生苦酒的花甲老人。我记得，陆建华全程陪侍这位他从学生时代就仰慕的老人时，脸上时时流露出来的神情，那是一种追随文学已久而积累起来的内心向往。这时候，人在咫尺，汪曾祺给陆建华的触动，或许正是“明子”般的赤子形象，而陆建华一定暗自发问，他与汪曾祺何以相通，又是怎样的相通。我特别介绍这一情节，即想说明陆建华对汪曾祺的写作，从一开始就进入到了灵性交流和文学寻根的层次。初读《受戒》一年多来，陆建华连续读过先于《受戒》写成的《异秉》（《雨花》1981年第1期）和相继发表的《大淖记事》（《北京文学》1981年第4期）、《岁寒三友》（《十月》1981年第3期），他内心中一些美好的愿景被这些“高邮故事”一再唤起，现在他需要通过汪曾祺找到合适的表达。陆建华这些心迹，先后在三篇不同题目的文章《悠悠故乡情》（1997年）、《回乡之路》（2009年）、《“跟踪宣传”汪曾祺》（2012年）里一再陈述尽数托出。

古诗说，“知我者谓我心忧，不知我者谓我何求”。

陆建华还有一句直白实诚的话，常常放在嘴边，多次对关心他的朋友说，他写汪曾祺不为名利，只为喜欢汪曾祺的“文”。为什么“汪文”对陆建华这么重要？在我看来，似乎不止于他倾心汪曾祺文字之美，而是“汪文”联结了一条远久的地方文脉，对陆建华自己有其“安身立命”的至关重要之处。这条文脉，从北宋词人秦少游开启，后来却再难延续，所谓“风流不见秦淮海，寂寞身后五百年”，汪曾祺的出现可算千年之后又一人。对此，陆建华为家乡骄傲的同时又实怀忧虑，他真的担心古城高邮会错过了复兴文学和文化的机会。他明白汪曾祺已属偶然，这里再有汪曾祺的可能性不可预期。有所忧而有所求，陆建华所求即在于让汪曾祺以及汪曾祺的文字，能够在这个难得的复兴的20世纪80年代，在这个文脉转易的重要时期，在高邮这片古老土地上，深入人心并且在未来牢牢扎根。

交代了陆建华所喜所忧所思所想，应能有所根据且恰如其分地评价他写作汪曾祺的价值了。一般写作，其价值大小高低，可从多方面评估，但无非从个人与社会两端着眼。在个人，其价值重在主体的发现；在社会，其价值重在客观的认知。就陆建华四部有关汪曾祺的写作而言，欲言其价值，当然也不出上面两条。但我想提醒，须注意可能产生的一种偏见和成见，即用“汪曾祺的价值”来论衡陆建华写作的认知价值。事实上这比较容易发生，因汪曾祺是开当代文坛风气的大作家，陆建华在写身份上难得与汪曾祺对等看待，所以，我担心陆建华对汪曾祺所有那些细致的诠释与解读，会被仅仅简化为一种关于文学和作家写作生活的专业知识，这样一来势必降低和减轻陆建华的写作对于个人的主体发现价值，看似评估角度问题，其实对陆建华却多有不公。

既为防闲，也为表明我的阅读选择，我推许《私信中的汪曾祺》为陆建华四种著述中最见价值的一本，并力求说明价值之所在。当然，我并非说其他三部不够，仅仅是说这一部作品最能得我心，也最能让我说出我的意见。

从 1981 年 7 月 17 日因用《珠湖》夹信起引，到 1997 年 3 月 18 日为《沙家浜》版权事止，汪曾祺去世前共写给陆建华 38 封信。16 年时间不算长也不算短，汪给陆的信不算少也不算多，“私信”往来中，一个“私”规定了两个人之间对话的私密性和单独交流的有限可能性。此 38 封私信，在汪曾祺恐怕是他晚年仅有的给一个人写得最多的信了，可知对收信人的信任。而写信期间，又是汪曾祺文学生涯中，写作最丰盛、内心生活最丰富最活跃灵动也最充满了期待的时段。他的诸多想法，无保留却又颇有含蓄地透示于受信人，让受信人亦会产生心心相印甚至惺惺相惜之感。在陆建华与汪曾祺知遇中，我看到一个心灵与另一个心灵互通以后所激荡起来的涟漪。在这个道孤德寡、伦理崩溃的时代，如何反射出人性的美好洁净，如何显现精神的光度，以及两人在共同的文学关怀下，怎样越过私人领域面向“世道人心”，体现出来深长悠远的文化情致。

以上这些，都涵在陆建华对汪曾祺38封来信展开的对话之中。显然，在汪曾祺病逝后差不多又一个16年，斯人长已矣，余痛或已平复，而陆建华重设两个人的对话情境，他不仅欲从追忆中回返时间现场，而且要在这回返中重新诠释一个作家和美学家的“文化孤寂”。

陆建华不免先从积极方面看汪曾祺的人生变化：“三十八封信——清晰地显示了汪曾祺在新时期从多年冷寂直向辉煌的全过程，简直成了又一部从特别角度写就的关于他自己的特别的传记。”其实，也许我们并不知道，虽然汪曾祺在20世纪80年代一复出便已名满天下，但他的内心和精神世界依然萧疏孤寂。或者说，度过漫长的30多年艰难岁月的汪曾祺，在文学声名越来越高、影响越来越大的时候，文学与人生的孤独感却越来越深。这一方面，当然由于那些积年的阴影尚未消除，另一方面则是现实仍从那些看不见的地方挤压着汪曾祺的思想和心灵空间。如果说汪曾祺在 20 世纪 80 年代以前因无法“追求真正的文学之梦”而绝望，身心俱寂，那么其后 16 年，他从个人情志转向社会关怀和文化关怀，由于深忧传统的中断与失落，自觉一种文化飘零感；作为一个怀有强烈文化理想的“抒情诗人”，敏感于生活与时代的汪曾祺，其思想和精神孤独之意则更为深沉。只是曲折隐晦，平常眼睛难以发现。不用说，这些发生在汪曾祺内心世界的情愫，陆建华比我们有更多体察和更深感受。因他们生在同一个“文化的故乡”，比如汪曾祺这样说：“拾级重登念崇台杰阁几番兴废千载风云归梦里，凭栏四望问绿野平湖何日腾飞万家哀乐在心头”（第 10 封信），陆建华立即明白，失去与秦少游、二王父子（王念孙、王引之）、王西楼的历史联系，对汪曾祺来说，比他与亲族家人关山阻隔更加严重。比如汪曾祺叹息高邮王学后继无人：“高邮从未闻有人传其学问，殊可感叹也”，陆建华便知悉汪曾祺对家乡文教的兴废继绝有多么牵怀，而何时恢复“二王余韵百里书声”，不仅是汪曾祺急切的盼望，也是他长期的精神悬疑（第 12 封信）。

陆建华重设的对话现场，环绕的中心词自是“故乡”无疑。但这个“故乡”，在他们对话中，既是具象的存在，又是象征性的文化符号；既是他们共有话语对象，更是他们的语言暗码。在彼此38次应答中，他们谈论品评家乡人物，包括历史掌故、生活轶事，甚至包括著名的高邮鸭蛋，亦如汪曾祺充满诗意地描写故乡人物之美，以及风土之美、食物之美，这些并非表达汪曾祺的“莼鲈之思”，亦非通常意义上的乡愁。此中“美学”大义，陆建华常有超越现实的领悟。陆建华扼要阐述说，汪曾祺自认“通俗的抒情诗人”，其一生要“圆”的梦想，不只在文学，而是通过文学达成美好家园回归美好生活，这也是所有人需求的家园和生活，所以“通俗”。因此，在陆建华的理解中，汪曾祺总以自己的家乡作为寄托，由此建立合乎他的生活美学理想的“故园梦”。而汪曾祺时时流露出来的“有益于世道人心”的美学思虑，内中恰恰满注着陆建华注意到的那种面对故乡时的“万家哀乐”道德情怀。

在陆建华细心觉察下的汪曾祺，作为一个深受中国文化和儒学传统熏陶的文人，既有劝世的殷勤与厚望，又多阅世的犹疑彷徨与绝望。汪曾祺原以为“文学”是他精神还乡的一条美好途径，然而他希望的时间越久，失望却也就越积越深。陆建华解读第23封信中，披露了汪曾祺“生气”一事。那是1986年9、10月间，汪曾祺听说高邮要开他的作品讨论会，后来却虚与委蛇的不开了，于是“好老头忍不住生气了”。为什么？陆建华详细陈述了个中心理原因：汪曾祺“是一个对家乡无比眷念无比真爱的人”，他“天真”地想让自己写的思乡恋乡爱乡作品，在家乡得到共鸣。他可以不在意什么专家的高深分析，能听到家乡父老乡亲们朴素真情的看法，才是汪曾祺幸福快乐的事。汪曾祺生气，“是他觉得对家乡的一番情意并没有得到热情响应”。更让汪曾祺感到寒心的，还在他第25封信。那是一封“含有很多信息的长信”，其中最重要的信息，则关乎汪曾祺的文学和心灵诉求。信中，汪曾祺对陆建华谈及归还祖居房屋一事，其实陆建华知道，家乡“住房问题是汪曾祺一生永久的痛”，老人的话虽简淡，但情切意重。陆建华另引汪曾祺一篇给当政者的“陈情书”，来揭示汪曾祺晚年的心意：“曾祺老矣，犹冀有机会回乡，写一点有关家乡的作品，希望能有一枝之栖”，听之让人动容。熟悉《古诗十九首》中“行行复行行”，以及曹操《短歌行》的人都懂得“越鸟巢南枝”的渴求，和“绕树三匝何枝可依”的衷肠。汪曾祺真正想要的，哪里在于一个物质性的房屋，他要的是用“故居”安顿自己心灵，求得一个文学的最后归宿（在第12、13封信中，汪曾祺告诉陆建华，他想在高邮住一段时间，搜集素材，在70岁时写一部反映家乡高邮运河的巨著）。然而这个“动人”的愿望汪曾祺至死都未实现，试想被家乡拒绝的汪曾祺有多么伤感和失望。

如同屈子的行吟，是怀梦的诗人的绝唱；如同秦观的词句，是“忍顾鹊桥归路”失道的哀惘。越想“通俗”——通向生活——越不能“通俗”，汪曾祺关于“故乡”的矛盾心态，即是这位“抒情诗人”和文学理想主义者的真实写照。陆建华通过38封信的解读，重新发现了汪曾祺作为“文化孤寂者”的内在形象。无论陆建华怎样力求在客观的维度上描写天真乐观、多情重义、睿智博学的汪曾祺，一旦进入心灵层面，一旦试图从心理上解读汪曾祺，那么就不能不如此地将汪曾祺置于“唯美主义”的观看之中，从而塑造一个我们既熟悉又陌生、既在历史存在又在现实中“美学”化的汪曾祺。尘俗世界里，有两种人的寂寞，一种为“圣者”的寂寞，一种为“美者”的寂寞。汪曾祺属于后一种。一生“唯美”的汪曾祺，与生俱来总是为世忧困因而孤寂。

陆建华一面心仪汪曾祺所持的“乐观主义”文学立场，

但当他觉察甚至感染了汪曾祺的这种“文化的孤寂”时，却又体会到这种“乐观主义”的真实作用，或许是可以拿来抵抗和消解汪曾祺“内在的悲伤”的。于是，陆建华在与汪曾祺的对话中，从自觉的解读者，成为一个自动的解颐人——一个精神上与汪曾祺同感互动，以深沉真挚的文化同情安慰孤寂的汪曾祺的人；一个从开始到最后，16 年间，让汪曾祺时时感到心灵慰藉的人，亦如他在《寂寞与温暖》中的寄寓和企望。

所以，在这部《私信中的汪曾祺》里，陆建华解读汪曾祺同时也解读了自己。我之所谓主体发现的价值，一半又在陆建华写作汪曾祺中完成的自我解读。姑摘“第四封信解读”里的一节文字：

“以高邮县（市）人民政府名义邀请汪曾祺回乡访问的信，是由我亲自到邮局挂号发出的。本来，这封信完全可以交单位的收发室的同志去处理，但那天下午，我从县政府办公室那里拿到打印好了的，并盖上县政府红色大印的邀请函送到收发室，负责信件管理的老朱告诉我，今天已去过邮局了，只能明天寄出了。想到汪曾祺迫切盼望回乡的心情，让他早一天拿到邀请函，就早一天得到快乐！我不好意思让老朱为一封信再去邮局，决定自己到邮局走一趟。”

这节文字，初读不甚留意，再读之下，温暖感人，犹如亲历。陆建华这样写自己当日寄函之事，字里行间看不到一点矫饰，看不到“存心使人感动”的做作，只有天性中生发出来的关怀之情，为了在寂寞中等待了42年的老人“早一天得到快乐”，就是如此的简朴实在。

检索38封信解读，像这类事关汪曾祺“快乐”的事不在少数，来自陆建华的关怀与温暖，可以说16年间源源不断地送到汪曾祺的心头。当汪曾祺在他蒲黄榆（1983年由甘家口迁入）书房里写作时，有一双惊喜的眼睛，悄悄地代替着家乡的期待，激励老人手中的笔而不致倦怠（第16封信）；当汪曾祺用《故乡食物》传达他的乡思时，随着每年春季里的鸭蛋，这双温情的眼睛，带去了汪曾祺全部的欢喜（第21封信）；甚或汪曾祺因曾写作《沙家浜》，遭遇某种历史误解，及至后来又因版权纠纷蒙受诟难时，还是这善良的眼睛，努力寻求真相，全力解脱老人的疑惧（第38封信）。汪曾祺对陆建华尽管没有说过多少感谢，但就如那一句“鸭蛋已经吃完了，信却没有回，真不像话”的“自责”，可想象汪曾祺其实十分动容，而陆建华亦深信汪曾祺是因为欢喜才这样说话。

我注意到，《私信中的汪曾祺》使用了这样一些经典语句："一枝一叶总关情"，"涸辙之鲋，相濡以沫"。对此作者当有具体而微的领会，所谓慰藉，所谓温暖，从"枝叶"相连的同情关系中产生，也从"濡沫"同类相通的依存关系中产生。前面说过，陆建华与汪曾祺的关系，是建立在"文化故乡"的纽带上的，故而"枝叶"之情，"濡沫"之感，始终浸润在他们的对话中间，从而升腾为心灵的慰藉与温暖气息。慰藉与温暖是他们共同的心灵产物。也许，陆建华解读汪曾祺，本无意解读自己，可他无法舍去这样的同情与依存关系而置身其外。所以不能不在解读真实的汪曾祺的同时，写出自己的真实；不能不在"爱"汪曾祺的同时，写出自己的"可爱"；也不能不在"为了老人的快乐"的同时，写出自己为这样的快乐所尽的一份责任和情义。如果说汪曾祺晚年得一陆建华是老人的幸运，那么何尝不可以说陆建华得汪曾祺亦是陆建华的幸运。说到这里，我眼前再次浮现中学生陆建华的形象，那是1957年，他在《人民文学》上第一次看见汪曾祺的名字，心情激动，慕想联翩。多少年之后，他们在38封信里"知遇"，难道这不是一种注定的缘分吗？

所以，即便陆建华在《私信中的汪曾祺》里"反客为主"，我也理解为这是为文际情不得已。最后，我想再推荐陆建华的一篇散文《绝唱》，这篇散文记述作者家乡的“牛歌”，号为“咻咻”。无词的歌，一字唱尽千年寂寞。我以为，陆建华的这篇文字，可与《私信中的汪曾祺》的意绪暗通款曲。故土上那些寂寞而孤独的人，谁来主动理解和安慰他们的心灵？

（原刊《文艺报》2015年10月19日）

谁上高台张口笑

——《勉耕斋里的诗意追求》读札

文 雷雨

2016年夏末时节，在东郊仙林某校园内硬着头皮听讲座，遇到陆建华先生，仍然是精神饱满，神采奕奕，情绪昂扬，话语间，还是不减当年锋芒。讲课者中有从北京来的《小说选刊》的王干，应该说算是陆建华先生的后辈了，但陆建华先生在台下认真听讲，一丝不苟，令人油然而生敬意。陆建华先生对我还是鼓励有加，就连我在报章上的区区千字小文，他也是一再鼓励，令人心热。前些日子，陆建华先生又来电，说是选编了几册《勉耕斋里的诗意追求》，把有关文字发我邮箱里了，是他大半辈子文墨生涯的一次回顾总结，让我写点文字助兴。我当然是责无旁贷，满口答应一定会尽力而为。放下电话，心情久久不能平静。陆建华先生，为何很少看到他眉头紧锁焦虑烦躁方寸大乱的时候？为何总是不卑不亢从容不迫气定神闲的神态？每每接到陆建华先生电话，总是声音洪亮，条理分明，根本不像是年逾古稀之年了。到底是什么在支撑着这样一位文海老骥笑看红尘荣辱静守书斋风景几十年如一日？而且在所谓的退下来之后更是斗志不减豪情满怀？往事历历，人生苦短，与陆建华先生有关的多少人生碎影片段细节在脑海中闪回腾挪，总有一种隐隐的惺惺相惜的前辈情怀令人感念万端，情难自已。

陆建华先生的文字，大致可以分为三类：一是关于汪曾祺的研究，二是自己的散文创作，三是他的评论文字。说到汪曾祺，实在是一位大器晚成、成就卓著的大家。不是谬托知己，在六朝松下读书的时候，我曾经抄写过汪曾祺先生的《受戒》，反复研读，如醉如痴，而当时我根本无从知道陆建华先生。谁能料到，大学毕业两年后，却与陆建华先生在北京西路草场门侧做了同事。那个时候，年轻小伙子在机关里，除了认认真真做好杂事、踏踏实实写好公文外，还是有点不甘寂寞不谙世事，也就悄悄写点东西，算是一种寄托。当时的主要园地就是赵本夫先生的女儿赵允芳主持的《服务导报》的有关版面，自以为暗度陈仓，悄然而行，但还是被陆建华先生发现了，他居然是肯定支持，让我坚持不懈。我在《新民晚报》上发表了一篇小文，批评《收获》上的一部长篇小说，引起了陆建华先生的高度重视。他把我喊到他的办公室，与我很认真地作了一番长谈。这次谈话，陆建华先生纵论江苏文坛，指点每位作家的优点短处，尤其是说到自己研究汪曾祺的种种感悟心得，汪曾祺与沈从文的师生交往，议论风生，引经据典，一口不乏高邮口音的普通话，令我茅塞顿开，如坐春风。后来，陆建华先生送我他耗费了不少心血的《汪曾祺传》，这应该也是国内第一本关于汪曾祺的传记吧？我当时住在光华门东街，每天要穿越大半个南京城上下班。我连夜读完，写了一篇读后感，刊发在当时的《江苏宣传》上，文中我有汪曾祺“参透”了人生的话。就“参透”两字，有编辑找到陆建华先生，说“参透”是否改为“悟透”，陆建华先生坚决地说：不要改，就是“参透”！陆建华先生研究、揄扬、传播汪曾祺先生，不是浅尝辄止，很快就改弦更张，而是不遗余力，持之以恒，真可谓“一‘汪’（往）情深”。

我们看到他主编的《汪曾祺文集》，他的《私信中的汪曾祺》《汪曾祺的春夏秋冬》等，联缮而至，蔚为大观。这些成果，筚路蓝缕，嘉惠后学，说是汪曾祺研究的基础性奠基性工作，并非阿谀之词吧。

陆建华先生的散文创作，应该说是大大受到了汪曾祺先生的影响而又自成风格。他的散文，是情真意切的，是言必由衷的，是爽利明了的，是简洁清晰的，是风趣诙谐的，有时候，甚至也是金刚怒目、直言不讳的。陆建华先生曾是一省主管意识形态部门的文艺处处长，在写作的巉岩小径上跋涉攀登籍籍无名的人，自然渴望得到他的点拨支持。陆建华先生往往也是热情鼓励奖掖后进，但他也决不当乡愿，说廉价的好话，有时候也是相当坦率直接地给以忠告，如《请原谅我铁石心肠》，读罢此文，真是令人五味杂陈，心生感慨。有一段时间，我住在南湖岳母家里，陆建华先生则家在莫愁新寓。他有时候会喊我一起骑自行车下班。一路行走，一路攀谈。他提到我在《扬子晚报》副刊上的《缅想胡河清》，说是写得太消沉悲苦了，应该可以更昂扬些，多些亮色。我唯唯连声，有点勉强。他就大度地说，这也是我一家之言而已。一段时间，河北文坛的所谓“三驾马车”，还有贾平凹的《浮躁》议论纷然，他也招呼我和他一起去《钟山》编辑部参加一些活动，了解一些情况。贾平凹在江浙一带参观考察后，写了一部小说《土门》，有好事者进行无端比附对号入座，也是陆建华先生让我写一小文，说点一孔之见。骑着自行车，散漫而行，到了莫愁新寓，我们分手，我继续前行，走莫愁湖西侧去南湖。不久，他的《突围汉中门》刊于报章，引起很大反响，堪称散文名篇。那个时候，纸媒兴盛，不要说端媒，就是网媒，也还在襁褓之中吧。真是没有想到，陆建华先生的《会扶乩的赵先生》却引来一场不大不小的“风波”，说是党的文艺处长，却利用职权在报刊上宣扬封建迷信，帽子实在大得吓人。也是性情中人的陆建华先生奋起反击，给每个处室写一说明文字，放到机关信箱里，以正视听，令人不胜唏嘘。也就在此不久，也传出了闲话，陆建华在培养“小陆建华”，云云。霜随柳白，月逐坟圆，江湖飘零，人影星散。陆建华先生退休六年后，我也离开草场门，做无根浮萍去了。

陆建华先生的评论，真是文如其人，直率坦言，不玩文字游戏，不搞遮遮掩掩，直奔主题，开门见山。陆建华先生的评论文字，很少玩弄华丽的辞藻和令人炫目的术语，他是力透纸背直抒胸臆的，他是发乎赤诚出于善意极少虚意周旋的。《勉耕斋里的诗意追求》收录了他的若干评论文字，从他评论谭谈的《山道弯弯》，到周立波的《禾场上》，还有对电影《追鱼》等，对章剑华先生的《故宫》三部曲，他也是认真评点，绝少敷衍。而最为精到耐读的还是陆建华先生对汪曾祺作品的评论。汪曾祺与陆建华，有时候还真是很难截然分开呢。陆建华先生发表文章大致在20世纪60年代之初，看他的自序文字，夫子自道，检点平生，其崖岸坚守，宠辱不惊，令人仰慕钦敬。

《勉耕斋里的诗意追求》还辑录有不少朋友知己对陆建华的评点文字。作家范小青说得好，诗意就是年轻。陆建华先生是朝气蓬勃的，是不待扬鞭自奋蹄的，也是心态平和充实快乐的。你看他集报经年分门别类，这得需要多大的毅力啊。还有朋友提到，他到处想办法找来发表了自己老伴所写的老年生活感悟文章的样刊，与亲朋好友分享，夫妻恩爱，相濡以沫，此之谓乎。陆建华先生家庭美满子女出息，也是同事传说，他的孩子有时候也喊他“老陆”，足见陆建华先生作风民主不拘繁文缛节之一斑。大概是在陆建华先生退休前夕，他移家百步坡。退休后的陆建华先生，真是更为心情舒畅，也更为硕果累累了。这倒很容易让人想起出生在三百年前的袁枚先生，袁枚先生在过了而立之年不久就辞别官场归隐随园，流连百步坡前，小仓山下，留下近千万文字传诸人间，与他同时的不要说五品、四品，即使贵为一品、二品的封疆大吏或尚书、侍郎，又有多少人记得啊？听闻陆建华先生如今又搬新家，勉耕斋一定是更为辽阔浩瀚，其间的诗意追求，也就更加令人期待了。

（原发新浪博客2016年12月22日，刊《文艺报》2016年12月23日）

热土炊烟缭绕的诗意

文 徐丽玲

在欢庆国庆67周年的日子里，接到江苏凤凰文艺出版社出版的陆建华的新书《勉耕斋里的诗意追求》，全书为线装本，从装帧、封面、正文排版全都沿袭古籍图书印制传统方式，一函四册，古色古香，未翻阅即感到书香飘拂，这已经令我爱不释手；及至读了作者从自己近60年发表的500多万字中精选出来的10多万字美文佳作，读到那么多文学界和新闻界知名作家、评论家、记者对陆建华先生文品人品的评价和描述，我更觉心潮难平。此时此刻，我的耳边响起那首美妙动听的歌："我的家乡是高邮，风吹湖水浪悠悠，岸上栽的是垂杨柳，树下卧的是黑水牛……"歌中唱的是一代文学大师汪曾祺笔下的故乡，也是我的挚友和兄长陆建华的故乡。建华兄告诉我，他每次回到高邮，总喜欢沿文游台缓步走到北大街的竺家巷。文游台里有秦少游的读书故址，竺家巷里有汪曾祺的故居；一位是婉约派词宗，一位是“中国最后一个纯粹的文人”。陆建华信步一走，布履便踏过了千年的时光。

我曾经无数次路过邮城，也无数次看到熟悉的路标从眼前飘过，从文游台到竺家巷，那条路不长，却一直因为心存敬畏，至今没有勇气走一遭。在我心目中，那不是普通的路，而是江淮水土滋养孕育的绵延文脉，行走其中，理应需要深厚的国学底蕴，抑或相当的文学造诣。我不止一次地想象，行走其中的建华兄是怎样的心境？这条路，他当年陪着汪曾祺不止一次地走过。作为研究汪曾祺的专家，他洞悉大师的一点一滴。如今，他是想再次寻求与大师灵魂的邂逅，还是互诉思乡之情？我知道，尽管陆建华与汪曾祺有整整20岁的年龄差距，但他们同饮运河水，心有灵犀。每每想到这里，我对建华兄油然产生敬重之情，加深了对他志在文学的情怀理解，甚至与他一样也有了对高邮那方热土的牵挂。

得益于故土高邮几千年文化积淀的滋养，自觉、虔诚地从秦少游到汪曾祺众乡贤身上汲取丰厚的文学养分，再加上自幼就有的对文学的不懈追求，建华兄内心一直存有强烈的中国传统文人理想，中国文人雅士固有的闲适、平实与率真，外化成他的达观潇洒，充满善意。他的文本，在平淡素净的背后，弥漫着温馨的生活情趣与纯真的生命情怀。透过他的看似平淡的文字表面，读者能强烈地感受到他博大的生命意识，对于生命发自内心的欣喜，以及对于生活细腻的感动。一字一词，一笔一画，几乎都能让人触摸到建华兄这个平和文人跳动着的温热的心。

记得 1996 年，扬州电视台摄制的专题片《毛泽东点评二十四史》在申报全国“五个一工程”奖的时候引发争议，送还是不送？评审会上，竞争激烈，一时难以决定。最终，是建华兄力排众议，推荐我们的节目。其后，这部专题片摘取了全国“五个一工程”奖的殊荣，这也是扬州电视台首次登上国家级的领奖台。通过这一次交往，我对建华兄刮目相看。别看他平时话不多，却有自己的不俗见解和难得的率直、严谨与果断。从那以后，原本并不熟悉的我们逐步走近；也是从那开始，扬州广电屡屡问鼎国家大奖，跻身城市广电第一方阵。回顾这些年来扬州广电走过的路，我们在为全体扬州广电人历经拼搏奋斗而取得的成绩而欣喜的时候，我们不会忘记陆建华这位伯乐当年所给予的支持与帮助。

20 世纪 90 年代末，应台湾高雄作协的邀请，江苏省作协组织了作家代表团访台，领队之一是陆建华。那次，我有幸忝列其中，有机会在与建华兄的朝夕相处中，对他有了近距离的观察和更深的了解。他向我谈了他的虽不富裕但却充满温暖的乡村童年，谈了中学时代遇上“以阶级斗争为纲”、大学毕业后不久又身不由己地陷入“文革”岁月，整整十年在迷茫、痛苦中挣扎，空有在文学道路上闯荡的雄心。听建华兄平静地谈过去，我清楚地感受到他内心深沉的感慨；而听他介绍改革开放新时期到来后的人生变化，我更加强烈地体验到他发自内心的那种躬逢盛世的激动与喜悦。“如果不是改革开放，一切都无从谈起，也一切都不可想象！”这是建华兄经常说的三句话，胜过万语千言。我记得，在举国上下纪念改革开放 30 周年的日子里，建华兄在 2008 年 9 月 1 日的《人民日报》上发表散文《汪曾祺圆梦》。他在文中这样写道："对党的十一届三中全会在中国历史进程中的巨大功绩，怎么评价也不为过分。具体到汪曾祺个人来说，他完全是因为十一届三中全会才获得了新生！如果没有新时期，他就只能被岁月的尘埃最终湮没于无为，中国当代文学很可能就没有留下那么多美文的汪曾祺！"他这是写汪曾祺，也是写他自己。

建华兄早在大学读书时，就开始了对当代文学的研究，成绩斐然；新时期到来后，他又钟情于散文写作，佳作多多。无论是评论，还是散文，在其作品里，总是可以鲜明地感受到他的发自肺腑的真情、拒绝无病呻吟的真实和得之于现实生活的真趣。我总觉得，一个作家能否写出感动读者的好文章，并不完全取决于作家的文学功底，关键在于对祖国、对家乡、对人民、对事业有真诚的爱！建华兄不正是这样吗？汪曾祺先生于新时期到来复出文坛后，建华兄几乎是同步开始了对汪曾祺的跟踪宣传与研究，从那至今，近40年过去了，始终脚步未停。对于建华兄来说，他这样做，其快乐不仅仅在于写下数十万字的文章，已出版四本专著，成为人们称赞的研究汪曾祺的专家，更大的快乐是通过宣传与研究汪曾祺，宣传与赞美了生他养他的故乡高邮。他的散文，写的都是发生在我们身边的寻常故事和普通人物，但故事中涌动着鲜明的时代气息，普通人物身上闪耀着人情美、人性美的光辉，让人读了感动、欣喜、快乐、共鸣。

我在陆建华那间命名为“勉耕斋”的书房里，读过他自撰的悬挂于墙上的《勉耕斋铭》，他在此文一开始以这样诗情浓郁的文字抒情明志：“余出身农家，垂髫酷爱读书，弱冠愈喜写作。笔耕数十载，不坠青云之志；古稀不言老，犹有伏枥之心。”毫无疑问，新著《勉耕斋里的诗意追求》既是建华兄对自己在文学道路上追梦多年的一次阶段性的诗意总结，也让我们对他的更美好的文学未来更加充满深情期待。

（原刊《中国艺术报》2016年11月14日）

浅谈勉耕斋里的乡情、土气与雅趣

——评陆建华其人其文

文 柯玲

一、引言

2016年11月底，我收到一个大邮包，打开以后我惊呆了：四本精美无比的线装书——《勉耕斋里的诗意追求》（下称《勉耕斋》）：绸缎外包质地厚重而又柔软，绢一样的纸张养眼而有韧性，竖排的繁体字处处显示出典雅和高贵，让人开卷敬意油然而生！陆建华先生又出新作了！这位勤奋的前辈，高产的散文家，专注的汪研专家，退休16年，出书15种！8本独著，7种主编或参与策划，连年佳作不断，大作迭出，还频频获奖，业绩几让吾辈在职科研人员感到汗颜——

1.《家乡雪》（散文集，江苏文艺出版社，2001 年 6 月）
2.《陆建华文学评论自选集》（文艺评论集，中国文联出版社，2001 年 11 月）
3.《汪曾祺的春夏秋冬》（传记文学，河南人民出版社，2005 年 9 月）
4.《爱是一束花》(散文集，江苏文艺出版社，2010年1月)
5.《私信中的汪曾祺》（传记文学，上海文艺出版社，2011 年 5 月）
6.《汪曾祺与〈沙家浜〉》(山东人民出版社，2014年9月)
7.《陆建华散文自选集》(江苏文艺出版社，2015年1月)
8.《勉耕斋里的诗意追求》（江苏凤凰文艺出版社，2016 年 11 月）
9.《锦绣江苏》(散文集，中国文联出版社，2002 年 10 月)
10.《淮海流韵》(散文集，时代文艺出版社，2003 年 11 月)
11.《江苏散文双年鉴第一卷》(散文集，南京大学出版社，2003 年 6 月)
12.《批评家的自白》（文艺评论集，江苏文艺出版社，2004 年 2 月）
13.《汪曾祺作品精选》（长江文艺出版社，2005 年 2 月）

14.《江苏散文双年鉴第二卷》（散文卷，远方出版社，2005年6月）

15.《文游台创作丛书》(江苏文艺出版社，2010年1月)

文坛影响与日俱增——

1. 2008年11月，《汪曾祺的春夏秋冬》获江苏省第三届“紫金山文学奖”；

2. 2014年12月，被江苏省文联授予“江苏省艺术贡献奖”；

3. 2015年5月，由江苏省作家协会与扬州市文联联合举办的《陆建华散文创作研讨会》在扬州举行；

4. 2015年7月，《汪曾祺与〈沙家浜〉》获第九届“金陵文学奖”佳作奖；

5. 2016年，入选扬州文化名人。

扳指一算，因为研究汪曾祺，结识陆建华先生竟然已近20载！与陆先生的关系由师而友乃至于如同家人，对陆先生的了解、敬意和爱戴也与年俱增。一位离开了领导岗位的文艺干部为何退休后创作热情却愈来愈高？为何他那些细说身边事满目普通人的散文作品愈来愈受到人们喜爱?又为何一个已无权无势只知“勉耕”的古稀老人的影响却愈来愈大? 细细寻思陆建华的人格与作品魅力,大概主要来自三个方面: 一是浸润于陆建华生活及其作品中的那般殷殷的乡情，二是充斥于陆建华生活与作品中的那股重重的土气，三是洋溢于陆老生活及作品中的那些浓浓的雅趣。

《勉耕斋》全书 18 万字，由两部分内容构成，一为作者的散文和文艺评论，从自己近 60 年来发表的 500 万字作品中精选的 12 万字，多以中短篇作品为主；另 6 万字则是他人对陆建华及其作品的评论和描述（十分荣幸其中收录了笔者两篇）。其实，笔者所撰关于陆建华的书评，并非亲友团的捧场，而是出自一个汪曾祺爱好者和研究者对汪研新成果的本能关注。一篇是陆先生《汪曾祺的春夏秋冬》出版，一篇是《汪曾祺与〈沙家浜〉》面世。此外，我还评过《私信中的汪曾祺》。陆老的汪研成果在汪曾祺研究中具有特殊的份量和历史意义，很多是汪曾祺研究的亮点。不过，本文想撇开“汪老”而专谈“陆老”，仅陆建华其人和《勉耕斋》中他那些令人倍感亲和亲近亲切的文字。当然，正如研究汪曾祺无法绕过陆建华一样，研究陆建华也很难绕过汪曾祺。而且，以美文笔法写文学评论也是陆建华评论的一大特点，尤其是那些关于汪曾祺的研究文字，洋洋洒洒，情真意切，同样也具有美文的色彩。对汪曾祺的40载盯人式的宣传和“跟踪研究”，无形之中陆老与汪老已成为形影不离的精神合体。

二、正文

首先说“乡情”。“乡情”用当下的流行语说叫“乡愁”，用创作人的行话叫“故土情怀”。

陆建华是汪老的“小同乡”，乡情所系之地与汪老相同，皆为苏北里下河地区的高邮。不过细分有别，汪老似乎在镇上，陆老则是地道的农村。而且，汪老的乡情与陆老的乡情内涵也有差异。汪老40多年未回老家乡，因此，一旦想到家乡，乡情便如打开了的泉眼喷涌而出。汪老的作品也因时间久远、空间阻隔而产生了诸多梦幻色彩。陆建华则不同，中年之前则几乎未离开家乡，不仅大学毕业后在家乡工作了21年（1963～1984年），而且调任的也是本省的省委宣传部文艺处——南京与高邮相隔并不远。所以陆老的乡情具有更多的现实性和真实性，如涓涓细流，有板有眼，有礼有节，满满流淌，声声不息。

陆建华乡情的第一个表现是其汪曾祺研究中贯穿始终的乡情。作为宣传系统干部的陆建华出自本能对高邮以及与高邮相关的文坛多一份关注。“1980年10月，汪曾祺在《北京文学》发表短篇小说《受戒》，此后又连续在国内多家报刊发表以故乡高邮旧生活为背景的、旨在表现普通平民百姓人性美、人情美、风俗美的小说和散文：《异秉》《大淖纪事》《岁寒三友》《故乡的食物》《故乡的野菜》等经典作品，标志着搁笔多年的汪曾祺文坛复出。陆建华在1981年8月号《北京文学》发表长篇文学评论《动人的风俗画——漫评汪曾祺的三篇小说》，从此开始了他对汪曾祺长年不间断的跟踪宣传与研究。”[①]这既是一个挚爱创作的文学爱好者的敏感，也是一个富有责任心的国家文艺干部的素质的体现，因而汪研成果构成了陆建华“乡情”极为出彩的一章。陆建华追随汪老、宣传汪老、研究汪老、接待汪老、照顾汪老以及怀念汪老、追忆汪老无一次不是出于一份极其厚笃的乡情，痴情不改，一如既往，老当益壮，至今已近40年倾情投入到与汪研有关的各项活动。情之所至，文益沛然，故此，他所掌握的汪研资料无人可及，他的汪研成果怎能不比别人丰硕？他的汪研见解怎会不比别人深刻？

陆建华乡情的第二个表现是他的文学创作中无处不在的乡情。尤其是他的几部散文集，《家乡雪》《不老的歌》《爱是一束花》可谓写尽了作者的乡恋乡思乡情。同样写故乡人，汪老笔下的高邮众生是带着时代特点又都被不露痕迹的艺术处理过的人物，与汪老不同的是，陆建华笔下的人物每一个都是实实在在的乡亲，家人、乡亲、师长[②]，他们无不与陆建华有着或直接或间接的关联。陆建华认为“以情动人，这是文学作品区别于其他任何宣传形式的特殊功能。……文学作品的情，需是发自作者肺腑深处的实感真情，来不得一丝一毫的矫揉造作，哪怕是稍稍化装一下，读者也会敏感地因其虚假而感到厌恶”。[③]或许乡情人人皆有，却未必如陆建华这般至真至诚。他对蒙学老师的谦恭，对父母的至思，对大姐的挚爱，对二叔的至亲，对老妻的至情，对孙辈的至怜……陆建华的深情、真情的渗透和浸染，使他的散文作品中的人物皆有血肉筋骨如见其人，使他笔下场景富有立体感使人如临其境。房大伯那喝粥喝完后再用舌头将整个碗仔仔细细地舔一遍的动作如在目前[4]，长银叔那回响在苏北大平原上的“咪咪咪”高腔绝唱[5]，在我们的耳畔久久回响。

陆建华乡情的第三个表现在他对故乡文脉新秀的关怀。高邮乃文风昌盛之地，古有秦少游才子，乾嘉大师，爱好为文，为学几成传统。尤其是出了个当代著名作家汪曾祺之后，对高邮的年轻一代有很大的鼓舞作用。陆建华先生无论是在高邮还是在南京，与高邮的文学爱好者们、热心汪研的后学们一直保持着十分密切的联系。笔者的几个学生在高邮也深得陆老垂爱，中文系毕业后渐渐走上了创作道路。而陆老领衔主编的《文游台创作丛书》堪称高邮文学爱好者们的作品巡礼。

《笑谈心态》中，陆老写道：“我非大款，无捐巨资、办企业之实力，但对家乡文教事业发展却可尽绵薄之力。为此，退休后的重要一件事，是从自己的藏书中挑选出适合中小学生看的书，捐赠给家乡的文教单位。这件事让我忙了一个多月。当家乡派车派人从我家运走八大纸箱、数百本、共价值五千多元的图书后，我心中之畅快非他人所知。”⑥毕业于师范院校的陆建华天生有一种师者的情怀和胸襟，陆老关注的众多后学中亦有本人。陆老对高邮以及对整个江苏地方文化的重视、深情也是其创作研究的重要动力。陆建华作品中的人事景物大多与高邮相关，对家乡的那份乡情是他的创作源泉。爱乡、思乡、赞乡、助乡、评乡而无不出自至诚，而这至诚的乡亲乡情又构成了陆建华创作的生命源泉。

其次说“土气”。“土气”在当下的流行语中叫“地气”，用创作人的行话叫“生活基础”。

陆建华出身高邮农村，正宗农民家庭，如若不土反而不正宗了。但土气对陆建华其人来说则更多是一种不忘根本和不忘初心的品格。农民本身靠天吃饭，因而养成了不少听天由命的生活习惯。但有的农家子弟进城以后很快忘了或者不屑、不习乡村的艰苦生活了，当然这也未必错，但陆老却不，他除了一口浓重的高邮乡音未改，还顽固地保持着一些乡村的生活积习。住随园时，我去拜访过陆老两趟，都在暑期——被陆老戏称为“柯玲的两次高温造访”。火炉之一的金陵夏日温度可想而知，而陆老的热情比火炉尤甚，知道我到楼下了竟然“噌噌噌”从楼上直奔下来迎接。出乎意料的是堂堂省级干部竟然穿着汗衫，手挥芭蕉扇。家里的电风扇跟三叉戟似的呼呼转着，我看了一下，有空调的，但未开。“火炉”的冬天其实也不暖和，陆老搬了新家，小区挺高大上，有个寒假我去探望二老，家里冻得瑟瑟的，仍然是不开空调，害得我多喝了好多热水。夏天问热吗？二老齐答“不热”，冬天问冷否？二老齐答“不冷”。或许是真的不冷不热，因为他们接的是大地的恒温。有人说“气场”强大的人身体自身有一套空调系统，因而对外界的寒温并不在意；我则认为，幸福也是相对论，比起最毒的太阳下还要在田间干活的农人，能手摇蒲扇，已经赶上“王子皇孙”的待遇了。所以，“土气”使陆老对物质生活的要求一直不高，或曰他很知足，因而很快乐。

这种与生俱来的土气，还让陆建华待人有一种自然的朴实和真诚。他给自己的书斋取名“勉耕”，很容易让人想到高邮乡间田野上奋力耕种的老农和老牛。他对于物质的需求极少，常说自己工资花不完——当然他也不会因此生活铺张浪费。他称自己的创作叫“手艺”：“我是国家干部，退休后有基本工资保证，无缺吃少穿之虑。有了这门‘手艺’，不是为了再上岗，谋碗饭吃，主要是精神生活得以丰富。民间流传一句至理名言，叫作荒年饿不死手艺人，照我看，同样的道理，退休闷不死‘手艺’人。”⑦乡情土气缭绕为文，正是这份土气让陆建华获得了一种常人不及的“定力”。受过中文专业良好的系统的教育的陆建华先生比一般的作者更懂得、更珍惜这种来自血脉的“地气”，并且也能充分意识到这份“天赋”对于自己创作的特殊意义，因而一直秉持、坚守。任尔暑往寒来，伊自气定神闲。所以，笔者以为，陆建华不仅是一位深谙艺术规律的评论家，更是一位娴熟运用艺术法则进行创作的作家。而“勉耕斋”也真是名副其实，他既是一位勉力笔耕的作家，也像一头辛勤耕耘的老牛。因为有股耕牛精神，他稳稳地立于“泥巴”之中，朝着认定的每一个目标，踏踏实实、锲而不舍地前行。

20世纪80年代，陆建华写过一篇短论《从“泥巴里拱出来的”说起》，引用了著名作家周立波说自己的作品是“从泥巴里拱出来的”的话，其实陆老自己也是这么做的。他认为在“生活的‘泥巴里’，含有作家进行艺术创造所必需的一切汁液，因此，大凡真正‘从泥巴里拱出来’的作品，总是富有浓厚的生活气息，是具有强大生命力的艺术之花；而那些脱离生活编造出来的作品，虽然貌似华丽，但终因缺少那种唯有生活土壤才蕴含着的丰富养分，故显得苍白无力，以至干瘪、单薄、虚假”。[8]因而，“土气”之于陆建华的文学创作实质是一种特质，也是作为作家的一种沉入生活的素养。他建议大家“自觉地深入到生活中去吧！像土地不负庄稼汉一样，生活的土壤也必将厚赠一切愿意与它保持密切联系的文艺工作者。当你从生活的土壤中饱吮生命的乳汁时，你的作品也就一定会不断地‘从泥巴里拱出来的’”。[9]

土气更是一种本色素养。无腔无势，素面向人。“1995年9月，陆建华的第一本散文集《不老的歌》在江苏文艺出版社出版。艾煊在为本书写的序中指出：‘书中写的多是一些小人物小故事小场景小幽默……作者眼尖心细，擅长俯拾身边事，抒发心中情。’老作家俞律在报纸上撰文评论说：‘我很喜欢读建华这样平易近人、干净利索、全然不装腔作势的散文’，‘他也全然不爱装饰打扮他的文辞，不穿时下风行的那种文字的奇装异服。他用普通的语言说话，完全本色’。”[⑩]生活中的陆建华也基本如此。

再次说“雅趣”。“雅趣”当下的流行语叫“消遣”，用创作人的术语叫“艺术追求”。

立足乡土的陆建华，并不缺乏雅趣。如同很多中国传统家庭甚至士大夫都有耕读持家的传统一样，陆建华的艺术追求也从中得到充分体现。给自己的书房取名“勉耕斋”即是明证。陆建华爱好读书写作是发自内心的喜爱、痴迷。读书写作自然是一种雅趣。舞文弄墨，品味人生，自得其乐。如果说退休以前，陆建华的写作还只能是业余爱好，退休之后，几乎全副身心投入到了写作、研究当中，这俨然成了他的主业。

陆建华的雅趣与他的创作情怀有关。正如汪曾祺一生以谱写美好人情、人性，要让自己的创作有益于世道人心一样，陆建华的作品皆以追求真善美为己任，挖掘的都是生活中真人真事真情真景，他所抒写的都是自己的真心真意真情真感。《勉耕斋铭》中写道：“余出身农家，垂髫酷爱读书，弱冠愈喜写作，笔耕数十载，不坠青云之志，古稀不言老，犹有伏枥之心……不因小有收获而窃喜，无以未成大家而自惭，勉力笔耕不负美好人生。”[11]因此，陆建华的退休人生总是那么的阳光、鲜活。他戏称“青春，从六十岁开始”，他欢言“自此光阴归己有，从前日月属官家”，在逍遥自在的退休生活中生活得快乐、健康、丰富、充实。自由是很多人憧憬向往的境界，可也有人真的获得自由了却无所适从。退休正是一种自由，有人退休后如鱼得水，但也有人退休后一蹶不振，而完全依靠权势生活的官员退休之后更会失落无措。书写美好人生正是陆建华的创作情怀，而且他的这种情怀既源自于现实也与时代相连。“我们不仅强调文章要有情，更强调这情应是真切、强烈而典型的时代感情。抒个人之哀怨，写一己之私情，这情纵然也是真的，但终究显得低而浅；但是，一旦当富有个人特点的真情，与时代的、与一切革命人民的情绪频率相吻合的时候，这感情就升华了，显得高而深。”[12]陆建华作品中富有浓烈的时代色彩。作者擅长以生动形象的细节折射时代印记。《换笔记》生动真实地记录了作者用电脑打字代替传统纸笔输入的艰难转换。对于一个年过花甲的老人，这不仅反映了世纪之交中国计算机迅速普及的时代特征，也是作者创作生涯的一次华丽转身。

写作固然是一个高大上的“消遣”，陆建华却将其做成了一辈子孜孜以求的事业。相对于写作，剪报集报则堪称陆建华真正的业余爱好。剪报和摘抄曾经是一代人的搜集资料积累素材的方法。也可以说这是一个带点土气的爱好。记得当年高考前家父也曾要求我剪过集过，我名之曰“零砖碎瓦”，可惜只做了两本，考上大学后就自动停止了。爱好带上了功利色彩就会变成负担，很可能不能持久。陆建华不然，他从 20 世纪 50 年代中期直到现在，60 多年来从未停止过，一百多本蔚为壮观。他不仅坚持数年一如既往地坚持剪报集报，而且选材、剪辑、编辑、排版、装订、分类、成册等等一条龙的工序都做得极其严谨，极其精美，极其雅致！陆老说：“我之剪报注重三性：资料性、观赏性、纪念性。符合‘三性’的报刊资料先仔细剪下，一一认真粘贴好，再按题材分专刊、特刊、普刊三种不同类型，装订成册收藏。专刊依个人爱好将同一类型的辑于一卷，如美文、评论、漫画、保健常识、历史档案、奇闻趣闻等；特刊注重大事件，如奥运会、世界杯足球赛等；普刊则是将自己认为有价值的资料剪而辑之备用，不作严格区分。甚至连粘贴的纸也不甚讲究，我是多半粘贴在旧杂志上。”⑬“我的集报侧重点在于，以民间视角努力保存好真实的历史细节。以2008年的北京奥运会为例，由于政治、社会、篇幅限制、出版纪律等多方面原因，群众关心、感兴趣的方方面面，正式出版物未必都收入，但我之集报特刊却可以依报刊发表的原作原貌剪而存之。这些资料当时看来只是一朵朵很不起眼的浪花，若干年后呢，说不定人们却正是从这朵朵的小浪花中感受到真实的时代气息。……把个人集报定位于民间视角，集报天地就会异常广阔，在日常阅读中就不会与那些初看平常、其实蕴含颇深的图文失之交臂。”⑭立足于民间视角的剪报集报，编辑排版的别有用心，使得陆建华“在茫茫报海中拾取精美贝壳无数，得到无穷的快乐，甚至因此而感悟到生活的真谛”。当然，陆老自己发表于报端的诸多美文，不少灵感也和这一雅趣密切相关。

爱好不一定能成为特长，特长则往往是最大的爱好。

陆建华爱阅读，爱听歌，爱写日记，爱看比赛和漫画……，尤为难能可贵的是任何一种都可以持之以恒，坚持数年不辍。这些爱好一方面使其个性得到积极健康快乐的形成和施展，另一方面也使陆建华的人生充满意趣和快乐。尤为重要的一点是，这些爱好又都水到渠成地成为他创作取之不尽用之不竭的源泉。厚积薄发，陆建华的创作能够信手拈来成文的功力得益于他博览群书和群报。与剪报相类，陆建华还有本每年的必买必读书，那就是中国最新锐的时事生活周刊《新周刊》每年出的一本“语录”——《xx（年）语录》，“语录”把一个年度的时代现场，浓缩在由一条条语录构成的口述史里。该书是陆老每年的必读书，自从学会网购以后我都是直接上网买好快递给陆老当新年礼物。记不清是哪一本“语录”读后，陆老立刻兴奋地发来短消息说发现了十几篇写作素材。

勉耕斋里的种种雅趣最终都酣畅淋漓地体现在陆老产出的那些脍炙人口的文字当中。《勉耕斋铭》通篇娴熟的文言典雅俊逸。“吾农家子也，生于高邮，长于草莱，友于乡邻，自发蒙始即中意山水，寄情艺文，凡里下河之风物民俗，无不揽于怀而摄于心，稍长渐悟世态炎凉，初谙人间冷暖，于弱冠之年负笈异乡，勤学不辍，手不释卷，愈喜写作读书，乃矢志于斯。”[15]寥寥数句，少年陆建华的形象、品质、爱好，甚至性格无不跃然纸上。《退休记略》中把“退休生活概括为三方面：健康、家庭、事业。仔细想来，在过去的几十年中，也是这三方面内容，只不过顺序不同。现在仿佛是急行军奉命掉头，于是前队就变成后队了”，“我高兴我退休后，有充裕的时间做自己想做的事，读自己想读的书，写自己想写的文章”。[16]这些文字不仅生动形象贴切，而且富有谐趣，甚至字里行间可以听到陆老那爽朗的笑声。陆建华的退休生活整日趣味盎然乐陶陶，妙语如珠喜多多！人情练达即文章，陆老通俗易懂的文字，生动形象的比喻，深入浅出的说理，使他的文字产生了一种特殊的魅力，读来妙趣横生，赢得粉丝无数。

三、结语

如果说乡情是陆建华创作的生命力，土气则是陆建华作品的亲和力，而雅趣则是陆老作品的感染力。说“乡情”是陆建华的念恩重情的人格体现，也奠定了陆建华创作的价值取向、研究目标和文字风度，更让陆建华作品赢得了更多读者的情感共鸣。“土气”是陆建华的平民态度和平民风格的体现，它奠定了陆建华创作的坚定执着的人格魅力，也奠定了陆建华作品素朴、真诚、厚重的特征。“雅趣”体现了我国老一辈大学生优良综合素质，他们不仅有坚定正直的品格，还有着坚持不懈的精神，更有着丰富的应对人生的经验和从容态度。这三者既是陆建华的个性特征也是陆建华创作和研究的风格特点。作家个性、人格与作品风格、特色之间相互辉映，相辅相成。陆建华的意义是一种积极乐观向上的正能量。陆老所到之处就会有一股真情和暖意，更有一种雅趣和陶然。搁笔之时，网络频现“扬州文化名人”的文章，几分欣喜，几分崇敬，也有几分忧虑：正能量理当传播，唯愿“名人”效应少些纷扰，无碍于勉耕斋里的福寿康宁！

（原刊《江苏文艺研究与评论》2017年第2期）

注释

① 陆建华：《陆建华生平与创作概况》，载《勉耕斋里的诗意追求》，江苏凤凰文艺出版社，2016，第 471 页。

② 吴周文：《关于三部散文近作的杂评》，《扬子江评论》，2011 年 03 期，第 77–78 页。

③ 陆建华：《无情就是假，有情就是真——从电影〈追鱼〉说到真假文学》，载《勉耕斋里的诗意追求》，江苏凤凰文艺出版社，2016，第 319 页。原刊《新疆文艺》1979 年 7 月号。

④ 陆建华：《粥里春秋》，载《勉耕斋里的诗意追求》，江苏凤凰文艺出版社，2016，第 141 页。

⑤ 陆建华：《绝唱》，载《勉耕斋里的诗意追求》，第 127 页。

⑥ 陆建华：《笑谈心态》，载《勉耕斋里的诗意追求》，江苏凤凰文艺出版社，2016，第 9 页。原刊《扬子晚报》2001 年 7 月 28 日。

⑦ 陆建华：《退休纪略》，载《勉耕斋里的诗意追求》，江苏凤凰文艺出版社，2016，第 5 页。原刊《新华日报》2001 年 7 月 22 日。

⑧ 陆建华：《"从泥巴里拱出来的"说起》，载《勉耕斋里的诗意追求》，江苏凤凰文艺出版社，2016，第 329 页。

⑨ 同上。

⑩ 陆建华：《陆建华生平与创作概况》，载《勉耕斋里的诗意追求》，第 471 页。

⑪ 陆建华：《勉耕斋铭》，载《勉耕斋里的诗意追求》，江苏凤凰文艺出版社，2016，第 2 页。原刊《文学报》2012 年 4 月 12 日。

⑫ 陆建华：《无情就是假，有情就是真——从电影〈追鱼〉说到真假文学》，载《勉耕斋里的诗意追求》，第 319 页。

⑬ 陆建华：《报海拾贝五十年》，载《勉耕斋里的诗意追求》，江苏凤凰文艺出版社，2016，第 50 页。原刊《百家湖》2015 年 3 月号。

⑭ 同上。

⑮ 陆建华：《勉耕斋铭》，载《勉耕斋里的诗意追求》，第 2 页。

⑯ 陆建华：《退休纪略》，载《勉耕斋里的诗意追求》，第 5 页。

陆建华编著作品目录

已结集出版的——

《文坛絮语》（文艺评论集，江苏人民出版社，1990 年 5 月）

《全国获奖爱情短篇小说选评》（南京大学出版社，1990 年 12 月）

《不老的歌》（散文集，江苏文艺出版社，1995 年 9 月）

《汪曾祺传》（传记文学，江苏文艺出版社，1997 年 7 月）

《家乡雪》（散文集，江苏文艺出版社，2001 年 6 月）

《陆建华文学评论自选集》(文艺评论集,中国文联出版社,2001 年 11 月)

《汪曾祺的春夏秋冬》（传记文学，河南人民出版社，2005 年 9 月）

《爱是一束花》（散文集，江苏文艺出版社，2010 年 1 月）

《私信中的汪曾祺》（传记文学，上海文艺出版社，2011 年 5 月）

《汪曾祺与〈沙家浜〉》（传记文学，山东人民出版社，2014 年 9 月）

《陆建华散文自选集》（江苏文艺出版社，2015 年 1 月）

《勉耕斋里的诗意追求》（综合，江苏凤凰文艺出版社，2016 年 11 月）

主编和参与策划的——

《汪曾祺文集》（四卷五册本，江苏文艺出版社 1993 年 9 月）

《汪曾祺作品精选》（长江文艺出版社，2005 年 2 月）

《梦故乡》（江苏凤凰文艺出版社，2017 年 5 月）

《锦绣江苏》（散文集，中国文联出版社，2002 年 10 月）

《淮海流韵》（散文集，时代文艺出版社，2003 年 11 月）

《江苏县邑风物丛书》（散文集，江苏人民出版社，1989—1993 年）

《江苏青年作家论》（文艺评论集，江苏文艺出版社，1991 年 10 月）

《江苏文学 50 年》（17 卷大型丛书，江苏文艺出版社，1999 年 9 月）

《批评家的自白》（文艺评论集，江苏文艺出版社，2004 年 2 月）

《江苏散文双年鉴第一卷》（散文集，南京大学出版社，2003 年 6 月）

《江苏散文双年鉴第二卷》（散文卷，远方出版社，2005 年 6 月）

《文游台创作丛书》（江苏文艺出版社，2010 年 1 月）

后记

文 陆建华

这本文艺短论集编定后，我特地给晓华女士打电话，问她有没有工夫为我这本小册子写个序？她不但立即答应，而且在序文的一开始这样写道："收在陆老师这部文艺评论集中的第一篇《也谈'诗贵创造'及其他》写于 1962 年 1 月，那时我还没有出生呢。"她的谦逊令我感动，说的却也是实情。1959 年夏，我考入扬州师院中文系后不久，就试着写文艺短论。最初的文章稚嫩自不必说，但从那开始到今天一直未停，算来也已超过半个世纪了。

热衷于文艺短论的写作，起初是出于一种写作爱好，由于我做教师的第二年就从学校调入宣传文化部门，特别是 1984 年夏从高邮县委宣传部调入江苏省委宣传部文艺处工作，对文艺短论的写作就逐渐变成一种自觉。我这样说，可能有人以为有自我表彰的味道，其实不然。几十年的写作实践让我痛切感到，文艺短论对于宣传党的文艺方针和政策，对文艺作品、文艺作风和文艺道德、品性等众多方面及时发表旗帜鲜明的看法，努力发挥弘扬正气、激浊扬清的作用，实在太重要了。在某种程度上，或许也只有文艺短论才能以及时快速、明白晓畅等特点，起到许多鸿篇巨制的文艺理论难以抵达的境地，且更易为广大民众所理解和欢迎。我甚至据此认为，文艺短论应该是一种主要以广大民众为服务对象的文体，它的语言应采用最朴实的、最大白话的、最听得懂的文字和文风。晓华女士在她的文章中指出，文艺短论是一种“接地气的文艺评论”，这是很有见地的。

我写的文艺短论，其评说的对象自然是文艺；但我相信，明眼人也可以从文中看出我这么多年来的生活与工作轨迹，还可看出我的性格、品性与为人。所以，出版这本文艺短论集，我个人怀有两个目的既是对，自己半个多世纪以来写作的一次回顾与总结，也是向一直关心我、支持我的相关领导和众多亲朋好友做一次汇报。基于上述想法，为增加朋友们对我的了解，除了附上我个人迄今为止出版和主编以及参与策划出版的著作的目录，同时还以“附录”形式，选印了费振钟、雷雨、徐丽玲、柯玲四位评论家和朋友对我的作品和为人的评介，谢谢他们长期以来对我的真诚鼓励与支持。

这本文艺短论集中的近百篇文章，是从半个多世纪以来我在国内报刊上发表的数百篇文章中选出来的，全书分评论、读“汪（汪曾祺）”和书评三个部分。在每篇文章后面，我都注上写作或发表的时间，为的是让读者能比较清楚地看到我走过的人生轨迹和写作道路。我一直赞赏不张扬、不隐瞒、挫折时不气馁、小有进步不得意忘形的真实的人生，这是一个很高的做人境界，虽不易至，但一直努力之、向往之。我从未炫耀过自己有多高的写作水平，但我坚持写我喜欢写的说真话文章，比如文艺短论。《花儿为什么不那么红》是我写下的若干篇之一，有意取此篇为书名，既因为这篇短论首发《人民日报》，更由于此文与其他几篇文艺短论在包括《人民日报》《光明日报》《新华文摘》等中央报刊上的发表，让我领悟到，文艺短论一直得到党和群众明确的重视与支持，被视为文艺评论事业中的一个重要组成部分，值得我们文艺评论工作者为此付出长期不懈甚至终生的努力。

这本书的出版，得到众多朋友的关心与支持，南京市文联、南京出版社领导和责任编辑更是倾情相助，在此一并表示诚挚的谢意。

2017年初冬，于金陵勉耕斋

图书在版编目（CIP）数据

花儿为什么不那么红 / 陆建华著. -- 南京 : 南京出版社，2017.12
ISBN 978-7-5533-2070-0

Ⅰ. ①花… Ⅱ. ①陆… Ⅲ. ①文艺评论—中国—当代—文集 Ⅳ. ①I206.7-53

中国版本图书馆 CIP 数据核字（2017）第 310721 号

书　　名：花儿为什么不那么红
作　　者：陆建华
出版发行：南京出版传媒集团
　　　　　南 京 出 版 社
社址：南京市太平门街 53 号　　邮编：210016
网址：http://www.njcbs.cn　　电子信箱：njcbs1988@163.com
天猫 1 店：http://www.njcbcmjtts.tmall.com/　天猫 2 店：http://www.nanjingchubanshets.tmall.com/
联系电话：025-83283893、83283864（营销）　025-83112257（编务）

出 版 人：朱同芳
出 品 人：卢海鸣
责任编辑：刘　娟　章安宁
书籍设计：速泰熙　单建东
责任印制：杨福彬

排　　版：南京斑点艺术品设计制作有限公司
印　　刷：南京斑点艺术品设计制作有限公司
开　　本：787 毫米 ×1092 毫米　1/32
印　　张：12.5
字　　数：269 千字
版　　次：2017 年 12 月第 1 版
印　　次：2017 年 12 月第 1 次印刷
书　　号：ISBN 978-7-5533-2070-0
定　　价：38.00 元

天猫 1 店

天猫 2 店